# 阅微草堂笔记

纪　昀◎著

北方妇女儿童出版社

# 目录 COTTON

# 序

中华民族要实现伟大复兴，必须有凝聚力。凝聚力的基础是人民具有民族自尊心、自信心，而民族自尊心、自信心的根本来源于对民族文化优秀传统的明确认知。

值得欣慰的是，博大精深的中华传统文化，蕴含着丰富的精神资源。生生不已的变易之道，居安思危的忧患意识，富贵不淫、贫贱不移的大丈夫气概，民为邦本的政治哲学，正德、利用、厚生相统一的精神物质兼顾的文明观，等等，都是开启今人智慧、滋养今人心灵的营养。

为了适应全民阅读的需求，我们本着以弘扬传统文化、传承中华文明为宗旨，精心设计了这套深入浅出，今古相合，适合全民阅读和理解古代先贤智慧的《中华国学经典全民阅读书库》。

本书特点鲜明，以采用多视角、多元化、多维度的图解式为启动引擎，每册图书分为六大版块：阅读图解、观古阅今、辅导讲坛、原典新释、古韵体验和延伸阅读；通过这些版块，详细生动地从不同功用上对丛书之每一国学经典进行全方位的介绍，辅助读者理解古籍中生僻难解之处，有益于在古诗文学习上的理解和提高。

国学，作为一种历史、一种传统、一种文化、一种非物质文化遗产，它所蕴藏的经验、智慧和启示，穿越时空延展至今。我们用它来化解心灵的危机，解释当下的生存困境，救赎迷惘的灵魂。我们正处在现代化进程中，需要从古籍中发掘中华民族固有的传统文化基因作为促进社会进步的重要支撑点，这正是全民阅读国学重要性之所在。

国学流传了几千年，不腐更不会朽，它是清新而流动的活水，万古长青，生机盎然。有鉴于此，我们组织学术界的一流专家，编辑了这套图书，以飨读者。

编者

2015 年 3 月

# 阅读图解

*Yue Du Tu Jie*

阅微草堂笔记

# 阅读结构图解

No.1
阅读图解：这部分内容用和谐的色彩和图形来对本书作者、历史影响等内容进行解读，简单、清晰、直观，有利于读者轻松把控和阅读本书。

No.2
观史阅今：这部分包括本书的历史传承、影响，以及本书的历史地位、作用、意义等内容，起到点睛之笔的作用，能够让读者做到对经典著作的深入和精细化阅读。

No.3
辅导讲坛：用简短、精炼的语言对每一篇的内容进行概括、总结，以期读者更加快速地从宏观角度掌握本书的主要内容。

No.5
古韵体验：用体验的方式阅读，具有亲历性和验证性，当把书籍的内容用在实际中，是活学活用，也是学以致用，《阅微草堂笔记》对我们理政、经商、治学、教育等均有广泛用途，有针对性地用在实践中，是我们阅读的目的。

No.4
原典新释：选取和本书相关的人物、图书、影视以及经典的词句、思想等内容，以增加读者的文化积淀，拓宽视野，培育创造力。

No.6
延伸阅读：这部分内容包括原典、注释、译文和铭记链接，侧重对原典的正确解读，注释译文力求简明准确，链接知识紧扣文本，重在凸显原典主旨，弘扬传统文化。

# 阅读提纲图解

1.《阅微草堂笔记》有意模仿笔记小说质朴简淡的文风，鲁迅称赞这部书“雍容淡雅，天趣盎然”，所以每脱稿一种，即被亲朋好友竞相传抄，展转刻印，一时享有与《红楼梦》《聊斋志异》并行的盛誉。

2.由于作者的阅历丰富，交游广泛，学问渊博，所以《阅微草堂笔记》包罗十分宏富。对于《阅微草堂笔记》的特色，陈美林先生概括清人盛时彦的评价为：“学问好、技巧高、内容正。”

原文部分参照多家白话文本及诸家注、疏、笺、校本，文章经梳理后，以中国现代标点符号标明句读，以方便读者阅读。

注释部分是对古今异义（异音）、生僻、难解等词语进行注释，力求准确严谨，古今相通，简洁明白，便于读者阅读。

中华国学经典全民阅读书库

### 卷三·滦阳消夏录（三）

**原文**

丁亥春，余携家至京师。因虎坊桥旧宅未赎，权住钱香树先生空宅中。云楼上亦有狐居，但扃锁杂物，人不轻上。余戏粘一诗于壁曰：“草草移家偶遇君，一楼上下且平分。耽诗自是书生癖，彻夜吟哦莫厌闻。”一日，姬人启锁取物，急呼怪事。余走视之，则地板尘上，满画荷花，茎叶苕亭①，具有笔致。因以纸笔置几上，又粘一诗于壁曰：“仙人果是好楼居，文采风流我不如。新得吴笺三十幅，可能一一画芙蕖②？”越数日启视，竟不举笔。以告裘文达公，公笑曰：“钱香树家狐，固应稍雅。”

**注释**

①苕亭：高耸的样子。
②芙蕖：荷花的别名。

**译文**

丁亥年春天，我带着全家来到京城。因为虎坊桥的老房

3.《阅微草堂笔记》指导思想是“大旨期不乖于风教”。此书采访范围，上起祖辈、官员、师友，下至晚辈、仆人、士兵等。全书主要记述狐鬼神怪故事，意在劝善惩恶。

4.《阅微草堂笔记》为清朝短篇志怪小说集，于清朝乾隆五十四年（1789年）至嘉庆三年（1798年）年间由翰林院庶吉士出身的纪昀（纪晓岚）以笔记形式所编写成，与袁枚《子不语》一书齐名。

阅微草堂笔记

子还没有赎回来，就暂且先住在钱香树先生的空房子里。据说他们家楼上有狐狸住着，但上面主要是放杂物，用钥匙锁着，人不轻易上去。我曾经开玩笑在墙上贴了一首诗，大意是：“我匆匆忙忙搬家到这里凑巧碰见了你，我们平分了这座楼的上下层，沉溺于诗歌是我这个书生的爱好，听见我整夜的朗诵你可不要觉得厌烦。”一天，我的小妾打开锁取东西，突然大叫怪事。我跑来一看，原来地板上沉积的灰尘上，画满了荷花，荷花的枝干高耸，很有韵味。我于是把纸笔放在桌子上，又在墙上贴了一首诗，大意是：“狐狸先生你真是我的好邻居，你的文采风流我自叹不如，最近我刚刚得到三十张吴笺，你能不能帮我在上面一一都画上荷花呢？”过了几天，我把楼上的门打开看，纸上居然什么都没有，空空如也。我把这件事告诉裘文达先生，他笑着说：“钱香树家里的狐狸，当然应该稍微有文化一些。”

译文部分参考诸家注、疏、笺、校本，以现代白话的形式解说文言文原文，以帮助现代读者理解原文，明白其意思。

**经典语录**

### 纪晓岚名言

1. 君子不党，遇难必有人周济之。

2. 顺水人情，我从来不做，也从来不受；凡是涉及准则，我是当仁不让；所谓令行禁止，这关系重大。

经典语录是对文章内涵的延伸，所选内容和名言都是本书中知名度最高、对后人启发最深刻的，能够拓展读者视野，加深读者记忆，提高阅读质量。

# 作者年谱图解

**1724 年 6 月**

纪晓岚（纪昀）出生于直隶河间府献县崔尔庄（今属河北沧县）。

**1737 年，14 岁**

听史松涛先生与父容舒讲一贪官故事，后写入《滦阳消夏录》。

**1744 年，21 岁**

仍就读于岳父马永图家，得见《马氏家乘》旧谱。在河间府应科试，学使赵大鲸擢为第一名秀才。

**1770 年，47 岁**

仍在乌鲁木齐佐助军务。八月，从兄纪昭卒。十二月，乾隆帝召还晓岚。

1780年，57岁

正月，乾隆帝南巡，晓岚撰《五巡江浙恩纶颂》。五月，尹壮图由太仆寺少卿迁内阁学士。六月，删削《明懿安皇后外传》。七月，晓岚受知师、《四库全书》正总裁、文渊阁大学士程景伊卒，谥文恭。八月十三日，乾隆帝七旬万寿庆典，晓岚撰《七旬万寿赋》。

1781年，58岁

二月十六日，修成《四库全书总目》二百卷。三月，姻亲、山西按察使袁守诚卒（晓岚次女嫁袁守诚第三子袁煦），撰《山西按察使司按察使曙海 袁公墓志铭》。

1782年，59岁

正月，第一份《四库全书》告成。二月，以《四库全书》成，乾隆帝临幸文渊阁赐宴，并赏赉有差。七月，《四库全书》第二、三、四份抄成。乾隆帝命再续缮三份，分存扬州文汇阁、镇江文宗阁、杭州文澜阁。是年，《四库全书简明目录》二十卷勒成。

1800年，77岁

八月，《阅微草堂笔记》五种、二十四卷，编定刊行，门人北平盛时彦作序。九月，云南迤南兵备道龚敬身卒，为其制挽联。为朝鲜医学著作《济众新编》作序。是年，应甲戌同年姜炳璋之孙之请，为其《诗序补义》作序。

1805年，82岁

二月初十，病；十三日朱珪登门探视；十四日酉时卒于北京虎坊桥阅故宅。嘉庆帝命散秩大臣德通带领侍卫十名，往奠茶酒，赏银五百两治丧，谥文达，并亲自撰写御祭文和御赐 碑文，高度评价了纪晓岚的一生。

## 作者简介

纪昀（1724-1805），字晓岚，也字春帆，自号石云，又号观弈道人，直隶献县（今河北）人，清代文学家。

纪昀出生于中国十八世纪的一个封建官僚家庭。其先人系出江南，但是明朝永乐甲申年间“公先世椒坡公者自上元徙景城，世为直隶献县人”（《闻妙香室文集》卷十四 纪公文达传略）

据说纪昀少年颖异，“目逾万卷，心有千秋”（张维屏《国朝诗人征略》）

纪昀出生在一个世代书香之家，父亲纪客舒是一位著名的考据学家，做过京官，外放姚安知府。纪晓岚4岁开始读书，12岁随父入京。24岁应顺天府乡试，为解元。因服母丧，闭门在家，专攻考据之学，颇有造诣。31岁中进士，入翰林院为庶吉士，继授编修。乾隆三十三年，授贵州都匀知府。但皇帝认为纪昀学问优胜，到外省做官不能尽其所长，将其留在身边。同年四月，提升为侍学士。六月，因亲家做官亏空库银，要被抄家，他秘密通风报信，事发后，被发配到新疆，佐助军务。3年后召还，授编修，侍读学士等职，受命为《四库全书》总纂官。惨淡经营13年，所编《四库全书》告竣。在此期间，纪晓岚由侍读学士升任内阁学士，一度授兵部尚书。《四库全书》告竣当年，迁礼部尚书。60岁后，曾五次掌都察院，三任礼部尚书。嘉庆八年，纪晓岚80大寿，皇帝派员祝贺，并给予厚赠。旋拜协办大学士，加太子少保衔，兼理国子监事，官居一品。

## 著书时间

《阅微草堂笔记》，是清代学者纪昀晚年的一部文言笔记小说，从66岁至75岁，前后历经十年，成书五种，计二十四卷。纪昀一生仕途得意，恩荣备至，居于“一代文宗”的地位，称得上是清王朝在思想文化界的代表人物。

他在奉乾隆旨意编纂四库全书的同时，抢救、搜集了大量有可能成为禁书的古籍善本，将其中的精华汇编成册，称为《阅微笔记》，儈神鬼道，传闻逸事，包罗万象，无所不有。与当时蒲松龄的《聊斋志异》和曹雪芹的《红楼梦》并称清代三大小说体著作。可惜的是，这部传奇著作，因一些历史原因，遭遇了重大灾难，原稿遗失殆尽，纪昀凭借自己的记忆，重新来过，虽成《阅微草堂笔记》，但终有大量疏漏。

这部小说可说是笔记体小说的集大成之作，思想内容与艺术成就都达到了历代笔记体小说的最高水平。其中包括有《滦阳消夏录》六卷、《如是我闻》四卷、《槐西杂志》四卷、《姑妄听之》四卷、《滦阳续录》六卷，共24卷1224则故事。

# 名家点评图解

纪昀本长文笔，多见秘书，又襟怀夷旷，故凡测鬼神之情状，发人间之幽微，托孤鬼以抒己见，隽思妙语，时足解颐；间杂考辨，亦有灼见。叙述复雍容淡雅，天趣盎然，故后来无人能夺其席，固非仅借位高望重以传者矣。

——鲁迅

曾国藩在《姜露庵杂记》中说："纪文达公《阅微草堂笔记》虽一时游戏排遣之作，而议论透辟，文笔犀利，且于劝惩之旨，恳恳勤勤，非寻常稗乘所可比匹。"

《聊斋志异》和《阅微草堂笔记》，两者都是文言短篇小说集，而且都是志怪一类，本质上当无大的区别。只是《阅微草堂笔记》比起《聊斋志异》缺少描写，可算区别之一。

——《中国文学史新著》

清代小说最流行者有三：《石头记》《聊斋志异》及《阅微草堂笔记》是也。

——蔡元培

对于《阅微草堂笔记》的特色，陈美林先生概括清人盛时彦的评价为：“学问好、技巧高、内容正。”

在中国文学史上，以学问广博而名噪当时，又以文笔精湛而享誉后世，其本人却以述而不作而自得其乐的，纪昀堪称首屈。当然，作为文学家，纪昀并非徒有虚名，因为他留有一部优秀的，也是唯一的作品。

——互动百科

阅微草堂笔记
误而即觉，是谓聪明。

# 观古阅今

Guan Gu Yue Jin

阅微草堂笔记

《阅微草堂笔记》原名《阅微笔记》，是一部撷录中华文化史料的笔记，是纪晓岚在文津阁编修《四库全书》时从库藏的无数秘本珍籍以及禁毁书中抢救采撷下来的，有的还加上了自己的评注。

清代的文字狱是非常严酷的，稍有不慎便遭祸害，就连像纪晓岚那样深受乾隆重用的大臣，也曾因坐泄机事而被削去官职，流放到新疆三年多。但他为了抢救祖国文化史料，不忍坐见其被毁，仍甘赌上身家性命秘录了这部笔记。

可是这部倾注了他多年心血的《阅微笔记》后来竟失落了。原来纪晓岚才华出众，深得乾隆宠爱而遭和珅记恨。和珅把他视为威胁自己权位的政敌，处处钳制他，寻找谋害他的把柄，并在《四库全书》的编纂处安插了耳目毕庸。

纪晓岚的那部私录的秘册《阅微笔记》恰被毕庸窥知，于是密报和珅。纪晓岚处于危险境地中，幸有一位名叫王丁的义士，凭着一身轻功，赶在和珅搜抄之前的一个深夜，潜入文津阁，把这部《阅微笔记》取出秘密隐埋在野外双塔山上。纪晓岚避去了一场灭门之祸。但是后来亲自藏秘的王丁死去，这部《阅微笔记》孤本再也寻找不到了。

现在流传下来的《阅微草堂笔记》，是《阅微笔记》失落之后，纪晓岚追忆重写而得的。断断续续“追录见闻，忆及即书”，积十年才成，但所记事迹中史料还不到原笔记的十分之一，内容远不及原笔记丰实，仅以记述狐鬼神怪为主。由于文笔淡雅质朴，深受封建士大夫们的赏识、据说每脱一稿，就被竞相传抄，在上层社会广为流传，一时竟享有同《红楼梦》《聊斋志异》相媲美之盛誉。

《阅微笔记》的失落，无疑是我国文化史上的一个重大损失。凡注意于清史研究的人都知道，乾隆在他组织编修《四库全书》和弘扬中华文化幌子的背后，另有一个阴险的目的，这就是“寓禁于毁”，借“修史”之名来行其毁书的目的。纪晓岚敢于反其道而行之，冒着杀身之祸，力图保存其中一些珍贵史料，这在当时是件非常大胆勇敢的行为。

《阅微笔记》原稿至今存亡未卜，有待于今后。但纪晓岚的一番功德不可埋没，这段逸史是应该记入史册的。

蒲松龄的《聊斋志异》流行后，在社会上产生了很大影响，于是出现了一批模仿《聊斋》的作品，其中就有纪晓岚的《阅微草堂笔记》。纪氏与蒲松龄的社会地位相差不啻天壤，学问之大也绝非蒲氏可比，那么他何以要模仿《聊斋》呢？实际上，这正说明纪晓岚不失文人本色，这也正是他的诚实处。他心里明白，作为文人，最终还是要以文章、作品论高下，而非以政治地位说事。他虽然也“主编”了一部四库全书，但那毕竟是奉敕而为，只能算是一项“政治任务”；何况，那里面又没有自己的东西。因此，纪晓岚在退休后，决定当一把正统文人不屑干的小说家。此时，蒲松龄的名声正如日中天，纪晓岚也成了他的“粉丝”，丝毫也不掩饰对他的崇拜。他曾说：“留仙之才，余诚莫逮其万一。”留仙是蒲松龄的字。

可能因为地位、学养的不同，纪晓岚与蒲松龄的小说观颇有不同，他不同意蒲松龄的写法，尤其是对《聊斋》中大量的虚构情节表示困惑。他说：“今燕昵之词，媟狎之态，细微曲折，摹绘如生。使出自言，似无此理；使出作者代言，则何从而闻见之？又所未解也。”他认为妖仙鬼狐肯定不会是蒲松龄亲自看到的，那么他将狐仙们与人之间的恋情写得是那样真切感人，形象生动，根据是什么呢？所以蒲松龄是没有资格“代言”的。也就是说，纪昀认为小说不该写出那些从情理上来说不应为人所知的细节。

很显然，纪昀所理解的“小说”，还只是一种排斥虚构想象的纪实文体。中国古代确实存在大量这种号称“纪实”以攀附正史的“小说”，多以“笔记”名之，实则并非现代意义上的小说作品。纪晓岚的学生盛时彦在谈到纪氏创作目的时，谓其“年近七十，不复以词赋经心，唯时时追录旧闻，以消闲送老”。《阅微草堂笔记》就是他追述一生记闻之作。所以他是用“笔记”命题，而不是像蒲松龄那样题为“志异”。《阅微草堂笔记》中的作品全用“述见闻”亦即纪实的笔法。为了表明这一点，当然也是为了使读者相信作品的真实性，纪昀的一个重要方法是每则故事都要说明来源，以“××言”表明既非亲见亲闻，亦绝非凭空杜撰，他是有根据的。也是为了同样的目的，他还自觉限制自己的想象力，不作过多的细节描写，所以其作大多平实无华，文学色彩与艺术感染力都大逊于《聊斋志异》。

鲁迅曾批评宋人志怪小说“既失六朝志怪之古质，复无唐人传奇之缠绵，当宋之初，志怪又欲以‘可信’见长，而此道于是不复振也”。纪昀犯的也正是“欲以可信见长”的错误。其实，小说的生命正在于虚构，否定虚构就等于取消了小说这个文体。当然，《阅微草堂笔记》也真实记录了当时官场及社会上一些黑暗腐败的现象，揭露了宋明理学的虚伪与残忍，感慨于世风的浅薄，表达了作者的批判意图。纪晓岚作为一个当时的高官，这也是难能可贵的。

# 辅导讲坛

*Fu Dao Jiang Tan*

阅微草堂笔记

本书的阅读，以多视角，多元化，多维度为启动引擎，在阅读时从两个主体部分着眼，就会得到相得益彰的效果。

## 一、版块辅导

全书共分为六大版块：阅读图解、观史阅今、辅导讲坛、原典新释、古韵体验以及延伸阅读。

图形也是一种语言，但它比文字简练、直观、立体，同时也蕴含着丰富的信息。本书的阅读图解部分就是最好的证明，这部分内容是对整本书的结构概括、作者生平以及本书的历史影响及文学地位的直观展示。

接下来是观史阅今，读者可以从这部分概括性的语言中对本书的意义、传承、影响等方面有一个总体的了解。这样，在阅读原著的时候就能更轻松地领悟作者的思想精髓。

原典新释是本书的重中之重，它主要由原文、注释、译文和经典语录等知识版块组成。梳理原文，并对生僻难解的字词进行注释，同时还配有相应的译文，这些都有利于读者理解国学经典内容。此外，在每一篇文章后面都加了一个紧扣本篇内容的铭记链接知识。这样不仅能加深读者的记忆，而且还开阔了读者的视野，达到了全民阅读“品味经典，弘扬传统文化”的目的。

古韵体验，这也是当我们读完这本经典著作之后的收获和感想。我们都能领悟到作品哪些思想精髓，应该怎么做才能真正地弘扬中华传统文化，实现中华民族的伟大复兴呢?

## 二、原著辅导

《阅微草堂笔记》是清代著名学者纪昀用十年写成的笔记小说。那么，什么是笔记小说呢?

笔记小说，是一种带有散文化倾向的小说创作形式。它的特点就是兼有“笔记”和“小说”的特征。“笔记”使其在记叙上获得了一种散文化的记叙空间，在这一空间里，作者可以叙述，也可以表达别人及自己的思考以及观点，而“小说”则是一种带有故事性的叙述和创作，由于“笔记”本身获得的自由空间，又可以使“小说”创作与散文化的“笔记”叙述相互交叉，使其优势十分明显。

而笔记小说中的民间文学因素也是十分浓郁的，如在笔记小说较为成熟的魏晋、唐、宋时期以来的《搜神记》《世说新语》《太平广记》等，都是这方面的代表。尔后，纪晓岚的《阅微草堂笔记》和蒲松龄的《聊斋志异》两部笔记小说，达到了相当的高度。

笔记小说《阅微草堂笔记》的故事、视角与视点，都是平民化的，带有十分明显的民间文学特色。其中包含了许多传说、寓言、掌故、逸事，它不仅有平民化的视角，换句话说，“是老百姓眼里的世界”，在叙述及语言方式上更加浓墨重彩。人物呈现出的想象与创造力，营构的鬼、狐世界，细节的夸张与变形，以及作品中的寓言性质及象征意义，注重环境氛围的营造和人物与故事情节，是这部小说的最大特色。

尽管《阅微草堂笔记》中的许多细节以及故事情节、甚至人物都是虚构、夸张、变形的，但这本笔记小说集从整体和宏观上却极其高度地反映了生活的本质真实。作者吸取了民间文学的丰富营养来进行创作，读后使人感到身临其境，意趣盎然。

鲁迅先生在《中国小说史略》中，称纪晓岚“处世贵宽，论人欲恕”，是十分中肯的。他与那些虚伪的道学先生是截然不同的两种人物。纪晓岚及其作品，都是很值得研究的。

《阅微草掌笔记》是中国古代笔记小说中的经典之作，在中国文学史上具有重要的地位。而探究其因由，关键因素是作品以“劝惩”为主旨，从“劝诫世人”的角度，记述了题材丰富的故事内容，文字间蕴含着深邃广博的思想精髓，并且巧妙地运用了风趣幽默的叙述方式。

首先，《阅微草常笔记》直接关注现实社会中的方方面面。作品不仅揭露了庙堂之上吏治的腐朽，描述了世风日下的现状，还中肯地批评了违背孝悌之义以及刻板遵循古礼的行为，控诉不合理的封建礼教对女性的迫害，并且全面、深刻地剖析了程朱理学的偏激之处。

其次，在《阅微草章笔记》中，纪昀借助广泛的题材内容充分地表达了自己的见解与观点。在为官方面，纪昀提倡为官者应廉明清正、秉公执法、以德为政、有为而治；在孝道方面，纪昀认为在以孝悌为本的前提下，更要“重情通礼”，而不能一味拘泥于古礼；在女性守节方面，纪昀多从情理的角度出发，考虑女性当时所处的境遇，认为不论缘由地苛责女性守节是不合理的；在为人处世方面，纪昀提倡淳朴的民风，并建议人们摒弃墨守成规、应擅于变通，审时度势、善于把握时机；在治学方法上，纪昀提倡“以实心励实行，以实学求实用”。

第三，一方面考虑到人们的风俗信仰，另一方面为了更好地实现“劝诫世人“的目的，纪昀巧妙地借助狐鬼、因果报应为叙述载体，增强故事的信服力。

最后，纪昀将“尚质黜华”的语言风格和“寓言式”的叙事方式，完美地结合在一起，令原本枯燥乏味的说教变得生动、形象，使作品中所呈现出来的理论观点更容易被大众读者所接受。

# 原典新释

Guan Dian Xin Shi

阅微草堂笔记

# 卷一·滦阳消夏录（一）

## 原文

爱堂先生言：闻有老学究夜行，忽遇其亡友。学究素刚直，亦不怖畏，问："君何往?"曰："吾为冥吏，至南村有所勾摄，适同路耳。"因并行，至一破屋，鬼曰"此文士庐也。"问何以知之。曰："凡人白昼营营，性灵汩没。惟睡时一念不生，元神朗澈，胸中所读之书，字字皆吐光芒，自百窍而出，其状缥缈缤纷，烂如锦绣。学如郑、孔①，文如屈、宋、班、马②者，上烛霄汉，与星月争辉。次者数丈，次者数尺，以渐而差，极下者亦荧荧如一灯，照映户牖，人不能见，惟鬼神见之耳。此室上光芒高七八尺，以是而知。"学究问："我读书一生，睡中光芒当几许?"鬼嗫嚅良久曰："昨过君塾，君方昼寝。见君胸中高头讲章③一部，墨卷五六百篇，经文七八十篇，策略④三四十篇，字字化为黑烟，笼罩屋上。诸生诵读之声，如在浓云迷雾中，实未见光芒，不敢妄语。"学究怒叱之。鬼大笑而去。

## 注释

①郑、孔：郑，指郑玄，字康成，北海高密（今山东高密西南）人，东汉经学家。孔，指孔颖达，字冲远，冀州衡水（今属河北）人，唐代经学家，奉唐太宗之命，编有《五经正义》。

②屈、宋、班、马：屈指屈原，宋指宋玉，两人皆为战国时著名的辞赋家，班指班固，东汉史学家，著有《汉书》，马指司马迁，西汉史学家，著有《史记》。

③高头讲章：高头指线装古书边栏上方的空白处。讲章指读书人的一些批注。此处指只有一部天头上批满了注的八股文章，笑他学识浅薄。

④策略：指科举试士的文体之一。

## 译文

爱堂先生谈到：听说有一个老学究晚上行路，忽然遇见一个死去的朋友。学究先生向来性子刚直，因此也不觉得恐怖畏惧，就问他："往哪里去？"朋友说："我现在是阴间的差人，到南村去勾人魂魄。我们正好同路。"

于是两个人同行，来到一个破烂的房屋前，鬼指着屋子说："这一定是一个文人住的。"学究问他怎么知道，鬼说："人在白天的时候为生计奔波，掩隐了自己的性灵。只有睡觉的时候不会有什么杂念，思想很纯净明亮。他所读过的书，每个字都从他的百窍中发出光芒，形状朦胧绚丽，就像锦绣一样灿烂。如果学问做到像郑玄，孔子的那样，文采像屈原、宋玉、班固、司马迁一样，他的光芒就会照亮天空，和星星、月亮一起闪亮。差一点的，他的光芒可以照数丈，再差一点的照数尺，越往下照得越少。不过最差的，发出的光也如同屋子里的灯，可以照亮窗户。这些光凡人是见不到的，只有鬼神才能看到。这个房子上的光芒有七八尺高，所以我知道里面住着一个读书人。"

学究又问他："我读了一辈子的书，不知道睡觉时的光芒有多高？"鬼犹豫了半天，才说道："昨天白天我经过你的书房，你刚好睡着了。我看见你胸中有一部高头讲章，五六百篇墨字，七八十篇经文，三四十篇策略都化成黑烟，笼罩在屋顶。那些学生的读书声，就像笼罩在浓云迷雾中一般。实在是没有看见什么光芒，我不敢瞎说。"

学究听了非常生气，大声地骂他的朋友，鬼大笑着走了。

## 原文

献县周氏仆周虎，为狐所媚，二十余年如伉俪。尝语仆曰："吾炼形已四百余年，过去生中，于汝有业缘当补，一日不满，即一日不得升天。缘尽，吾当去耳。"一日，輾然①自喜，又泫然自悲，语虎曰："月之十九日，吾缘尽当别。已为君相一妇，可聘定之。"因出白金付虎，俾②备礼。

自是狎昵燕婉，逾于平日，恒形影不离。至十五日，忽晨起告别，虎怪其先期。狐泣曰：“业缘一日不可减，亦一日不可增，惟迟早则随所遇耳。吾留此三日缘，为再一相会地也。”越数年，果再至，欢洽三日而后去。临行呜咽曰：“从此终天诀矣！”陈德音先生曰：“此狐善留其有余，惜福者当如是。”刘季箴则曰：“三日后终须一别，何必暂留？此狐炼形四百年，尚未到悬崖撒手地位，临事者不当如是。”余谓二公之言，各明一义，各有当也。

## 注释

①辴然：笑的样子。

②俾：使。

## 译文

献县周家的仆人周虎，被狐狸迷住了，两人做了二十多年的恩爱夫妻。狐狸对周虎说，“我已经修炼成形四百多年。在上一世中，我对你有缘未尽，一日不尽，我就一日不能够升天。哪天缘尽，我就该去了。”

一天，她忽然自己笑了起来，又一下子伤心地落泪。对周虎说：“这个月十九号，是我和你缘尽分别的日子。我已经为你选中了一个妻子，你可以去下聘了。”还拿出一些银两给周虎，让他置办结婚的礼物。

从此以后狐狸对周虎比平时更加亲热了，一天到晚和周虎形影不离。

到十五号的那天，一大清早起来狐狸突然就和周虎要告别。周虎觉得很奇怪，难道时间提前了？狐狸伤心地说：“我们之间的缘分一天也不能少，一天也不能多，只有早晚可以由我们自己决定的。我留出三天的缘分，这样以后就能再和你相见。”

过了几年，她果然回来了，两人又度过三天美好的日子后又要离开。

临别前狐狸呜咽着说：“以后是真的再也见不到了。”

陈德音先生说：“这个狐狸精懂得留有余地，珍惜幸福的人就应该像这样。”

刘季箴则说：“三天以后也还是要分开的，何必又把它暂时地存留呢？

这个狐狸已经修炼成形四百年了，却还没有到达看开一切的地步，遇到事情不应该这样做。”

我觉得他们两个人的话，各有各的道理，都说得通。

## 原文

北村郑苏仙，一日梦至冥府，见阎罗王方录囚。有邻村一媪至殿前，王改容拱手，赐以杯茗，命冥吏速送生善处。郑私叩冥吏曰：“此农家老妇，有何功德？”冥吏曰：“是媪一生无利己损人心。夫利己之心，虽贤士大夫或不免。然利己者必损人，种种机械，因是而生，种种冤愆[1]，因是而造，甚至贻臭万年，流毒四海，皆此一念之害也。此一村妇而能自制其私心，读书讲学之儒，对之多愧色矣。何怪王之加礼乎！”郑素有心计，闻之惕然而寤。郑又言，此媪未至以前，有一官公服昂然入，自称所至但饮一杯水，今无愧鬼神。王哂曰：“设官以治民，下至驿丞闸官，皆有利弊之当理，但不要钱即为好官。植木偶于堂，并水不饮，不更胜公乎？”官又辩曰：“某虽无功，亦无罪。”王曰：“公一生处处求自全，某狱某狱，避嫌疑而不言，非负民乎？某事某事，畏烦重而不举，非负国乎？三载考绩之谓何？无功即有罪矣。”官大踧踖[2]，锋棱顿减。王徐顾笑曰：“怪公盛气耳。平心而论，要是三四等好官，来生尚不失冠带。”促命即送转轮王。观此二事，知人心微暖，鬼神皆得而窥，虽贤者一念之私，亦不免于责备。“相在尔室[3]”，其信然乎。

## 注释

①冤愆：过失。

②踧踖：恭敬不安的样子。

③“相在尔室”：出自《诗经·大雅·抑》，整句话是“相在尔室，尚不愧于屋漏，无曰不显，莫予云觏，神之格思，不可度思。矧可射思。”意思是看看你的室中，在阴暗处也要光明磊落。什么东西都是显而易见的，不要以为别人看不见。神的来临呀，不可以猜度，难道能够讨厌他吗？

## 译文

北村有个叫郑苏仙的，有一天梦见来到阴间的官府里，看到阎罗王正在处理囚犯。

这时有一个邻村的老太太被领到大殿前，阎罗王立刻改变了表情，对老太太拱手相迎，并让人给她倒茶，要冥吏把她赶快送到一个好的地方去投生。

郑苏仙于是偷偷地请教冥吏，“这个农家的老太太有什么功德吗？”

冥吏说：“说起来，就连贤明的君子也有免不了有利己之心的，这个老太太一生都没有利己损人的心思。但是凡事如果对自己有利，那必然会损害别人的利益，由此而生出各种机谋，也导致了各种冤枉，过失。甚至有的对后世造成广泛的，很不好的影响，这一切都只是由一个念头引起的。而这个老太太虽然只是一个农家的妇人，却能够克制自私的心理，即使是读了许多书，给人讲道理的学者，面对她的时候也有许多感到惭愧的。所以阎罗王对她以礼相待也就不奇怪了。”

郑苏仙向来颇有心计，听了这段话之后突然有所醒悟。

郑苏仙还说，在这个老太太还没来之前，有一名官员穿着官服挺着胸脯神气逼人地走进来，说自己每到一处只喝一杯水而已，所以即使在鬼神面前也不会感到羞愧。

阎罗王冷笑道：“设置官员的目的是为了管理老百姓的，小到驿站的站长，管闸的闸官，都有权衡利弊，处理事务的作用。如果不要钱就算是好官的话，那么在公堂上做一个木偶，连水都不用喝，不是比你更好吗？”那官又分辩说：“我虽然没有什么功劳，但是也没有什么过错。”

阎罗王说：“你一生都小心翼翼地保全自己，这个案子，还有那个案子，你都害怕招惹是非没有站出来说话，这不是对老百姓不负责吗？这件事，那件事，因为怕麻烦、怕困难而不去作，不是有负于国家对你的期望吗？三年做官考核出来又有什么功绩呢？没有功劳就是有罪。”

那官这才觉得不好意思，咄咄逼人的气势小了不少。

阎罗王缓缓地向四周看了看，笑着说：“我只是看不惯你自负的样子而已。通常说来，做一个三四等的好官，下辈子还是能当官的。”

于是命人赶快把他送到转轮王那里去。从这两件事就可以看出，人的心思稍微有变化，鬼神都会发现，即使是贤明的君子有一丝的私心，也免不了被责怪。

“相在尔室”，真的就是这样。

## 原文

交河及孺爱、青县张文甫，皆老儒也，并授徒于献。尝同步月南村北村之间，去馆稍远，荒原阒寂，榛莽①翳然。张心怖欲返，曰：“墟墓间多鬼，曷可久留！”俄一老人扶杖至，揖二人坐曰：“世间安得有鬼，不闻阮瞻②之论乎？二君儒者，奈何信释氏之妖妄。”因阐发程朱③二气屈伸之理，疏通证明，词条流畅。二人听之，皆首肯，共叹宋儒见理之真。递相酬对，竟忘问姓名。适大车数辆远远至，牛铎铮然。老人振衣急起曰：“泉下之人，岑寂久矣。不持无鬼之论，不能留二君作竟夕谈。今将别，谨以实告，毋讶相戏侮也。”俯仰之顷，欻然已灭。是间绝少文士，惟董空如先生墓相近，或即其魂欤？

## 注释

①榛莽：茂密的草丛。

②阮瞻：字千里，晋陈留人尉氏（今属河南）。阮咸的儿子，素持无鬼论。

③程朱：程指程颢，程颐两兄弟。程颢，洛阳（今河南洛阳东）人，字伯淳，世称明道先生。程颐，字正叔，世称伊川先生。两人均是北宋思想家，理学奠基人。二人之学说倡导“存天理，灭人欲”，合称“洛学”。其学说主要收集在《二程集》中。朱指朱熹，南宋思想家，徽州婺源（今属江西省）人，字元晦，一字仲晦，号晦庵，晚号晦翁，别称紫阳。受学于二程三传弟子李侗，集周敦颐、邵雍、张载、二程等北宋以来理学之大成，毕生著述讲学，影响极大。其学派称为“程朱学派”，著有《四书集注》、《朱子集注》、《伊洛渊源录》。

## 译文

交河的及孺爱，青县的张文甫，都是老学究，并且都在献县教书。

曾经有一次，两个人晚上踏着月光散步，一直走到了南村和北村之间，这里离他们的书院比较远。只看见周围一片荒野，寂静无声，茂密的草丛中似乎隐藏着什么。

张文甫心里感到害怕，想要回去。说："这些坟墓里肯定有许多鬼，怎么可以在这里久呆呢？"

过了一会儿，看见有一个老头拄着拐杖来到他们面前，拱手行礼请他们坐下，说："世上哪有什么鬼！你难道没有听过阮瞻的议论吗？你们俩都是儒家的学者，怎么会相信佛教徒的那些胡言乱语呢？"

于是老头将程朱二气屈伸的理论做了一番阐明，解释贯通，旁征博引，滔滔不绝。

两个人听了，都点头称是，赞叹宋代的学者看到了事情的本质。彼此之间应酬答对，竟都忘了问老者的姓名。

这时正好有几辆大车从远处慢慢驶来，挂在牛脖子下的铃铛发出清脆的声音。老头连忙抖了抖衣服，站起身来说："我是已经死了的人，一个人孤孤单单好长时间了。今天我如果不坚持说没有鬼，你们就不会留下来和我聊一晚上。现在我们要分别了，我还是老老实实地把实情告诉你们，你们千万不要以为我是故意戏弄你们的。"

一晃就不见了。这地方没有什么文人雅士，只有董空如先生的墓在旁边，难道这是他的魂魄吗？

## 原文

河间唐生，好戏侮，土人至今能道之，所谓唐啸子者是也。有塾师好讲无鬼，尝曰："阮瞻遇鬼①，安有是事，僧徒妄造蜚语耳。"唐夜洒土其窗，而呜呜击其户。塾师骇问为谁，则曰："我二气之良能②也。"塾师大怖，蒙首股栗，使二弟子守达旦。次日委顿不起。朋友来问，但呻吟曰："有鬼。"既而知唐所为，莫不拊掌。然自是魅大作，抛掷瓦石，摇撼户牖，无虚夕。初尚以为唐再来，细察之，乃真魅。不胜其嬲，竟弃馆而去。盖震惧之后，益以惭恧[3]，其气已馁，狐乘其馁而中之也。妖由人兴，此之谓乎？

## 注释

①阮瞻遇鬼：《晋书·阮瞻传》记阮瞻素持无鬼论，一天有一个人来拜访他，两人就有鬼无鬼进行了很长时间的辩论，结果客人输了，于是说出自己本来就是鬼，然后变形消失了。阮瞻由此大惊，不久病逝。

②二气之良能：良能，我国古代唯心主义哲学家指不学而能，先天具有的判断是非善恶的能力。二气即阴阳二气，即谓鬼。

③惭恧：惭愧，自愧。

## 译文

河间有个姓唐的书生，喜欢戏弄、侮辱别人。当地人至今还说起他，都叫他唐啸子。有一个教书先生喜欢到处对人说世上没有鬼，他曾经说："阮瞻碰到鬼，怎么会有这种事，那是和尚们瞎编的闲谈而已。"唐生于是晚上把土洒在他的窗子上，敲他的门发出呜呜的声音。教书先生惊奇地问是谁？唐生说："我是由二气构成的不学而能的东西。"教书先生听了十分害怕，蒙头缩在被子里，瑟瑟发抖。派了两个学生整夜守在他的门口。第二天，精神很不好，起不了床。朋友来看望他，他只是呻吟着说道："有鬼。"不久大家都知道这实际上是唐生搞的鬼，听了没有不拍掌大笑的。然而从此以后奇怪的事情不断出现，每天晚上都有人丢瓦砾石头，撞门敲窗。一开始大家还仍然以为又是唐生捣鬼，仔细观察，才发现是真的有鬼，教书先生实在忍受不了这种骚扰，最后竟然辞了馆职离开了这个地方。这大概是因为他一开始听说有鬼害怕，然后又听说是唐生搞的鬼，不禁十分惭愧，以前很饱满的精神已经减弱了不少，这时狐狸精乘虚而入，所以就彻底不行了。这就是所谓的妖因人而作怪吗？

## 原文

献县吏王某，工刀笔，善巧取人财。然每有所积，必有一意外事耗去。有城隍庙道童，夜行廊庑间，闻二吏持簿对算。其一曰："渠①今岁所蓄较多，当何法以销之？"方沉思间，其一曰："一翠云足矣，无烦迂折也。"是庙往往遇鬼，道童习见，亦不怖，但不知翠云为谁，亦不知为谁销算。俄有小妓翠云至，王某大嬖之，耗所蓄八九；又染恶疮，医药备至，毕愈，则已荡然矣。人计其平生所取，可屈指数者，约三四万金。后发狂疾暴卒，竟无棺以殓。

## 注释

①渠：他。

## 译文

献县有个小吏姓王，善于写文书，设法从中牟取别人的钱财。但是每当他有了一些积蓄，就一定会出现一件意外的事情把这些钱财花费掉。有一个城隍庙的道童，晚上在屋檐下走，听见两个小吏拿着小本在对着算帐。其中一个说："他今年积得挺多的，怎么让他花掉？"道童觉得奇怪，心里琢磨这是怎么一回事，就听见另一个说道："一个翠云就够了，不需要用太麻烦的办法。"这个庙以前常常碰见鬼，道童也习以为常了，因此不觉得害怕。但就是不知道他们所说的翠云是谁，也不知道是要花掉谁的钱。不久，有一个年纪不大的妓女翠云来到这里，王某非常喜欢她，积蓄的钱十分之八九都为她花掉了。不久王某又染上了恶疮，用尽了各种办法，等他病好了，钱也花光了。别人估算了他一生牟取的钱财，曲着指头算算大概有三四万两银子。王某后来突然发狂病死了，竟然连埋葬的棺材都没有。

## 原文

叶旅亭御史宅，忽有狐怪，白昼对语，迫叶让所居。扰攘戏侮，至杯盘自舞，几榻自行。叶告张真人。真人以委法官，先书一符，甫张而裂。次牒都城隍①，亦无验。法官曰："是必天狐，非拜章不可。"乃建道场七日。至三日，狐犹诟詈。至四日，乃婉词请和，叶不欲与为难，亦祈不竟其事。真人曰："章已拜，不可追矣。"至七日，忽闻格斗砰訇，门窗破堕，薄暮尚未已。法官又檄他神相助，乃就擒，以罂贮之，埋广渠门外。余尝问真人驱役鬼神之故，曰："我亦不知所以然，但依法施行耳。大抵鬼神皆受役于印，而符箓则掌于法官。真人如官长，法官如胥吏。真人非法官不能为符箓，法官非真人之印，其符箓亦不灵。中间有验有不验，则如各官司文移章奏，或准或驳，不能一一必行耳。"此言颇近理。又问设空宅深山，猝遇精魅，君尚能制伏否？曰："譬大吏经行，劫盗自然避匿。倘或无知猖獗，突犯双旌，虽手握兵符，征调不及，一时亦无如之何。"此言亦颇笃实。然则一切神奇之说，皆附会也。

## 注释

①城隍：道教神名。原为民间信仰地方守护神，后为道教所信奉。道教中的城隍神职掌护国安邦，祛恶除凶，调和风雨，管理死人亡魂等事。道士建道场作法，要发文书知照城隍（俗称"城隍牒"）。城隍信仰在宋明到清代的儒教中也占有重要地位。

## 译文

叶旅亭御史的房子，突然出现了狐狸，大白天对人说话，强迫叶旅亭让出房子给他住。对叶家进行骚扰，捣乱，戏弄家人。弄得他们家里的杯子和盘子会自己跳起舞来，桌子和床会自己走动。叶旅亭把这件事告诉了张真人。张真人把它交给了法官。法官先写了一张符，刚刚把它打开来，符就裂了。然后法官又发了一个文书给都城隍，仍然没有用。法官说："这一定是一个天狐，非要拜章才能制服它。"于是作了七天的道场，到第三天，还能听见狐狸的辱骂声，到第四天，狐狸就开始好言求和了。叶旅亭不想和狐狸作对，希望到此为止。真人说："章已经拜了，不能追回来了。"到了第七天，突然听见有人打架的声音，门窗都破了，这时天还没有大亮。法官又发书请其他的神来帮忙，于是抓住了狐狸，用一个瓦瓶把它装起来，埋在广渠门外。我曾经问真人驱役鬼神的道理，他说："我也不知道是怎么回事，只要依着程序做就可以了。一般来说，鬼神都被印所控制，而符箓掌握在法官的手中。真人就好比是官长，法官就好比是他手下的胥吏。真入没有法官就写不了符箓，法官没有真人的印，他的符箓也不灵了。不过这也是有的时候灵验，有的时候不灵验，就像各个官府部门之间转发文件，上奏章程一样，也有批准的，也有被驳回的，不是全都能实行的。这话说得倒是挺有道理的。我又问他，如果是在深山里的空屋子，突然遇到妖怪，你还能制服它吗？真人说："这就像是有大官经过，打劫的强盗自然会躲避起来。或者如果他不知道是大官，为非作歹，冒犯了大人，这时我手里虽然有兵符，但是来不及征调援兵，一时间也没有办法对付。"我觉得他这话说得挺实在的。那么所谓神奇的说法，都是大家编造的了。

## 原文

朱子颖运使言：守泰安日，闻有士人至岱岳深处，忽人语出石壁中，曰："何处经香，岂有转世人来耶？"訇然震响，石壁中开，贝阙琼楼，涌现峰顶，有耆儒冠带下迎。士人骇愕，问此何地。曰："此经香阁也。"士人叩经香之义。曰："其说长矣，请坐讲之。昔尼山删定，垂教万年，大义微言，递相授受。汉代诸儒，去古未远，训诂笺注，类能窥先圣之心。又淳朴未漓，无植党争名之习，惟各传师说，笃溯渊源。沿及有唐，斯文未改。迨乎北宋，勒为注疏十三部[1]，先圣嘉焉。诸大儒虑新说日兴，渐成绝学，建是阁以贮之。中为初本，以五色玉为函，尊圣教也。配以历代官刊之本，以白玉为函，昭帝王表章之功也。皆南面。左右则各家私刊之本，每一部成，必取初印精好者，按次时代，度置斯阁，以苍玉为函，奖汲古之勤也。皆东西面。并以珊瑚为签，黄金作锁钥。东西两庑以沉檀为几，锦绣为茵。诸大儒之神，岁一来视，相与列坐于斯阁。后三楹则唐以前诸儒经义，帙以纂组，收为一库。自是以外，虽著述等身，声华盖代，总听其自贮名山，不得入此门一步焉，先圣之志也。诸书至子刻午刻，一字一句，皆发浓香，故题曰经香。盖一元斡运，二气絪缊，阴起午中，阳生子半。圣人之心，与天地通。诸大儒阐发圣人之理，其精奥亦与天地通，故相感也。然必传是学者始闻之，他人则否。世儒于此十三部，或焚膏继晷，钻仰终身；或锻炼苛求，百端掊击，亦各因其性识之所根耳。君四世前为刻工，曾手刊《周礼》②半部，故余香尚在，吾得以知君之来。"因引使周览阁庑，款以茗果。送别曰："君善自爱，此地不易至也。"士人回顾，惟万峰插天，杳无人迹。案此事荒诞，殆尊汉学者之寓言。夫汉儒以训诂，宋儒以义理相尚。似汉学粗而宋学精，然不明训诂，义理何自而知。概用诋诽，视犹土苴，未免既成大辂，追斥椎轮；得济迷川，遽焚宝筏。于是攻宋儒者又纷纷而起。故余撰《四库全书·诗部总叙》③有曰，宋儒之攻汉儒，非为说经起见也，特求胜于汉儒而已。后人之攻宋儒，亦非为说经起见也，特不平宋儒之诋汉儒而已。韦苏州④诗曰："水性自云静，石中亦无声；如何两相激，雷转空山惊。"此之谓矣。平心而论，《易》⑤自王弼⑥始变旧说，为宋学之萌芽。宋儒不攻《孝经》⑦，词义明显。宋儒所争，只今文古文⑧字句，亦无关宏旨，均姑置弗议。至《尚书》⑨、"三礼"⑩、"三传"⑪、《毛诗》⑫、《尔雅》⑬诸注疏，皆根据古义，断非宋儒所论。《论语》⑭、《孟子》⑮，宋儒积一生精力，字斟句酌，亦断非汉儒所及。盖汉儒重师传，渊源有自。宋儒尚心悟，研索易深。汉儒或执旧文，过于信传。宋儒或凭臆断，勇于改经。计其得失，亦复相当。惟汉儒之学，非读书稽古，不能下一语。宋儒之学，则人人皆可以空谈。其间兰艾同生，诚有不尽餍人心者，是嗤点之所自来。此种虚构之词，亦非无因而作也。

## 注释

①注疏十三部：指对《易经》、《书经》、《诗经》、《周礼》、《仪礼》、《礼记》、《春秋左传》、《春秋公羊传》、《春秋谷梁传》、《论语》、《孝经》、《尔雅》、《孟子》这十三部儒家的经典的解释。

②《周礼》：亦称《周官》或《周官经》，儒家经典之一。搜集周王室官制和战国时代各国制度，添附儒家政治理想，增减排比而成的汇编。

③《四库全书》：中国清代编修的大型综合丛书。乾隆38年（1773）开馆编修，乾隆46年（1782）完成。共收书3503种，计79337卷。分经、史、子、集四部，44类。收录了中国历史上最有价值的文化典籍。全书共缮写7部，分藏于北京、承德、沈阳、镇江、扬州、杭州等地。其中文津阁本现存北京图书馆，是七部中保存最完整的一部，纪晓岚为其实际上的主编，并撰有《四库全书总目提要》。

④韦苏州：指唐代诗人韦应物，京兆万年（今陕西西安）人，他曾任苏州刺史，世称韦苏州。与王维、孟浩然、柳宗元合称“王孟韦柳”，有集。

⑤《易》：中国儒家经典之一，分《经》、《传》两部分，《经》据传为周文王所作，由卦、爻两种符号重叠演成64卦、384爻，依据卦象推测吉凶。今本《易经》通过释经表达哲学观点，包含世界观、伦理学说和丰富的朴素辩证法，从而在中国哲学史上占有重要地位。

⑥王弼：三国时魏国人，字辅嗣，山阳（今山东济宁）人。魏晋玄学的主要开创着。他认为“无”是宇宙万物的本体，与何晏共同开玄学清谈之风气，取代当时逐渐失势的汉儒经学。著有《老子注》，《周易注》，《周易略例》等。

⑦《孝经》：中国古代儒家的伦理学著作。传说是孔子之作。《孝经》以孝为中心，对实行“孝”的要求和方法作了系统而详细的规定。

⑧今文古文：这里是指西汉末期形成的经学研究中的两个派别，今文派和古文派。战国以来儒生传经，大都是师徒、父子口耳相传。到汉代才用当时通行的隶书写在竹帛上，所以称为今文经。今文经学解释经义，主要在于“通经致用”，着重章句的推衍，结合阴阳五行灾异和刑名学说来发挥经文的微言大义，提倡大一统，尊君抑臣，正名分等思想。汉武帝时由于董仲舒的原因尤其受到尊崇。汉哀帝、平帝时期，今文经学运与谶纬结合在一起，内容更为空疏荒诞。汉代出现的先秦经籍，相传或者出于孔子家的墙壁中，或者来源于宫廷，或者是民间所献，经文都是用秦以前的古文字书写的，所以称为古文经。古文经学解释经义，主要在于“通经识古”，详于训诂，局限于探索经文本义，在理论上没有太大的发挥，但是

在辨认解释先秦文字的过程中，建立了系统的训诂方法。今文经学早就是国家认定的正统，列于学官，而古文经学却一直没有得到官方的认可。汉哀帝、平帝时，刘歆想要将古文经学列于学官，但是没有成功，他写书抨击今文经学，由此引发今古文经学之争，持续二百多年。今文经学汉末衰微，尤其是由于战乱，消失殆尽。而古文经学却由于东汉学者在民间的提倡与传播，日益兴盛。后来六朝的南北学和隋唐的义疏派，立场都和古文学相同。直到北宋庆历以后，宋学兴起，古文学暂时衰歇。明末顾炎武大声疾呼复兴古文学，古文学又成为经学正统，惠栋的“吴派”与戴震的“皖派”都与其有联系。而清代中末叶，今文经学也开始复兴，当时的“常州学派”，“公羊学派”皆是。其中，宋学虽然仍旧依托古文经义，却以理欲心情为研究对象，结果道问学愈加变得空疏无物，为清代学者所批驳。

⑨《尚书》：中国上古历史文件的汇编。“尚”即“上”，《尚书》意即上古之书。相传由孔丘编选而成，传本有些篇是后人追述补充进去的，如《尧典》、《皋陶谟》、《禹贡》等。西汉初存二十八篇，用当时通行文字书写，即《今文尚书》。另有相传汉武帝时在孔丘住屋壁中发现的《古文尚书》，已佚。东晋梅赜（一作梅颐、枚颐）又伪造《古文尚书》。后来《十三经》中的通行本，即《今文尚书》与梅氏伪书的合编，宋人开始怀疑梅氏伪书，至清渐成定论。今文各篇内容包含商周等代的一些重要史料，如《盘庚》反映商代奴隶社会的情况、《禹贡》记述战国时黄河、长江两流域的地理等。

⑩“三礼”：指《周礼》、《仪礼》、《礼记》。

⑪“三传”：指《春秋左氏传》、《春秋公羊传》、《春秋谷梁传》。《春秋》是儒家经典之一，相传孔子根据鲁国的编年史修订而成。

⑫《毛诗》：即毛苌所传的《诗经》，毛苌是汉时赵国人，当时研究《诗经》有多家，但只有毛苌所传《诗经》最终得以流传。《诗经》是中国古代第一部诗歌总集。收集了周朝初年（公元前11世纪）到春秋中期（前6世纪）的诗歌305篇。分“风”、“雅”、“颂”三大类。“风”采自民间乐曲，“雅”是王都附近的乐曲，“颂”是祭祖祀神的乐曲。所有诗歌

均可歌唱，但乐谱今已不传。其内容对统治者征战田猎，贵族集团奢侈荒淫的生活，人民的劳动生活和婚姻爱情都有所反映。形式以四言为主，采用了赋、比、兴的艺术表现手法。这些创作手法为后代诗人所继承。汉代将《诗》列入儒家经典，称为“诗经”，为“五经”之一。

⑬《尔雅》：中国古代最早解释词义的专著，汉代学者缀辑而成。《汉书·艺文志》记载《尔雅》有20篇，传至今只有19篇。后世经学家多用以考证解释儒家经典的义意，遂成为“十三经”之一，注释《尔雅》的有晋人郭璞（《注》）、宋人邢昺（《疏》）、清人邵晋涵（《尔雅正义》）、郝懿行（《尔雅义疏》）。

⑭《论语》：孔子言论的汇编，儒家最重要的经典。由孔子门生及再传弟子辑录整理，是研究孔子及儒家思想的主要资料。南宋时朱熹将《论语》、《孟子》、《大学》、《中庸》合为“四书”，使之在儒家经典中的地位日益提高。今本论语共计20篇，1. 2万字。

⑮《孟子》：战国时期孟子宣扬“仁义”，主张实行“仁政”、“王道”，与弟子著书七篇261章，即《孟子》。主张“省刑罚，薄赋敛”，使民有“恒产”，能安居乐业，并主张“民为贵，社稷次之，君为轻”，劝告统治者要“与民同乐”，反对虐政害民。《孟子》是儒家的经典著作之一，也是先秦的杰出散文著作。

## 译文

朱子颖运使说：他在泰安防守的时候，听说有读书人到了岱山的深处，忽然有人的说话声从石壁里传出来，说：“什么地方有经香，难道是有转世人来了吗?”接着发出一阵破裂的震动声，石壁从中间裂开，一座壮丽的楼阁出现在山顶上，有一个穿着齐整的老儒走下来迎接他。

读书人感到非常奇怪和惊讶，问这是什么地方?老儒说：“这是经香阁。”

读书人又请教什么是经香。老儒说：“这说来话长，请坐下来慢慢说吧。当初孔子删定经书，以教化世人，其中含蓄微妙的言语，精深切要的义理，以师徒传授的方式流传着。汉代的儒家学者，离孔子还不算太久，通过对经书字义的解释，还能够明白先圣的心意。而且比较单纯朴实，没有结帮争名的习气，只是各自教授老师传授的学问，讲究老老实实地追源溯本。到了唐代，这种风气都没有发生变化。北宋时，这些学说总结成十三部注疏。先圣觉得这很不错。不过当时的大学者已经开始担心新的学说日益兴起，先圣之学会逐渐变成绝学。于是建了这座楼阁把它们储存起来。中间是最早的版本，用五色的玉作盒子，表示对先圣的尊重。旁边配以历朝历代官方刊行的本子，用白玉作盒子，以昭示帝王提倡先圣之学的功绩。这些都放在南面。左右放的都是一些私家自己刻的刊本。每当一本书刻好以后，一定要取一本第一次印刷并且质量上乘的书，按照时代的顺序，放在这座楼里，用黑色的玉作盒子，用来表扬他们对于用功于古书，钻研于古书。这些都放在东面和西面。以上这些书，都用珊瑚作书签，用黄金作为钥匙。东西的两个房子里用陈年的檀木作桌子，最好的绸缎作褥子。那些大学者的神灵，每一年来视察一次，来时按次序坐在楼里。后面三排房子里都是唐代以前的学者的经义，我们把他们编成册，分组收藏，大概有一库之多。除了这些书之外，其余的著作，即使写得很多，在当时影响很大，我也只是听由作者们自己保存，而不再收藏在这座楼里，这也是先圣的愿望。这些书每到上午十一点至下午一点，以及晚上十一点到凌晨一点钟的时候，其中的每一个字，每一句话都会发出浓烈的香气，所以就叫这座楼经香阁。这是因为在一元运行下，阴阳二气发散，阴气从中午十二点开始，阳气从晚上十二点生出。圣人的心灵，是与天地相通的。这些大学者阐发圣人的道理，其中的精髓奥妙之处也是和天地相通的，所以会互相感应。然而一定要是传播这些学问的人才能闻得到，其他的人是不行的。当代的学者对这十三部书，有的夜以继日一辈子钻研这些书，有的字斟句酌，每个字都求其来历，对这些书进行猛烈的抨击，这都是因为各人因其智识所限。你四世前是一个雕刻的工人，曾经刻了半部《周礼》，所以你身上还有残留的香气，我因而知道你来了。”于是老者带领读书人参观了整个楼阁，用珍贵的水果招待他。送他出来时，老者对他说：“你自己多多保重吧，这地方很难找到。”

读书人回头再看，就只看到高耸入云的山峰，没有一点人烟。这件事太离奇了，好像是尊崇汉学的人写的寓言。汉代的学者以解释古文字义为最主要的学问，而宋代的学者则强调观点和看法。

由此看来，似乎汉学比较粗糙，而宋学更为细致。但是如果不明白古文的字义，如何知道其中的看法和观点呢？而宋代的学者却只是全然的诋毁排斥汉学，把它当作土块一般粗劣的东西。免不了就像做好了大车，就把做得不好的轮子毁掉，渡过了河，就把船给烧了一样。于是又导致攻击宋代学者的人多了起来。

所以我写《四库全书·诗部总叙》时说："宋代的学者攻击汉代的学者，不是为了探讨经义的道理，而是为了表明自己强于汉代的学者。而后人攻击宋代的学者，也不是为了探讨经义的道理，只是对宋代的学者攻击汉代的学者感到不满而已。"

韦苏州诗说："水性自云静，石中亦无声；如何两相激，雷转空山惊。"就是这个道理。

平心静气地来说，《易》从王弼开始改变了原有的解释理论，这是宋学发展的开始。宋代的学者对《孝经》没有什么异议，因为其中的意思是很明确的。

宋代学者所争论的，只是今古文字句的差别，对于总体来说没有什么影响，都可以把它放到一边去不用计较。至于对《尚书》、"三礼"、"三传"、《毛诗》、《尔雅》这些书的注释解释，是需要根据字词在古代的说法，这一点宋代的学者是做不到的。

《论语》、《孟子》这两部书，宋代的学者花了一生的精力在上面，一个字一句话的研究，这也是汉代的学者做不到的。汉代的学者固执地坚持对经典原文的字句，讲究对老师学说的尊崇，强调传授的关系。而宋代的学者则强调自身对经义的领悟，他们对经典的研究非常深入。

汉代的学者由于太强调对经典的尊崇，所以过于相信老师所传授的。而宋代的学者靠着自己的理解，敢于改变经典。他们各有各的好处，各有各的缺点，都差不多。只是汉代学者的学问，如果不读古书，是一句话都说不了的。而宋代学者的学问，则是人人都可以离开书本恣意谈论。其中好坏都有，当然会有一些不那么让人信服，导致人们对宋学的批评。

说宋学太多虚的东西，也不是没有原因的。

## 原文

献县令明晟，应山人。尝欲申雪一冤狱，而虑上官不允，疑惑未决。儒学门斗①有王半仙者，与一狐友，言小休咎多有验，遣往问之。狐正色曰："明公为民父母，但当论其冤不冤，不当问其允不允。独不记制府李公之言乎？"门斗返报，明为悚然。因言制府李公卫未达时，尝同一道士渡江。适有与舟子争诟者，道士太息曰："命在须臾，尚较计数文钱耶！"俄其人为帆脚所扫，堕江死，李公心异之。中流风作，舟欲覆。道士禹步诵咒②，风止得济。李公再拜谢更生。道士曰："适堕江者，命也，吾不能救。公贵人也，遇厄得济，亦命也，吾不能不救。何谢焉？"李公又拜曰："领师此训，吾终身安命矣。"道士曰："是不尽然。一身之穷达，当安命，不安命则奔竞排轧，无所不至，不知李林甫、秦桧③，即不倾陷善类，亦作宰相，徒自增罪案耳。至国计民生之利害，则不可言命。天地之生才，朝廷之设官，所以补救气数也。身握事权，束手而委命，天地何必生此才，朝廷何必设此官乎？晨门④曰：'是知其不可而为之欤。'诸葛武侯⑤曰：'鞠躬尽瘁，死而后已。成败利钝，非所逆睹。'此圣贤立命之学，公其识之。"李公谨受教，拜问姓名。道士曰："言之恐公骇。"下舟行数十步，翳然灭迹。昔在会城，李公曾话是事。不识此狐何以得知也。

## 注释

①儒学门斗：清代儒学中看门和看粮仓的公役。

②禹步诵咒：禹步，道士作法时的步法，故意做出一瘸一拐的样子。诵咒，念咒语。

③李林甫、秦桧：李林甫，唐玄宗时的大臣，担任宰相十九年，权势甚盛，导致安史之乱。对人表面友好，暗地里却设法加害，人称"口蜜腹剑"。秦桧，南宋高宗的宰相，中国历史上有名的奸臣。其担任宰相十几年，主张向金投降，杀害了抗金的民族英雄岳飞。

④晨门：指早晨负责开城门的人。此语出自《论语·宪问》："子路宿

于石门。晨门曰：‘奚自?’子路曰：‘自孔氏。’曰：‘是知其不可而为之欤?’”

⑤诸葛武侯：指诸葛亮，是三国时期蜀国著名的丞相，武侯是其封号。此语出自他所作《后出师表》。

## 译文

献县的县令明晟，是应山人。

他曾经打算要昭雪一件冤案，但是担心他的上司不同意，正在反复思量疑惑没有决定。

在学府的一个杂役叫王半仙的人，和狐狸是朋友。狐狸平时预测小的祸福很灵验。于是县令就派王半仙帮他问一问狐狸。

狐狸听完以后，严肃地说：“明先生是百姓的父母官，案子只管他是否冤枉，不应该考虑上司答应不答应。他难道不记得李制府说的话了吗?”

杂役回来以后把狐狸的话报告给县令，县令听了感到很惶恐。不禁说起当制府李卫没有做官的时候，曾经和一个道士同船渡江。当时，正好有一个人在和船夫为价钱争吵。

道士感叹道：“他的命马上就快没了，还在这里计较这几文钱。”

过了一会，那个人被船帆的尾部碰了一下，掉到江里淹死了。李先生心里暗暗地感到奇怪。

船到江中时，突然起了风，船摇摇晃晃快要翻了。道士做法念咒，这才安全渡过了河。李先生向道士行礼，感谢他救命之恩。

道士说：“刚才那个掉到江里的人，是命该如此，我救不了他。您是贵人，碰见灾难遇难成祥，我不能不救。有什么好感谢的?”

李先生又再次拜谢说：“听了您这番议论，我终身安于命运了。”

道士说：“这也不是绝对的。一个人的命运，是得志还是不得志，应当安于命运。不安于命运就会到处钻营求取，排斥陷害别人，没有什么恶毒的方法不用的。却不知道李林甫、秦桧，即使不陷害打击好人，也能够做宰相。这样做，只是白白地增加自己的罪孽而已。至于牵涉到国家百姓存亡的大事，就不能安于‘命’了。天地孕育人才，朝廷设置职官，是为了补救国家的命运和气数。身负有处理国家大事的权力，却握着手等待命运的安排，天地何必要孕育这样的人才，朝廷何必要设置这样的职官？

晨门说：‘知道这件事不能做但还是尽力去做。’

诸慕亮说：‘竭尽全力，到死才停止。至于是成功还是失败，并不是我所能预见的。’这些都是圣贤安身立命的至真之言，您应该记住。”

李先生很恭敬地聆听了道士的教诲，并礼貌地询问道士的姓名。

道士说：“说出来恐怕会把您吓住。”说完，下船走了几十步，突然一下子就不见了。

当初在会城，李先生曾经和县令说起这件事。不知道这只狐狸怎么会知道。

# 卷二·滦阳消夏录（二）

## 原文

宋按察蒙泉言：某公在明为谏官[①]，尝扶乩[②]问寿数。仙判某年某月某日当死。计期不远，恒悒悒。届期乃无恙。后入本朝，至九列。适同僚家扶乩，前仙又降。某公叩以所判无验。又判曰："君不死，我奈何?"某公俯仰沉思，忽命驾去。盖所判正甲申三月十九日也[③]。

## 注释

①谏官：古时专规劝天子改正过失的官。

②扶乩：又叫扶鸾。二人扶丁字形木架在沙盘上划字，说是为人决疑治病，预示吉凶。

③甲申三月十九曰：明末崇祯皇帝这天在煤山上吊自尽，按照惯例，应该是百官从主赴难，也就是和他一起死，但是这个人没有去，还在清朝做官。

## 译文

按察宋蒙泉说，有一个人在明代是作谏官的，曾经通过扶乩算自己能活多久。神仙的判书说他某年某月某日应当死。他算算日子不长了，因此常常感到忧虑和担心。可是到了那个日子，他却没有发生什么事情。后来他在清朝做官，官至九列。碰巧有一天他的同事家里在扶乩，上次的那个神仙又降临了。他向神仙请教为什么上次的判书不灵验。神仙又写下判书说："你不去死，我能怎么办?"他低着头想了一阵子，突然下令坐车走了。原来那天正是甲申年三月十九日，是崇祯皇帝在煤山上吊自杀的日子。

## 原文

有卖花老妇言：京师一宅近空圃[①]，圃故多狐。有丽妇夜逾短垣[②]，与邻家少年狎。惧事泄，初诡托姓名。欢昵渐洽，度不相弃，乃自冒为圃中狐女。少年悦其色，亦不疑拒。久之，忽妇家屋上掷瓦骂曰：“我居圃中久，小儿女戏抛砖石，惊动邻里，或有之，实无冶荡蛊惑事。汝奈何污我?”事乃泄。异哉，狐媚恒托于人，此妇乃托于狐。人善媚者比之狐，此狐乃贞于人。

## 注释

①圃：菜园。

②垣：围墙。

## 译文

有一个卖花的老太婆说：京城有一个房子靠近空的菜园，菜园里面有很多狐狸。有一个长得很漂亮的妇人深夜越过短墙，去和邻居家的男子亲热。她又担心这件事会泄漏出去，开始时假冒了别人的名字，后来两个人感情越来越好，她估计那个男子不会抛弃她了，就又撒谎说自己是菜园里的狐狸。那个男子喜欢她的美貌，对她的话一点都不怀疑，也没有就此拒绝她。这样过了一段时间，忽然那个妇人家的屋顶上有人扔瓦块而且骂人，说：“我在这个菜园里住了很久了，我们家的孩子开玩笑乱丢砖块石头，对邻居进行一些破坏是有的，但是绝对没有什么迷惑人放荡不羁的行为。你为什么要诬蔑我?”于是那个少妇私通的事被大家知道了。这件事真是奇怪呀，狐狸常常假借人的名义迷惑人，而这个少妇却假借狐狸的名义迷惑人。通常我们把善于迷惑人的女子称为狐狸，这个狐狸却比人更有节操。

## 原文

董文恪公未第时，馆于空宅，云常见怪异。公不信，夜篝灯以待。三更后，阴风飒然，庭户自启，有似人非人数辈，杂遝①拥入。见公大骇曰："此屋有鬼！"皆狼狈奔出。公持梃逐之。又相呼曰："鬼追至，可急走。"争逾墙去。公恒言及，自笑曰："不识何以呼我为鬼？"故城贾汉恒，时从公受经，因举："《太平广记》载野叉欲啖哥舒翰②妾尸，翰方眠侧，野叉③相语曰：'贵人在此，奈何？'翰自念呼我为贵人，击之当无害，遂起击之。野叉逃散。鬼贵音近，或鬼呼先生为贵人，先生听未审也。"公笑曰："其然。"

## 注释

①遝：通"沓"。众多；重叠。

②哥舒翰：唐时突骑施哥舒部人，世居安西。天宝十二载，进封凉国公，加河西节度使，寻封西平郡王。好饮酒，喜声色。此处故事见于《太平广记》引《幽通录》，哥舒翰有爱妾长得十分美貌，在哥舒翰外出时病死，哥舒翰很伤心，晚上一个人和她待在一起，忽然有一个夜叉和几个鬼闯进来，说："床上的贵人怎么样了？""已经睡着了"，于是他们开始吃他的爱妾，哥舒翰很痛心，心想他们叫我贵人，大概我攻击他们不会受伤害，于是就暗中攻击他们，鬼吓得逃跑了。

③野叉：又叫夜叉。能啖鬼或捷疾鬼，佛教徒所说的一种吃人恶鬼或腾飞空中、速疾隐秘之恶鬼。原为印度神话中一种半神的小神灵。

## 译文

董文恪先生还没有考上科举成名的时候，在一个空房子里住着，人们说那里常常有奇怪的东西。董先生不相信，晚上点着灯做好了准备等待。三更以后，忽然起了一阵冷风，院子里的门自己开了，有几个像人又不是人的东西，簇拥着进来了。他们看见董先生非常惊讶，大叫："这个屋子里有鬼！"都慌忙跑出院子去。董先生拿着棍子在后面赶他们，还故意大叫："鬼追来喽，快点跑！"那些东西争先恐后地跳过围墙逃走了。董先生常常在闲聊时提到这件事，说："不知道他们为什么把我叫做鬼？"故城的贾汉恒，当时正在跟着董先生学习经学，于是举了《太平广记》上的一个例子，说："《太平广记》上记载夜叉们准备把哥舒翰小妾的尸身吃掉，哥舒翰正好睡在尸体的旁边，那些夜叉说：'有贵人在旁边，怎么办？'哥舒翰心里想他们既然称我为贵人，那么我攻击他们肯定不会被他们伤害，于是起身攻击他们。夜叉们四散逃去。'鬼'和'贵'发音相近，大概鬼是称您贵人，您没有听清楚。"董先生笑着说："有道理。"

## 原文

相传有塾师，夏夜月明，率门人纳凉河间献王①祠外田塍上。因共讲《三百篇》拟题②，音琅琅如钟鼓。又令小儿诵《孝经》，诵已复讲。忽举首见祠门双古柏下，隐隐有人。试近之，形状颇异，知为神鬼。然私念此献王祠前，决无妖魅。前问姓名。曰毛苌③、贯长卿④、颜芝⑤，因谒王至此。塾师大喜，再拜，请授经义。毛、贯并曰："君所讲，适已闻，都非我辈所解，无从奉答。"塾师又拜曰："《诗经》义深微，难授下愚。请颜先生一讲《孝经》可乎？"颜回面向内曰："君小儿所诵，漏落颠倒，全非我所传本。我亦无可著语处。"俄闻传王教曰："门外似有人醉语，聒耳已久，可驱之去。"余谓此与爱堂先生所言学究遇冥吏事，皆博雅之士，造戏语以诟俗儒也。然亦空穴来风，桐乳来巢⑥乎。

## 注释

①河间献王：即刘德，汉景帝的儿子，封地在河间，谥曰献，其人修学好古。

②拟题：清代人聘请名士在经书中选取可能要考的题目，事先做好，读熟，准备在参加科举考试的时候抄袭。

③毛苌：西汉赵人。河间王博士，受诗于毛亨，所以后世称毛亨为大毛公，毛苌为小毛公。

④贯长卿：西汉赵人。曾经担任荡阴令，受诗于毛亨。

⑤颜芝：西汉河间人。据说秦始皇焚书的时候，他把《孝经》藏起来，到他的儿子颜贞才把《孝经》拿出来，叫做今文孝经。

⑥空穴来风，桐乳来巢：比喻让人有空子可钻。

## 译文

据说有一个教书先生，在月光朗照的夏夜，带着学生在河间献王祠外面的田梗上乘凉。大家说起《毛诗》三百篇的拟题，声音宏亮如同钟鼓。然后又让小孩子背诵《孝经》，等他们背完了以后又开始讲解。忽然抬头看见祠门一对古柏下面，隐隐约约好像有人。教书先生小心地往那边靠近，看到那些人的形状和常人不同，知道是神鬼一类的东西。但是教书先生心想这是献王的祠堂前，一定不会有妖怪。于是上前询问那些人的姓名。那些人说是毛苌、贯长卿、颜芝，因为拜谒献王所以到了这里。教书先生听了以后非常高兴，又再次行礼，请求他们讲授经义。毛苌和贯长卿都说："你所说的，我刚才已经听见了，我们都理解不了，所以回答不了你的问题。"教书先生又行礼说："《诗经》含义深邃，微言大义，大概我们这些愚笨的人难以理解。可不可以请颜先生给我们讲一讲《孝经》?"颜芝转头向里说："你的小孩子念诵的《孝经》，有很多缺漏颠倒的地方，完全不是我所传授的本子，我也没有可以说的。"这时，忽然听见有人传献王的话说："门外面好像有人喝醉了说胡话，吵闹了很久，可以把他赶出去了。"我觉得这件事和爱堂先生所说的学究遇见阴间的官吏的事情一样，都是有见识的读书人，故意编造笑话来讥讽那些志趣不高，目光短浅的读书人的。也算是"门户有空洞，风就会钻进来。桐子长得像簸箕，鸟就喜欢在里面安巢。"

# 卷三·滦阳消夏录（三）

## 原文

丁亥春，余携家至京师。因虎坊桥旧宅未赎，权住钱香树先生空宅中。云楼上亦有狐居，但扃锁杂物，人不轻上。余戏粘一诗于壁曰："草草移家偶遇君，一楼上下且平分。耽诗自是书生癖，彻夜吟哦莫厌闻。"一日，姬人启锁取物，急呼怪事。余走视之，则地板尘上，满画荷花，茎叶苕亭①，具有笔致。因以纸笔置几上，又粘一诗于壁曰："仙人果是好楼居，文采风流我不如。新得吴笺三十幅，可能一一画芙蕖②？"越数日启视，竟不举笔。以告裘文达公，公笑曰："钱香树家狐，固应稍雅。"

## 注释

①苕亭：高耸的样子。

②芙蕖：荷花的别名。

## 译文

丁亥年春天，我带着全家来到京城。因为虎坊桥的老房子还没有赎回来，就暂且先住在钱香树先生的空房子里。据说他们家楼上有狐狸住着，但上面主要是放杂物，用钥匙锁着，人不轻易上去。我曾经开玩笑在墙上贴了一首诗，大意是："我匆匆忙忙搬家到这里凑巧碰见了你，我们平分了这座楼的上下层，沉溺于诗歌是我这个书生的爱好，听见我整夜的朗诵你可不要觉得厌烦。"一天，我的小妾打开锁取东西，突然大叫怪事。我跑来一看，原来地板上沉积的灰尘上，画满了荷花，荷花的枝干高耸，很有韵味。我于是把纸笔放在桌子上，又在墙上贴了一首诗，大意是："狐狸先生你真是我的好邻居，你的文采风流我自叹不如，最近我刚刚得到三十张吴笺，你能不能帮我在上面一一都画上荷花呢？”过了几天，我把楼上的门打开看，纸上居然什么都没有，空空如也。我把这件事告诉裘文达先生，他笑着说：“钱香树家里的狐狸，当然应该稍微有文化一些。”

## 原文

奴子魏藻，性佻荡，好窥伺妇女。一日，村外遇少女，似相识而不知其姓名居址。挑与语，女不答而目成，径西去。藻方注视，女回顾若招。即随以往，渐逼近。女面赪，小语曰：“来往人众，恐见疑。君可相隔小半里，俟到家，吾待君墙外车屋中，枣树下系一牛，旁有碌碡①者是也。”既而渐行渐远，薄暮，将抵李家洼，去家三十里矣。宿雨初晴，泥将没胫，足趾亦肿痛。遥见女已入车屋，方窃喜，趋而赴。女方背立，忽转面，乃作罗刹形，锯牙钩爪，面如靛，目睒睒如灯。骇而返走，罗刹急迫之。狂奔二十余里，至相国庄，已届亥初，识其妇翁门，急叩不已。门甫启，突然冲入，触一少女仆地，亦随之仆。诸妇怒噪，各持捣衣杵乱捶其股。气结不能言，惟呼“我我”。俄一媪持灯出，方知是婿，共相惊笑。次日，以牛车载归，卧床几两月。当藻来去时，人但见其自往自还，未见有罗刹②，亦未见有少女。岂非以邪召邪，狐鬼乘而侮之哉？先兄晴湖曰：“藻自是不敢复冶游，路遇妇女，必俯首。是虽谓之神明示惩，可也。”

## 注释

①碌碡：石制的圆柱形农具，用来轧谷物，平场地。

②罗刹：佛教中指恶鬼。

## 译文

我家的仆人魏藻，性格浮浅放荡，喜欢偷看妇女。一天，他在村外面碰见一个女孩，觉得有点面熟又不知道人家的姓名和住的地方。于是就去上前搭话，那个女孩没有回答他但是使了个眼色，一直往西边去了。魏藻望过去，那个女孩就回过头好像招呼他的意思。于是魏藻就跟着她走，渐渐两人越走越近。那个女孩脸红着小声地对他说：“来来往往的人很多，我怕他们会怀疑。你可以和我隔大约不到半里的距离，等到了我家，我会在墙外放车的屋子里等你，那个枣树下牵了一头牛，旁边有碌碡的房子就是我家。”魏藻跟着女孩越走越远，傍晚的时候到了李家洼，这里离魏藻家已经有三十里了。这时下了一天的雨刚刚放晴，地上的泥巴快要把小腿都淹没了，他的脚趾头也走得又肿又痛。远远看见那个女孩已经进了车屋里，这才暗暗高兴起来，急忙赶去赴约。一进屋，那个女孩本来背对着他站着，突然转身，变成了一个罗刹的模样，长着刀锯一般的牙齿，钩子一样的手，脸色发青，眼睛像灯光一样闪着。他吓得赶忙往回走，罗刹快速地在后面追。他狂奔了有二十多里，到了相国庄。这时已经是夜里九点了，他认出了自己丈人的房子，于是急忙敲门。门刚刚打开，他一下子冲了进去，把一个女孩子撞倒在地，自己也跟着倒下去了。家里的妇女们都很生气，吵闹喧哗着，每个人拿着一个捣衣服的棍子打他的屁股。他的气一下子结住了说不出话来，只是叫：“我，我……”过了一会儿，有个年纪稍微大点的妇人拿着灯出来了，才知道被打的人是女婿，大家又惊讶又好笑。第二天，用牛车把他运回来，他在床上呆了将近两个月才养好伤。魏藻来来去去的时候，旁边的人只看见他自己一个人来来去去，没有看到有罗刹，也没有看到什么女孩。难道是他的邪念招来了邪物，狐狸或是鬼怪乘机戏弄他。我的去世的哥哥晴湖说：“魏藻从此以后再也不敢到处乱逛，路上碰见妇女，一定把头低着。如果把这个看作是神明的惩罚，也是可以的。”

## 原文

张明经[1]晴岚言：一寺藏经阁上有狐居，诸僧多栖止阁下。一日，天酷暑，有打包僧厌其嚣杂，径移坐具住阁上。诸僧忽闻梁上狐语曰：“大众且各归房，我眷属不少，将移住阁下。”僧问：“久居阁上，何忽又欲据此？”曰：“和尚在彼。”问：“汝避和尚耶？”曰：“和尚佛子，安敢不避？”又问：“我辈非和尚耶？”狐不答，固问之，曰：“汝辈自以为和尚，我复何言！”从兄懋园闻之曰：“此狐黑白太明，然亦可使三教[2]中人，各发深省。”

## 注释

①明经：即是贡生。指经考选升入国子监读书的秀才。

②三教：指儒、释、道三教，三教起初是对立抗衡不相容。唐代开始提倡三教同一，明清时期三教基本合流。

## 译文

明经张晴岚说：有一个寺庙的藏经阁里住着狐狸。寺庙里的和尚大多在楼下休息。有一天特别热，有一个外来的和尚不喜欢楼下人多嘈杂，于是径直把他的东西搬到楼上去。这时和尚们突然听见房梁上有狐狸对他们说话：“你们暂且都回到自己的房间里去，我的家人有不少人，马上要搬到楼下去住 。”和尚们问他：“你一直都住在楼上，为什么突然又要占据这里呢？”狐狸说：“和尚在这里。”和尚们又问：“你为什么要避开和尚？”狐狸说：“和尚是佛的弟子，我怎么敢不躲开呢？”和尚们又问他：“难道我们不是和尚吗？”狐狸没有回答。他们又问了好几次，狐狸才说：“你们自以为是和尚，我还有什么好说的？”我的堂兄懋园听说了这件事说：“这个狐狸也把黑白是非看得太绝对了，不过这也可以让那些儒释道三教里的人，好好想一想。”

## 原文

何励庵先生言：相传明季有书生，独行丛莽间，闻书声琅琅。怪旷野哪得有是？寻之，则一老翁坐虚墓间，旁有狐十余，各捧书蹲坐。老翁见而起迎，诸狐皆捧书人立。书生念既解读书，必不为祸，因与揖让席地坐。问：“读书何为？”老翁曰：“吾辈皆修仙者也。凡狐之求仙有二途：其一采精气，拜星斗，渐至通灵变化，然后积修正果①，是为由妖而求仙。然或入邪僻，则干天律，其途捷而危。其一先炼形为人，既得为人，然后讲习内丹②，是为由人而求仙。虽吐纳③导引④，非旦夕之功，而久久坚持，自然圆满。其途纡而安。顾形不自变，随心而变，故先读圣贤之书，明三纲五常之理，心化则形亦化矣。”书生借视其书，皆“五经”、《论语》、《孝经》、《孟子》之类，但有经文而无注。问："经不解释，何由讲贯？"老翁曰："吾辈读书，但求明理。圣贤言语，本不艰深，口相授受，疏通训诂，即可知其义旨，何以注为？"书生怪其持论乖僻，惘惘莫对。姑问其寿。曰："我都不记。但记我受经之日，世尚未有印板书。"又问："阅历数朝，世事有无同异？"曰："大都不甚相远。惟唐以前，但有儒者。北宋后，每闻某甲是圣贤，为小异耳。"书生莫测，一揖而别。后于途间遇此翁，欲与语，掉头径去。案此殆先生之寓言，先生尝曰："以讲经求科第，支离敷衍，其词愈美而经愈荒；以讲经立门户，纷纷辩驳，其说愈详而经亦愈荒。"语意若合符节。又尝曰："凡巧妙之术，中间必有不稳处。如步步踏实，即小有蹉失，终不至折肱伤足。"与所云修仙二途，亦同一意也。

## 注释

①正果：学道修仙的人把精修得道叫正果。

②内丹：道家的修炼方法之一，唐代中后期以后逐渐兴盛。道家认为人的身体也是一个"炉灶"，可以在自己的形体中修炼"精、气、神"而成"仙"，称为内丹。

③吐纳：中国古代的一种养生方法，即吐出恶浊之气，吸入新鲜的空气。后来被道教承袭，道教认为这种吐纳可以吸取"生气"，吐出"死气"，达到延年益寿的目的。

④导引：道家的一种养生方法。一般为呼吸俯仰，屈伸手足，使气血充足，身体轻盈。后来被道教神化为"修仙"的一种方法。

## 译文

何励庵先生说：据说明末有一个书生，独自行走在树丛中。突然听见有大声的读书声。觉得很奇怪，在荒野里怎么会有人读书。于是寻声找去，看见一个老头坐在坟墓中间，旁边有十几个狐狸拿着书蹲坐在那里。老头看见书生起身迎接他，其他的狐狸都拿着书像人一样的站着。书生心想他们既然会读书，一定不会害人。因此回礼席地而坐。书生问老头：

“你们读书做什么？”老头说：“我们都是修道成仙的人。一般来说，狐狸要想成仙有两条途径，一个是采集精气，朝拜星斗，渐渐达到通灵变化，然后不断修炼以成正果。这是从妖道成仙的途径。但容易走火入魔，触犯天条。这条途径很便捷但是也比较危险。另一条途径是先修炼成人，成人以后，再修习内丹，这是从人而成仙的途径。虽然呼吸吐纳导引，不是一朝一夕就可以完成的，但是一直坚持下去，自然会到最后取得成功。这条途径比较缓慢但是更为安全。形体不会自己变化，而是随着心的修行而变。所以我们要先读圣贤之书，明白三纲五常的道理，心变化了，形体也就会跟着一起变化了。”书生向他们借过书来看，都是“五经”、《论语》、《孝经》、《孟子》一类的书籍。但是只有经文却没有注解。书生问：“没有解释的经，怎么能够给大家讲解，让大家明白呢？”老头说：“我们这些人读书，只要求明理就可以了。圣贤所说的话，本来不是很难懂。大家互相口头教授，把经书的意思贯通，将其中的一些名物解释一下，就可以知道其中的意思和旨趣了。还要注释干什么呢？”书生觉得他们的观点很奇怪，支支吾吾不知道说什么好。于是请教老头的年岁。老头说：“连我自己都不记得了。但是我记得我读经书的时候，世上还没有雕版印刷的书籍。”书生又问：“您经历了好几个朝代，觉得世间的事情有什么变化没有？”老头说：“基本上都差不多。不过唐代以前，只有读书人。北宋以后，常常听说某人是圣人，其实只是稍微有些不同而已。”书生不懂老头所说的话，行了个礼就告辞了。后来书生又在路途中遇见这个老头，正要和他说话，老头转头径直走了。我想这大概是何先生编造的寓言故事。何先生曾经说过：“通过讲经来求取科举中第，把经义都肢解分散了，就地发挥。其所说的言词越优美，离经的本意就越远。”他所说和这个故事的寓意相同。何先生还说过：“大凡巧妙之术，中间一定会有不稳妥的地方。如果一步一步踏踏实实的走，即使偶尔会摔跤，但不至于断胳膊断腿的。”这和老头所说的修炼成仙的两个途径，也是一个意思。

# 卷四·滦阳消夏录（四）

## 原文

有山西商居京师信成客寓，衣服仆马皆华丽，且云援例报捐[①]。一日，有贫叟来访，仆辈不为通。自候于门，乃得见。神意索漠，一茶后，别无寒温，叟徐露求助意。咈然曰："此时捐项且不足，岂复有余力及君？"叟不平，因对众具道西商昔穷困，待叟举火者十余年。复助百金使商贩，渐为富人。今罢官流落，闻其来，喜若更生。亦无奢望，或得曩所助之数，稍偿负累，归骨乡井足矣。语讫絮泣。西商亦似不闻。忽同舍一江西人，自称姓杨，揖西商而问曰："此叟所言信否？"西商面赪曰："是固有之，但力不能报为恨耳。"杨曰："君且为官，不忧无借处。倘有人肯借君百金，一年内乃偿，不取分毫利，君肯举以报彼否？"西商强应曰："甚愿。"杨曰："君但书券，百金在我。"西商迫于公论，不得已书券。杨收券，开敝箧，出百金付西商。西商怏怏持付叟。杨更治具，留叟及西商饮。叟甚欢，西商草草终觞而已。叟谢去，杨数日亦移寓去，从此遂不相闻。后西商检箧中少百金，鐍锁[②]封识皆如故，无可致诘。又失一狐皮半臂[③]，而箧中得质票一纸，题钱二千，约符杨置酒所用之数。乃知杨本术士，姑以戏之，同舍皆窃称快。西商惭沮，亦移去，莫知所往。

## 注释

①报捐：秦代开始准许士民通过向政府捐款纳粮而买官职，历代效法，到清代而滥。

②鐍锁：关锁。

③半臂：短袖或无袖的单上衣。

## 译文

有一个山西商人旅居在京城的信成客寓，他的衣饰、仆人、马匹都非常华丽，并且宣称要依照惯例捐钱做官。有一天，一个穷老头来拜访他，仆人们却不给他通报。老头只好自己等在门口，这才见到山西商人。山西商人神情冷淡，在上了一杯茶之后就没有再说什么了。老头略微表示出请求他帮忙的意思，山西商人很不高兴地说："我现在捐钱做官的钱都不够，哪还有余钱帮你呢？"老头很失望，于是跟店里的其他人说，那个山西商人原来很穷，给他做了十几年的跟班，后来老头给了他一百两银子让他做生意，山西商人才渐渐富起来。现在老头被撤官了，流落街头，听说山西商人来了，以为这下有了希望很高兴。他也没有太高的企图，只希望能够得到他帮助山西商人的钱数，让他可以摆脱债务的拖累，能够返回故乡而已。说完，老头又忍不住流起眼泪来。山西商人在一旁好像没有听见一样。忽然同在店里住的一个江西人，自称姓杨的，向山西商人行了一个礼然后问他："这个老头说的都是实话吗？"山西商人脸红了，说："这件事确实是这样，但是我也很遗憾现在没有能力报答他。"杨说："你暂且做你的官，不用担心没有借钱的地方。如果有人肯借你一百两银子，一年之内还清，并且没有利息，你肯借来报恩吗？"山西商人勉强说："我很愿意。"杨说："你只要写一份协议，一百两银子我来负责。"山西商人迫于大家舆论的压力，没有办法只好写了一份协议。杨收好了协议，打开他的破箱子，拿出一百两银子付给山西商人。山西商人很不痛快地把它给了老头。杨又安排了一桌酒席，留老头和山西商人一起喝酒。老头十分高兴，而山西商人只是应付了事而已。吃完了，老头表示感谢离去，杨过了几天以后也住到别的地方去了，从此再也没有听到他的消息。后来山西商人检查自己的箱子，发现少了一百两银子，但是箱子的锁和上面的封条都好好的，没有空子可钻。他又丢失了一件狐皮的半臂，而他的箱子里有一张质票，上面写着两千钱，大概正好是杨安排酒席的费用。于是才知道杨原来是一个术士，用这个来戏弄他。同在店里住的人都暗暗拍手称快。山西商人又惭愧又沮丧，也搬走了，不知道到哪里去了。

## 原文

王秃子幼失父母，迷其本姓，育于姑家，冒姓王。凶狡无赖，所至童稚皆走匿，鸡犬亦为不宁。一日，与其徒自高川醉归，夜经南横子丛冢间，为群鬼所遮。其徒股栗伏地，秃子独奋力与斗，一鬼叱曰："秃子不孝，吾尔父也，敢肆殴！"秃子固未识父，方疑惑间，又一鬼叱曰："吾亦尔父也，敢不拜！"群鬼又齐呼曰："王秃子不祭尔母，致饥饿流落于此，为吾众人妻。吾等皆尔父也。"秃子愤怒，挥拳旋舞，所击如中空囊。跳踉至鸡鸣，无气以动，乃自仆丛莽间。群鬼皆嬉笑曰："王秃子英雄①尽矣，今日乃为乡党吐气。如不知悔，他日仍于此待尔。"秃子力已竭，竟不敢再语。天晓鬼散，其徒乃掖以归。自是豪气消沮，一夜携妻子遁去，莫知所终。此事琐屑不足道，然足见悍戾者必遇其敌，人所不能制者，鬼亦忌而共制之。

## 注释

①英雄：此处为形容词，以为豪迈，勇武的气质。这里是反讽。

## 译文

王秃子很小的时候就失去了父母，不知道他本来姓什么。他是在姑姑家养大的，跟着姑夫姓王。他的性格凶悍狡猾又很无赖，每到一个地方孩子们都赶快逃走躲避起来，鸡呀狗呀也被他闹得不安宁。有一天，他和同伴从高川喝醉了酒回来，夜里经过南横子一堆坟墓，被一群鬼挡住了去路。他的同伴吓得两腿直发抖，伏在地上。秃子一个人独自和鬼搏斗，一个鬼怒骂道："秃子你不孝，我是你父亲，你敢放肆打我！"秃子从来都不认识他父亲，正在半信半疑的时候，又有一个鬼说："我也是你的父亲，你居然敢不向我行礼！"一群鬼同声高呼："王秃子平常不祭祀你的母亲，让她没有东西吃流落到这里，做了我们所有人的妻子，我们都是你的父亲。"王秃子气愤得不行，胡乱挥舞着拳头，但他的拳头好像打在了充满空气的口袋上。他跳来跳去一直到鸡鸣，再没有力气动弹了，于是一头栽倒在草丛里。那一群鬼都哈哈大笑说："王秃子平时的英雄气概完全耗尽了，我们今天算是为乡里人出了一口恶气。你如果还不知道悔改的话，我们以后还在这里等着你。"秃子的力气已经耗尽了，居然再也不敢说什么。等到天亮群鬼散去，他的同伴才扶着他回家。从此以后他的豪气消失殆尽，一天晚上，他带着妻子偷偷地走了，不知道到什么地方去了。这件事情很细小不值得拿来说，但是它也充分说明强悍暴戾的人一定会遇到他的敌人，人不能制服的，鬼也会对他有所讨厌而一起来制服他。

## 原文

佃户张天锡，尝于野田见骷髅，戏溺其口中。髑髅忽跃起作声曰："人鬼异路，奈何欺我？且我一妇人，汝男子，乃无礼辱我，是尤不可。"渐跃渐高，直触其面。天锡惶骇奔归，鬼乃随至其家。夜辄在墙头檐际，责詈不已。天锡遂大发寒热，昏瞀①不知人。阖家拜祷，怒似少解。或叩其生前姓氏里居，鬼具自道。众叩首曰："然则当是高祖母，何为祸于子孙？"鬼似凄咽，曰："此故我家耶？几时迁此？汝辈皆我何人？"众陈始末。鬼不胜太息曰："我本无意来此，众鬼欲借此求食，怂恿我来耳。渠有数辈在病者房，数辈在门外。可具浆水一瓢，待我善遣之。大凡鬼恒苦饥，若无故作灾，又恐神责。故遇事辄生衅，求祭赛。尔等后见此等，宜谨避，勿中其机械。"众如所教。鬼曰："已散去矣。我口中秽气不可忍，可至原处寻吾骨，洗而埋之。"遂呜咽数声而寂。

## 注释

①昏瞀：昏昏沉沉，头晕目炫。

## 译文

佃户张天锡，曾经在野外的田地里看见一个骷髅，于是开玩笑把尿撒在骷髅的口中。骷髅突然跳起来，发出声音："人和鬼有不同的道路，你为什么欺负我？而且我是一个妇人，你是一个男人，却这么没有礼貌侮辱我，更加不可以。"骷髅跳得越来越高，一直触到佃户的脸上。天锡吓得急忙跑回家，鬼于是跟着他到了他家。一到夜里就在他们家的墙头屋檐上，大声地不停地责骂。天锡于是发起了高烧，晕晕倒倒糊里糊涂的连人都不认识了。全家都来祭拜祈祷，鬼的怒气似乎稍微缓解了一点。有人请教她生前的姓氏和居住的地方，鬼都一一详细地说了。大家都磕头说："那么算起来你应该是他的高祖母了，何必把灾祸降临到子孙身上。鬼听了，好像有些悲凄，说："这里原来是我的家吗？你们什么时候迁到这里来的，你们是我的什么人？"众人于是把他们的父祖名姓和迁移的缘由都清清楚楚地都告诉了她。鬼大为感叹道："我本来没有准备要来这里，众鬼打算借口这件事来求得食物，怂恿我来这里。他们有几个在病人的房间，有几个在门口。你们可以准备一勺汤，让我好好地让他们离开。一般来说鬼总是因为饥饿而痛苦，如果无缘无故地制造灾祸，又怕会被神灵责怪。所以碰见事情总是故意挑起矛盾，来求食。你们以后看到这样的人，最好谨慎地躲避他们，不要中了圈套。"大家就遵照了她的吩咐。鬼说："他们已经走了。我口中污秽的东西实在不能忍受，你们可以到事发的地方找到我的骨头把它洗干净然后埋起来。"于是鬼哭了几声就不见了。

## 原文

百工技艺，各祠一神为祖。倡族祀管仲①，以女闾三百也。伶人祀唐玄宗②，以梨园子弟也。此皆最典。胥吏祀萧何③、曹参④，木工祀鲁班⑤，此犹有义。至靴工祀孙膑⑥，铁工祀老君⑦之类，则荒诞不可诘矣。长随所祀曰钟三朗，闭门夜奠，讳之甚深，竟不知为何神。曲阜颜介子曰："必中山狼⑧之转音也。"先姚安公曰："是不必然，亦不必不然。郢书燕说⑨，固未为无益。"

## 注释

①管仲：春秋时期著名的政治家，颍上（今安徽颍上）人，名夷吾，字仲。他后来被齐桓公任命为卿，曾经将齐国的国都分为十五个士乡和六个工商乡。"女闾三百"出自《管子》："齐管仲设三百女闾，以便行商。"

②唐玄宗：即唐朝皇帝李隆基，于712年至756年在位，是唐睿宗的

第三个儿子。其在位前期政治清明，经济发展，文化繁荣，中外交流密切，史称“开元盛世”但后期逐渐沉迷于生活享乐，任用不当，政治渐趋腐败，以致于爆发“安史之乱”。天宝十五载（756 年），唐肃宗即位，尊玄宗为太上皇。死于至德二载（757 年），葬于泰陵（在今天的陕西蒲城东北），谥至道大圣大明孝皇帝。唐玄宗爱好音乐，曾经教太常乐工子弟三百人，为丝竹之戏，称为皇帝弟子，也称梨园弟子。

③萧何：西汉泗水沛（今江苏沛县）人。跟随刘邦起兵。刘邦称帝以后，封酂候。西汉初负责制定律令制度，封相国，著有《九章律》。

④曹参：西汉泗水沛（今江苏沛县）人，曾经做过沛县的狱吏。跟随刘帮起兵，后来接替萧何担任汉惠帝相国。

⑤鲁班：春秋时期鲁国人，本姓公输，名班。传说是鲁班发明了攻城的云梯和刨、钻等土木工具，是古代杰出的建筑家。

⑥孙膑：春秋时期齐国人，著名军事家。熟于兵法，为庞涓妒忌，被骗到魏国，处以膑刑，所以称为孙膑。后来他逃到齐国，担任齐威王的将军，大败魏军于马陵，抓住了庞涓。

⑦老君：即老子。中国春秋时思想家、道家学派创始人。一说老子即老聃，姓李名耳，字聃，楚国苦县（今河南鹿邑东）人。曾为周“守藏室之史”（管藏书的史官），后隐退著《老子》一书。他把宇宙万物的本体看做“道”，认为它是超越时空静止不动的实体，是产生整个物质世界的总根源。他在观察社会和自然变化时，又具有朴素的辩证法思想，认为一切事物都存在于正反两方面的对立之中，它们互相依存，互相转化。政治上他主张“无为”，企图缓和尖锐的社会矛盾，回到“小国寡民”的幻境之中。老子的思想在中国思想史上占有重要的地位。

⑧中山狼：见于明代马中锡所作《东田集·中山狼传》。东郭先生在中山地方遇见一只中箭而逃的狼，把狼藏在书囊中，骗过了猎人。狼活命后却要吃救命恩人东郭先生。比喻忘恩负义恩将仇报的人。

⑨郢书燕说：出自《韩非子·外储说左上》：“郢人有遗燕相国书者，夜书，火不明，因谓持烛者曰：‘举烛。’云而过书‘举烛’。‘举烛’非书意也。燕相受书而说之，曰：‘举烛者，尚明也。尚明也者，举贤而任

之。'燕相白王，大说。国以治，治则治矣，非书意也。今世学者多似此类。"比喻曲解原意，以讹传讹。

## 译文

各种行业的手艺人，都会祭祀一种神灵作为行业的祖宗。妓女这一行以管仲为祖先，因为管仲在宫中设立了便于女子行商的闾。唱戏的人祭祀唐玄宗，因为唐玄宗设立了梨园。这都是典型的。官府中处理文书的官吏祭祀萧何和曹参，木匠祭祀鲁班，这都有因可寻，至于做长筒靴的祭祀孙膑，打铁的祭祀老子，就简直是莫名其妙不知道缘由了。随从官吏处理文书等事务的仆役祭祀的是钟三郎，一般都是关上门晚上祭祀，隐藏的很深，以至于谁都不知道钟三郎是何方神圣。曲阜的颜介子说："这一定是中山狼音讹而成。"死去的姚安公说："这不一定是，也不一定不是。穿凿附会，也不是一点用处没有。"

# 卷五·滦阳消夏录（五）

## 原文

聂松岩言：即墨于生，骑一驴赴京师。中路憩息高岗上，系驴于树，而倚石假寐。忽见驴昂首四顾，浩然叹曰："不至此地数十年，青山如故，村落已非旧径矣。"于故好奇，闻之跃然起曰："此宋处宗长鸣鸡①也，日日乘之共谈，不患长途寂寞矣。"揖而与言，驴啮草不应。反覆开导，约与为忘形交，驴亦若勿闻。怒而痛鞭之，驴跳掷狂吼，终不能言，竟棰折一足。鬻于屠肆，徒步以归。此事绝可笑，殆睡梦中误听耶？抑此驴夙生冤谴，有物凭之，以激于之怒杀耶？

## 注释

①宋处宗长鸣鸡：此典出于《异苑》，晋兖州刺史宋处宗，买了一只长鸣鸡，非常爱护。这只鸡常常会说人话，和宋处宗谈论一整天都不停歇，宋处宗由此玄言大进。

## 译文

聂松岩说：即墨的于生，骑着一只驴到京城去。中途在高岗上休息，把驴系在旁边的树上，自己靠着石头小睡一会儿。忽然看见那头驴抬头往四周看，很有气势地感叹道："我已经几十年没有到这个地方了，这里还是青山依旧，只是村落已经不是和以前相同了。"于生向来就很好奇，听到这话以后立刻跳起来，说："这不就和宋处宗的长鸣鸡一样吗，我每天骑着它和它交谈，就不用担心旅途太长一个人寂寞了。"他向驴行了一个礼，就和它说话。驴却只顾自己吃草不理他。于生反反复复在旁边劝说了很久，还和驴约定做一个不同类的朋友，驴也像没有听见一样。于生于是很生气，用鞭子狠狠地打驴，驴又跳又跑又叫，始终说不了话。后来于生把驴的一只腿打折了，将它卖到肉铺，然后走着回家。这件事实在是太可笑了，大概是他睡觉的时候听错了吧？或者这只驴原来有什么罪过受到惩罚，有东西附在它的上面，特意激怒人把它给杀了。

## 原文

膳夫杨羲，粗知文字。随姚安公在滇时，忽梦二鬼持朱票来拘，标名曰杨义。羲争曰："我名杨羲，不名杨义（繁体义写作"義"），尔定误拘。"二鬼皆曰："义字上尚有一点，是省笔羲字。"羲又争曰："从未见羲字如此写，当仍是义字误滴一墨点。"二鬼不能强而去。同寝者闻其呓语①，殊甚了了。俄姚安公终养归，羲随至平彝，又梦二鬼持票来，乃明明楷书杨羲字。羲仍不服曰："我已北归，当属直隶城隍，尔云南城隍，何得拘我？"喧诟良久。同寝者呼之乃醒，自云二鬼甚愤，似必不相舍。次日，行至滇南胜境坊下，果与蹶②堕地卒。

## 注释

①呓语：就是梦话，睡觉时说的话。

②蹶：用一脚或双脚猛踢，尤指马、骡等动物用后腿向后踢。

## 译文

厨子杨羲，稍稍有些文化。他跟随姚安公在云南的时候，有一天忽然梦见两个鬼拿着朱票来抓他，上面写的名字是杨义。杨羲争辩道："我的名字叫杨羲，不叫杨义，你一定是搞错了。"两个鬼都说："义字上面还有一点，是简写的羲字。"杨羲又争辩说："从来没有看到过羲字这样写的，一定还是义字，上面不小心滴了一滴墨。"两个鬼不能使用暴力，只好走了。和他同睡在一个屋子里的人听见他在梦里说话，非常清楚。不久姚安公官退回到故乡，杨羲也跟着他来到平彝，又梦见两个鬼拿着票来，上面用楷书清清楚楚地写着杨羲两个字。杨羲仍然不服，说："我已经回到北方了，应当属于直隶城隍管辖。你们是云南城隍的属下，怎么抓我？"三个人争吵了很久。直到和杨義同睡在一个屋子里的人叫他，这才醒过来。杨義说那两个鬼很生气，好像一定不会放过他。第二天，他们走到云南南胜边界的标牌下，果然，杨義坐的马突然受了惊吓跳起来，杨義摔到地上死了。

## 原文

献县城东双塔村，有两老僧共一庵。一夕，有两老道士叩门借宿，僧初不允。道士曰："释道虽两教，出家则一。则何所见之不广？"僧乃留之。次日至晚，门不启，呼亦不应。邻人越墙入视，则四人皆不见，而僧房一物不失，道士行囊中藏数十金，亦俱在。皆大骇，以闻于官。邑令粟公千锺来验，一牧童言村南十余里外枯井中似有死人。驰往视之，则四尸重叠在焉，然皆无伤，粟公曰："一物不失，则非盗；年皆衰老，则非奸；邂逅留宿，则非仇；身无寸伤，则非杀。四人何以同死？四尸何以并移？门扃不启，何以能出？距井鸾①远，何以能至？事出情理之外。吾能鞫②人，不能鞫鬼。人无可鞫，惟当以疑案结耳。"径申上官。上官亦无可驳诘，竟从所议。应山明公晟，健令也，尝曰："吾至献，即闻是案；思之数年，不能解。遇此等事，当以不解解之。一作聪明，则决裂百出矣。人言粟公愦愦，吾正服其愦愦也。"

## 注释

①鸾：深远；遥远。

②鞫：审问。

## 译文

献县县城东的双塔村，有两个老和尚住在一个小庙里。一天晚上，有两个老道士敲门想要借宿。老和尚开始不答应。老道士说："佛和道虽然是两家，但是都是出家人。你的见识为什么这么短浅呢？"老和尚于是把他们留下来了。第二天，很晚了，他们的门都没有开，叫人也没有人答应。邻居越过墙进去看，发现四个人都不见了，而和尚屋子里的东西都没有丢。道士的行李里有几十两银子，也都在。大家都感到很奇怪，于是报告了官府。邑令粟千钟先生来检查，一个牧童说好像村南十余里的一个枯井里有死人。粟先生立刻过去察看，发现四个人的尸体重叠着在枯井里，但是身上都没有伤口。粟先生说："没有丢东西，那么就不是盗贼干的，他们的年纪都很大了，那么谈不上是因为奸情，他们是偶尔遇见了住下的，也没有复仇的可能性，他们身上都没有伤口，也不是杀人。四个人为什么一起死了呢？四个人的尸体怎么能一块移动到这里？他们的门锁着没有开，他们是怎么出来的？他们的房子距离这口井很远，他们是怎么到这里的？事情出乎一般的常理。我能够审问人，但审问不了鬼。没有可以审问的人，这个案子只能以疑案了结。"于是就这样报告了上级官员。上级官员也没有什么可以反驳询问他的，就采纳了他的意见。应山的明晟先生，是一个精明能干的县令，他曾经说："我刚到献县，就听说了这个案子，想了好几年，也解不开这个疑团。碰到这种事情，只能用不解的方法来解决它。如果要自作聪明强作解释的话，那么就会露出破绽，不能很好的解释。大家都说粟先生糊涂，我却正是佩服他的糊涂。"

# 卷六·滦阳消夏录（六）

## 原文

阳曲王近光言：冀宁道赵公孙英有两幕友①，一姓乔，一姓车，合雇一骡轿回籍。赵公戏以其姓作对曰："乔、车二幕友，各乘半轿而行。"恰皆轿之半字也。时置中召仙，即举以请对。乩判曰："此是实人实事，非可强凑而成。"越半载，又召仙，乩忽判曰："前对吾已得之矣：卢、马两书生，共引一驴而走。"又判曰："四日后，辰巳之间，往南门外候之。"至期遣役侦视，果有卢、马两生，以一驴负新科墨卷②，赴会城出售。赵公笑曰："巧则诚巧，然两生之受侮深矣。"此所谓箭在弦上，不得不发，虽仙人亦忍俊不禁也。

## 注释

①幕友：也叫幕僚。古代地方军政长官衙署中参谋、书记、顾问之类，后泛指官署中的辅助人员。

②墨卷：清代科举考试是士子答卷分朱卷和墨卷，士子临考作卷用墨笔，因此称为墨卷。这里的是指科举中举者的原卷，被刻印为选本出售。

## 译文

阳曲的王近光说：冀宁道赵孙英先生有两个顾问，一个姓乔，一个姓车，两个人一块雇了一个轿子回家乡。赵先生用他们的姓名开玩笑写了一个对子："乔、车二幕友，各乘半轿而行。"乔、车正好都是轿子的半边。这时官府里在扶乩请仙人，于是赵先生就举了这个对子，请仙人对下联。乩上写着："这是真人真事，不可以故意拼凑。"过了半年，官府里又请仙，乩上突然写着："上次的对子我已经有了：卢、马二书生，共引一驴而走。”上面还写着，“四天以后，上午七点到十一点钟之间，到南门外去等着。”等到了那个时间，他们派人去侦查观看，果然有姓卢和姓马的两个书生，用一个驴背着新科举人的卷子，到会城去出售。赵先生笑着说：“这件事确实很巧，但是这两个书生受到的戏弄也很深了。”这正是人们通常所说的箭已经搭在弦上，不能不发出去，虽然是仙人也忍不住要这么做。

## 原文

里人张某，深险诡谲，虽至亲骨肉，不能得其一实语。而口舌巧捷，多为所欺，人号曰“秃项马”。马秃项为无鬃，鬃踪同音，言其恍惚闪烁，无踪可觅也。一日，与其父夜行迷路，隔陇见数人团坐，呼问当何向。数人皆应曰：“向北。”因陷深淖中。又遥呼问之。皆应曰：“转东。”乃几至灭顶，蹩躠[①]泥涂，困不能出。闻数人拊掌笑曰：“秃项马，尔今知妄语之误人否？”近在耳畔，而不睹其形。方知为鬼所绐也。

## 注释

①蹩躠：旋行貌。

## 译文

我们乡里有一个人姓张，为人非常阴险狡诈，即使是他的家人亲戚，也不能听到他一句实话。而且他巧舌如簧，大家常常被他欺骗。大家都叫他“秃项马”。马的脖子上没有毛就是“无鬃”，“鬃”和“踪”是同音，这是形容他说话恍恍惚惚东一句西一句，没有踪迹可以追寻。有一天，他和他父亲在夜里赶路迷失了方向，隔着土岗子看见有几个人围在一起坐着，就大声地问他们应当怎么走。几个人都回答说：“向北。”结果他掉到很深的泥沼里了。他又远远地问这下应该怎么走，众人回答说：“转东。”这一次，他们差点连头都淹了，浑身沾满了泥巴，被困在泥潭里出不来。只听见那几个人拍着巴掌笑着说：“秃项马，现在你知道你乱说话害人了吧？”说话的声音好像就近在耳边，但是却看不见人。他这才知道是被鬼耍了。

## 原文

河间一妇，性佚荡①，然貌至陋，日靓妆倚门，人无顾者。后其夫随高叶飞官天长，甚见委任，豪夺巧取，岁以多金寄归。妇借其财，以招诱少年，门遂如市。迨叶飞获谴，其夫遁归，则囊箧全空，器物斥卖亦略尽，惟存一丑妇，淫疮遍体而已。人谓其不拥厚资，此妇万无堕节理，岂非天道哉！

## 注释

①佚荡：放荡；放纵。

## 译文

河间有一个妇人，性格放荡。但是长得很丑，她每天盛装打扮站在门口，没有人理她。后来她的丈夫跟着高叶飞在天长做官，非常得赏识和信任。因此依靠强权和阴谋得了许多不义之财。每年都会寄很多钱财回家。妇人就用这些财物，来招引诱骗少年男子，她家于是变得热闹起来。后来叶飞受到朝廷的处罚，她的丈夫偷偷地逃回来，却发现家里箱子柜子都空了，家具什物也都快拆买完了。只剩下那个满身长满了毒疮的丑陋妇人。别人说，如果她丈夫没有大敛资财的话，他的妻子也绝不会有失节的可能，这难道是天的安排吗？

# 卷七·如是我闻（一）

## 原文

京师某观，故有狐。道士建醮[1]，醵多金。蒇事[2]后，与其徒在神座灯前，会计出入。尚厥数金，师谓徒乾没，徒谓师误算，盘珠格格，至三鼓未休。忽梁上语曰："新秋凉爽，我倦欲眠，汝何必在此相聒？此数金，非汝欲买媚药，置怀中，过后巷刘二姐家，二姐索金指环，汝乘醉探付彼耶？何竟忘也？"徒转面掩口。道士乃默然敛簿出。剃工魏福，时寓观内，亲闻之。言其声唧唧呦呦，如小儿女云。

## 注释

①醮：道士设坛念经做法事。

②蒇事：把事情办完，办好。

## 译文

京城里的一个道观，一直都有狐狸。道观的道士做了一次法事，收了很多钱财。法事完了以后，道士和他的徒弟就在神座的灯前，计算钱财的收支。算下来，发现少了一些银子，师父就说是徒弟贪污了，徒弟说是师父算错了。两入用算盘算了半天，算珠拨得格格响。更夫都已经敲了三声鼓了，他们还没有算完。忽然听见房顶的梁上有人说话："初秋天气凉爽，我疲倦了正想睡觉，你为什么总在这里吵吵闹闹，弄得我睡不着？这几两银子，难道不是你打算买媚药，放在怀中，到后巷的刘二姐家去，刘二姐找你要金指环，你喝醉了，不是就随手把钱给她了吗？你怎么就忘了呢？"徒弟转过脸掩着嘴直笑，道士不说话了，把帐簿收起来出去了。剃头的魏福，当时正好在道观里留宿，亲耳听见。说那个声音咿咿呀呀的，像是小孩子说话。

## 原文

先兄晴湖曰："饮卤汁[1]者，血凝而死，无药可医。里有妇人饮此者，方张惶莫措。忽一媪排闼人，曰：'可急取隔壁卖腐家所磨豆浆灌之。卤得豆浆，则凝浆为腐而不凝血。我是前村老狐，曾闻仙人言此方也。'语讫不见。试之果得苏。刘涓子[2]有鬼遗方，此可称狐遗方也。"

## 注释

①卤汁：制盐时剩下的黑色汁液，味苦有毒。可以用来点豆腐。

②刘涓子：南朝宋宗室。他年青的时候在丹阳郊外打猎，得到了一张治痈疽的方子，还得到一罐子药。后来他跟随宋武帝出征，就用这个药治好了军中受了金疮的人，于是他把那个方子演化为十卷，称为《鬼遗方》。

## 译文

我的去世的哥哥晴湖说："喝了卤汁的人，会因为血凝结而死，没有药可以救。我们乡里有一个妇人喝了卤汁，正在大家都手足无措惶恐不安的时候，忽然一个老太婆冲进门来，说：'可以马上去拿隔壁卖豆腐家磨的豆浆灌给她。卤汁遇上豆浆，就会把豆浆变成豆腐而不会使血凝结成块了。我是前面村子里的老狐狸，曾经听仙人说过这个方子。'说完以后，老太婆就不见了。她的家人照着这个方法试了一下，果然妇人就苏醒过来了。刘涓子有鬼遗留下来的方子，这可以称作是狐狸遗留下来的方子。"

## 原文

里人王五贤（幼时闻呼其字是此二音，不知即此二字否也），老塾师也。尝夜过古墓，闻鞭扑声，并闻责数曰："尔不读书识字，不能明理，将来何事不可为？至上干天律时，尔悔迟矣。"谓深更旷野，谁人在此教子弟？谛听[1]，乃出狐窟中。五贤喟然曰："不图此语闻之此间。"

## 注释

①谛听：仔细地听。

## 译文

我们乡里的王五贤，（小时候听到人家叫他是这两个音，也不知道是不是就是这两个字？）是一个老教书先生。曾经有一天夜里经过一座古墓，听见里面有人在用鞭子打人的声音，还听见有人责骂说："你不读书识字，就不能够明白道理，将来什么东西是不可以做的，你知道吗？等到你违反了天条的时候，你再后悔就晚了。"

王先生心想这么晚了，又是在野外，是什么人在这里教导自己家的孩子呢？仔细一听，声音是从狐狸的洞窟里传出来的。

五贤先生感叹道："没有想到这样的话却是在这里听到的。"

## 原文

佃户卞晋宝，息耕陇畔，枕块暂眠。朦胧中闻人语曰："昨官中有何事？"一人答曰："昨勘某人继妻，断予铁杖百。虽是病容，尚眉目如画，肌肉如凝脂。每受一杖，哀呼宛转，如风引洞箫，使人心碎。吾手颤不得下，几反受鞭。"问者太息曰："惟其如是之妖媚，故蛊惑其夫，荼毒前妻儿女，造种种恶业也。"晋宝私念：是何官府，乃用铁杖？欲起问之。欠伸拭目，乃荒烟蔓草，四顾阒然①。

## 注释

①阒然：形容寂静无声的样子。

## 译文

佃户卞晋宝，在田地旁休息，枕着石块一下子睡着了。朦胧中好像听见有人说话："昨天官府里有什么事情？"另一个人回答说："我昨天审讯了一个人的后妻，打了她一百铁仗。她虽然一副生病的样子，但是眉目都像是画过一样，肌肤细嫩柔腻。每挨一下打，她的哀痛声婉转多情，就像是风吹动了洞箫发出的声音，让人心都碎了。我的手颤抖着打不下去，差点被罚挨了几鞭子。”问的人叹息说：“就是因为她是这么的妩媚惑人，所以她迷惑了她的前夫，残酷对待她后夫的前妻的儿女，做出许多不人道的行为。”晋宝心里琢磨：是什么官府，还用铁仗？打算起来问个究竟。等他伸了个懒腰，擦了擦眼睛，只看见周围除了蓬蓬的野草之外一个人也没有，非常安静。

## 原文

陈竹吟尝馆一富室。有小女奴，闻其母行乞于道，饿垂毙，阴盗钱三千与之。为侪辈[1]所发，鞭捶甚苦。富室一楼，有狐借居，数十年未尝为祟。是日女奴受鞭时，忽楼上哭声鼎沸。怪而仰问。同声应曰：“吾辈虽异类，亦具人心。悲此女年未十岁，而为母受捶，不觉失声，非敢相扰也。”主人投鞭于地，面无人色者数日。

## 注释

①侪辈：同类，同辈的人。

## 译文

陈竹吟曾经在一个有钱人家里教书。有一个小的女奴婢，听说她母亲在路上讨饭，饿得快要死了，悄悄地偷了主人家三千钱给她的母亲。被其他的奴婢告发了，主人用鞭子抽打她打得十分厉害。有钱人的家里有一座楼，狐狸借居在那里，几十年都没有出来捣乱。这天女奴婢被鞭打的时候，忽然楼上传来许多人的哭泣声。主人觉得奇怪于是抬头相问。那些狐狸异口同声地回答说：“我们虽然和人类不同，但是也有人心。我们可怜这个女孩还没有十岁，却为她的母亲挨打，忍不住为她流泪。不是特意要来骚扰你。”主人听了，把鞭子扔在地上，几天脸上都没有血色。

# 卷八·如是我闻（二）

## 原文

老儒刘挺生言：东城有猎者，夜半睡醒，闻窗纸淅淅作响，俄又闻窗下窸窣声，披衣叱问。忽答曰："我鬼也。有事求君，君勿怖。"问其何事。曰："狐与鬼自古不并居，狐所窟穴之墓，皆无鬼之墓也。我墓在村北三里许，狐乘我他往，聚族据之，反驱我不得入。欲与斗，则我本文士，必不胜。欲讼诸土神，即幸而得申，彼终亦报复，又必不胜。惟得君等行猎时，或绕道半里，数过其地，则彼必恐怖而他徙矣。然倘有所遇，勿遽殪①获，恐事机或泄，彼又修怨于我也。"猎者如其言。后梦其来谢。夫鹊巢鸠据②，事理本直。然力不足以胜之，则避而不争；力足以胜之，又长虑深思而不尽其力。不求幸胜，不求过胜，此其所以终胜欤！孱弱者遇强暴，如此鬼可矣。

## 注释

①殪：杀死。

②鹊巢鸠据：鸠性拙，不善筑巢，往往等鹊筑好巢后夺为已有。常喻指强占他人的地方。

## 译文

老先生刘挺生说：东城有一个猎人，半夜的时候睡觉醒来，听见窗户上的纸沙沙作响，过了一会儿又听见窗户下面有窸窸嗦嗦的声音，于是穿上衣服大声问是谁。忽然有人回答说："我是鬼。我有一件事情要求你帮忙，请你不要害怕。"猎人问他是什么事。鬼说："狐狸和鬼从来都是不住在一起的。狐狸当作洞窟的墓，都是没有鬼的墓。我的墓在村北大约三里的地方，狐狸乘我到别的地方去的时候，把一大家子都搬了进去，霸占了我的墓。我回到家，他们还把我赶了出来。我本来打算和他们斗一斗，但是我只是一个读书人，肯定斗不过他们。又打算到土地神那里去告他们，但是即使我很幸运地赢了官司，他们终究还是要报复我的，我肯定还是回不去。我想来想去，只有等你去打猎的时候，你或者绕半里地，在那里来去几次，他们一定会觉得这里不安全自己搬走。但是如果你不小心碰见了他们，千万不要急于把他们杀死，我怕事情会因此泄漏出去，他们又会和我结冤了。”猎人照他的话去做了。后来梦见那个鬼来感谢他。喜鹊的窝被斑鸠占据了，本来读书人是有理的一方，但是他的能力没有狐狸强，所以就躲开不和他们争，当他的能力足够可以对付他们，他又出于长远考虑而不完全运用他的能力。不希望以侥幸取胜，不希望过分的胜利，这就是他最终胜利的原因吧！弱小的人遇到强暴的人，像这个鬼这样做就可以了。

## 原文

外叔祖张公雪堂言：十七八岁时，与数友月夜小集。时霜蟹初肥，新篘[1]亦熟，酣洽之际，忽一人立席前，著草笠，衣石蓝衫，蹑镶云履，拱手曰：“仆虽鄙陋，然颇爱把酒持螯。请附末坐可乎？”众错愕不测，姑揖之坐。问姓名，笑不答。但痛饮大嚼，都无一语。醉饱后，蹶然起曰：“今朝相遇，亦是前缘。后会茫茫，不知何日得酬高谊。”语讫，耸身一跃，屋瓦无声，已莫知所在。视椅上有物粲然，乃白金一饼，约略敌是日之所费。或曰：“仙也。”或曰：“术士也。”或曰：“剧盗也。”余谓剧盗之说为近之。小时见李金梁辈，其技可以至此。又闻窦二东之党（二东，献县剧盗。其兄曰大东，皆逸其名，而以乳名传。他书记载，或作窦尔敦，音之转耳），每夜能入人家，伺妇女就寝，胁以刃，禁勿语，并衾褥卷之，挟以越屋数十重。晓钟将动，仍卷之送还。被盗者惘惘如梦。一夕，失妇家伏人于室，俟其送还，突出搏击。乃一手挥刀格斗，一手掷妇于床上，如风旋电掣，倏已无踪。殆唐代剑客之支流乎！

## 注释

①篘：指酒。

## 译文

我的外叔祖父张雪堂先生说：他十七八岁的时候，和几个朋友在一个月色朗朗的晚上小聚。当时恰好初秋的螃蟹正肥，新酿的酒也热得正好，大家正吃喝得高兴的时候，忽然看见一个人站在酒桌前，头上戴着草帽，身上套着蓝衫，脚上穿着镶云履。对他们拱手行礼说："我虽然很卑贱，但是特别喜欢就着螃蟹喝酒，可不可以让我也加入到你们中间?"大家都感到非常惊讶，没有料到会有这种事情发生，暂且还礼让他入席。大家问那人的姓名，他笑而不答，只顾大口地喝酒吃螃蟹，一句话也不说。酒足饭饱以后，那人突然站起来说："今天我们相遇，也是前世的缘分。以后人海茫茫，不知道什么时候可以报答你们的友情。"说完之后，只见那人耸着身子一跳，屋顶的瓦片一点声音也没有，人已经不知道到什么地方去了。这时大家却发现他的椅子上有一个东西在发光，原来是一锭银子，大概正好和当天酒席的花销相当。有人说："他是仙人。"有人说："他是术士。"也有人说："他是个强盗。"我觉得强盗的说法比较接近。我小时候看见李金梁那样的人，他们的本领可以到达这样的地步。我又听说窦二东，（二东，献县的大强盗。哥哥叫大东，都是不知道他们的真名，而以小名为人所知。别的书上记载，或者叫窦尔敦，是音转的缘故。）常常能半夜进入到人家家里，等到妇女睡觉的时候，用利刃威胁她们，不许她们说话，然后把她们连同被子一起卷起来，抱着越过几十间屋子。等到天快亮的时候，照旧把她们卷好送回来。被偷窃的人还糊里糊涂像是做梦一样。有一天晚上，被盗妇人的家人躲在房间里，等他送人回来的时候，突然出来和他搏斗，他一手拿着刀和人厮杀，一手把妇人扔在床上，速度非常快，一下子就没了踪影。他们大概是唐代剑客的支流吧！

## 原文

姚安公闻先曾祖润生公言：景城有姜三莽者，勇而戆。一日，闻人说宋定伯[1]卖鬼得钱事，大喜曰："吾今乃知鬼可缚。如每夜缚一鬼，唾使变羊，晓而牵卖于屠市，足供一日酒肉资矣。"于是夜夜荷梃执绳，潜行墟墓间，如猎者之伺狐兔，竟不能遇。即素称有鬼之处，佯醉寝以诱致之，亦寂然无睹。一夕，隔林见数磷火，踊跃奔赴；未至间，已星散去。懊恨而返。如是月馀，无所得，乃止。盖鬼之侮人，恒乘人之畏。三莽确信鬼可缚，意中已视鬼蔑如矣，其气焰足以慑鬼，故鬼反避之也。

## 注释

①宋定伯：《列异传》记南阳宋定伯年青的时候，晚上一个人赶路，碰见了鬼，就声称自己是新鬼。和鬼交谈，问鬼最怕什么，鬼说最怕人的唾沫，于是宋定伯把鬼抓住，拿到集市上，朝鬼吐了一口唾沫，鬼就变成了羊，宋定伯把羊卖了，得了一千五百文钱。

## 译文

姚安公听已逝曾祖润生先生说：景城有一个叫姜三莽的人，有勇无谋。有一天，听别人讲宋定伯卖鬼得钱的故事，非常高兴，说："我今天才知道鬼是可以抓住的。如果我每天晚上抓一个鬼，吐口唾沫让他变成羊，早上牵着去肉铺卖，足够我一天喝酒吃肉的钱了。"于是天天晚上拿着棍子和绳子，躲在坟墓之间，就像是猎人等着抓狐狸、兔子一样，可是他居然没有碰到鬼。即使是在人家一直说有鬼的地方，他故意假装喝醉睡倒，把自己作为诱饵，也还是什么都没有看到。有一天晚上，他隔着树林看见有几点磷火，急忙跑过去。人还没有到，磷火就已经星星点点的散去了，他大失所望回到家。像这样子搞了一个月，他什么鬼也没抓住，于是就撒手不干了。通常鬼戏弄人，都是抓住人害怕的心理。三莽相信鬼可以抓得住，他的心里已经很轻视鬼了，他的气势足以让鬼感到害怕，所以鬼反而躲着他。

## 原文

有孟氏媪清明上冢归，渴就人家求饮，见女子立树下，态殊婉娈[1]，取水饮媪毕，仍邀共坐，意甚款洽。媪问其父母兄弟，对答具有条理。因戏问："已许嫁未？我为汝媒。"女面赪避入，呼之不出。时已日暮，乃不别而行。越半载，有为媪子议婚者，询知即前女，大喜过望，急促成之。于归后，媪抚其肩曰："数月不见，汝更长成矣。"女错愕不知所对。细询始末，乃知女十岁失母，鞠于外氏五六年，纳币后始迎归。媪上冢时，原未尝至家也。女家故小姓，又颇窘乏，非媪亲见其明慧，姻未必成。不知是何鬼魅，托形以联其好；又不知鬼魅何所取义，必托形以联其好。事有不可理推者，此类是矣。

## 注释

①婉娈：美好的样子。

## 译文

有一个姓孟的老太太清明扫墓回来，觉得口渴到人家家里要口水喝。看见一个女孩站在树下面，样子很可爱。她喝完水以后，就叫女孩和她一起坐着聊天，两人聊得很愉快。老太太问她的父母兄弟情况，女孩都逐一回答并且很有条理。于是老太太和她开玩笑说："你已经订婚了吗？我给你做媒。"女孩立刻脸红了，躲进屋里去，叫她也不出来。这时天色已晚，于是老太太没有和她告别就走了。过了半年，有人给老太太的儿子做媒，她问过之后知道就是上次遇见的那个女孩，非常高兴，即刻促成了这门婚事。女孩嫁过来以后，老太太抚摸着她的肩膀说："几个月不见，你长得更漂亮了。"女孩非常惊讶，不知道如何回答她。老太太于是仔细地问她，这才知道女孩十岁的时候母亲就去世了，外婆家养育了她五六年，她是在订婚以后才回自己家的。老太太扫墓的时候，她还没有回去呢。女孩家是小户，经济状况也不太好，如果不是老太太亲眼看到了她的聪明贤惠，这桩婚事未必成功。不知道是什么鬼怪，变成她的形体来撮合这桩婚事，又不知道他为什么要这么做，一定要假扮她来撮合这桩婚事。世上的事情有些不可以用常理来推断，这件事就是这样。

# 卷九·如是我闻（三）

## 原文

乾隆戊午夏，献县修城。役夫数百，拆故堞①破砖掷城下。城下役夫数百，运以荆筐。炊熟则鸣柝②聚食，方聚食间，役夫辛五告人曰："顷运砖时，忽闻耳畔大声曰：'杀人偿命，欠债还钱。汝知之乎？'回顾无所睹，殊可怪也。"俄而众手合作，砖落如雹，一砖适中辛五，脑裂死。惊呼扰攘，竟不得击者主名。官司莫能诘，仅断令役夫之长出钱十千，棺敛而已。乃知辛五夙生负击者命，役夫长夙生负辛五钱，因果牵缠，终相填补。微鬼神先告，几何不以为偶然耶！

## 注释

①堞：城上如齿状的矮墙。

②柝：巡夜打更用的梆子。

## 译文

乾隆戊午年夏天，献县修城。差役了几百个工人，把原来的城墙拆掉，从上面把破砖头扔到城下去。城墙下面也有几百个工人在用荆筐运砖。饭熟了就敲梆子大家一起吃饭。正在大家吃饭的时候，有一个工人辛五告诉别人说："刚刚我运砖头的时候，忽然听见耳边有人大声地说：'杀人偿命，欠债还钱，你知道吗？'我回头看了看，什么都没看到，真奇怪。"过了一会儿，大家又忙碌起来，砖头像下冰雹一样从城墙上扔下来，一个砖头正好打中了辛五，辛五的头开裂了，当时就死了。众人大惊，叫喊吵闹起来，到最后也没有弄清楚是谁扔的，官府也审问不出来，只好让工头出了十千钱，给辛五买了棺材，把他安葬了。这才知道辛五上一世欠了打他的人的命，工头上一世欠了辛五的钱，其中的因果纠缠，最终还是一一对应。如果没有鬼神先告知的话，谁不会以为这是偶然发生的事情呢？

## 原文

聂松岩言：胶州一寺，经楼之后有蔬圃。僧一夕开牖纳凉，月明如昼，见一人徙倚①老树下。疑窃蔬者，呼问为谁。磬折②而对曰："师勿讶，我鬼也。"问："鬼何不归尔墓？"曰："鬼有徒党，各从其类。我本书生，不幸葬丛冢间，不能与马医夏畦③伍。此辈亦厌我非其族。落落难合，故宁避嚣于此耳。"言讫，冉冉没。后往往遥见之，然呼之不应矣。

## 注释

①徙倚：徘徊；留连。

②磬折：弯腰；卑躬屈膝。

③马医夏畦：马医是医马的人，旧时认为那是讨饭吃的工作。夏畦是指夏天烈日下在田里劳作的人，代指劳动者，比较下等的阶级。

## 译文

聂松岩说：胶州有一个寺院，经楼后面有一个蔬菜园子。一个和尚有一天晚上打开窗户纳凉，看见月色朗朗，景物像白天一样清楚，有一个人徘徊流连在树下。和尚怀疑是偷蔬菜的，就大声地问他是谁。那人鞠躬行礼说："师父不要惊讶，我是鬼。"和尚问："你是鬼，为什么不回到你的墓里去？"鬼说："鬼也分党，分派，每个鬼都和他同一类的人在一起。我本来是个书生，不巧被葬在一堆乱坟中，我不能和兽医农夫们在一起，他们也讨厌我和他们不是一类人。我跟别人合不来，所以宁肯在这里躲避吵闹。"说完，就看见他渐渐地走远了。后来和尚也曾经远远的看见过他，但是叫他他也不回答了。

## 原文

余七八岁时，见奴子赵平自负其胆，老仆施祥摇手曰：“尔勿恃胆，吾已以恃胆败矣。吾少年气最盛，闻某家凶宅无人敢居，径携补被卧其内。夜将半，剨然①有声，承尘②中裂，忽堕下一人臂，跳掷不已；俄又堕一臂，又堕两足，又堕其身，最后乃堕其首，并满屋迸跃如猿猱。吾错愕不知所为，俄已合为一人，刀痕杖迹，腥血淋漓，举手直来搤吾颈。幸夏夜纳凉，挂窗未阖，急自窗跃出，狂奔而免。自是心胆并碎，至今犹不敢独宿也。汝恃胆不已，无乃不免如我乎！”平意不谓然，曰：“丈原大误，何不先捉其一段，使不能凑合成形?”后夜饮醉归，果为群鬼所遮，掖入粪坑中，几于灭顶。

## 注释

①剨然：割裂声。

②承尘：床上的帐幕；天花板。

## 译文

我七八岁的时候，看到我们家的仆人赵平自负他的胆子大，我家的老仆人施祥摆手说：“你不要觉得自己胆子大了不起，我就是因为自以为胆子大而失败的。我那时年轻气盛，听说有人家里有一座闹鬼的房子，没有人敢住在那里，就径直带上铺盖睡在里面。

晚上快到半夜的时候，听见有东西破裂的声音，只见天花板从中裂开，忽然掉下一个人的手臂，跳来跳去的，过了一会儿又掉下一个手臂来，又掉两只腿下来，又掉下他的身子，最后掉下来的是他的头，这些东西在屋子里跳来跳去地像是猴子一样。

我惊讶地不知道该怎么做才好，过了一会儿这些东西合成一个人，身上满是被刀割伤的痕迹，被棍子打过的痕迹，浑身鲜血，屋子里充盈着血腥味，那人伸过手来径直掐我的脖子。幸好当时夏天的晚上纳凉，窗户没有关，我急忙从窗户里跳出来，一路狂奔才逃脱。从此以后我的勇气和胆量都没有了，到现在都不敢一个人睡。你自以为胆大，免不了像我这样!”赵平听了不以为然，说：“老人家你大错特错了，为什么不先抓住那个人其中的一段，让他不能凑合成一个完整的人呢?”后来，赵平晚上喝醉了酒回来，果然被一群鬼挡住了去路，丢到粪坑里，差点连头都淹了。

# 卷十·如是我闻（三）

## 原文

姚安公言：昔在舅氏陈公德音家，遇骤雨，自巳至午乃息，所雨皆沤麻[①]水也。时西席一老儒方讲学，众因叩曰："此雨究竟是何理?"老儒掉头面壁曰："子不语怪[②]。"

## 注释

①沤麻：为利用细菌作用使麻的木质组织软化以便打出纤维而将亚麻茎或黄麻置于水中的浸渍。

②子不语怪：语出《论语·述而篇》，"子不语怪力乱神。"

## 译文

姚安公说：他原来在舅舅陈德音家里的时候，碰上下暴雨，从上午九点一直下到中午十二点才停。下的都是沤麻水。这时他们家的一个教书的老先生正在讲课，大家向他请教说："这场雨是怎么回事?"老先生扭转头对着墙壁说："孔子不讨论怪事。"

## 原文

人物异类，狐则在人物之间；幽明异路，狐则在幽明之间；仙妖异途，狐则在仙妖之间。故谓遇狐为怪可，谓遇狐为常亦可。三代以上无可考。《史记·陈涉世家》称篝火作狐鸣曰："大楚兴，陈胜王。"必当时已有是怪，是以托之。吴均[①]《西京杂记》称广川王[②]发栾书[③]冢，击伤冢中狐，后梦见老翁报冤[④]。是幻化人形，见于汉代。张鷟[⑤]《朝野佥载》称唐初以来，百姓多事狐神，当时谚曰："无狐魅，不成村。"是至唐代乃最多。《太平广记》[6]载狐事十二卷，唐代居十之九，是可以证矣。诸书记载不一，其源流始末，则刘师退先生所述为详。盖旧沧州南一学究与狐友，师退因介学究与相见，躯干短小，貌如五六十人，衣冠不古不时，乃类道士；拜揖亦安详谦谨。寒温毕，问枉顾意。师退曰："世与贵族相接者，传闻异词，其间颇有所未明。闻君豁达不自讳，故请祛所惑。"狐笑曰："天生万品，各命以名。狐名狐，正如人名人耳。呼狐为狐，正如呼人为人耳。何讳之有？至我辈之中，好丑不一，亦如人类之内，良莠不齐。人不讳人之恶，狐何必讳狐之恶乎？第言无隐。"师退问："狐有别乎？"曰："凡狐皆可以修道，而最灵者曰狈狐[7]。此如农家读书者少，儒家读书者多也。"问："狈狐生而皆灵乎？"曰："此系乎其种类。未成道者所生，则为常狐；已成道者所生，则自能变化也。"问："既成道矣，自必驻颜。而小说载狐亦有翁媪，何也？"曰："所谓成道，成人道也。其饮食男女，生老病死，亦与人同。若夫飞升霞举，又自一事。此如千百人中，有一二人求仕宦。其炼形服气者，如积学以成名；其媚惑采补者，如捷径以求售。然游仙岛、登天曹者，必炼形服气乃能；其媚惑采补，伤害或多，往往干天律也。"问："禁令赏罚，孰司之乎？"曰："小赏罚统于其长，大赏罚则地界鬼神鉴察之。苟无禁令，则来往无形，出入无迹，何事不可为乎！"问："媚惑采补，既非正道，何不列诸禁令，必俟伤人乃治乎？"曰："此譬诸巧诱人财，使人喜助，王法无禁也。至夺财杀人，斯论抵耳。"《列仙传》载酒家妪[8]，何尝干冥诛乎！"问："闻狐为人生子，不闻人为狐生子，何也？"微哂曰："此不足论。盖有所取无所与耳。"问："支机别赠[9]，不惮牵牛妒[10]乎？又哂曰："公太放言，殊未知其审。凡女则如季姬鄫子[11]之故事，可自择配。妇则既有定偶，弗敢逾防。若夫赠芍采兰[12]，偶然越礼，人情物理，大抵不殊，固可比例而知耳产。"问："或居人家，或居旷野，何也？"曰："未成道者未离乎兽，利于远人，非山林弗便也。已成道者事事与人同，利于近人，非城市弗便也。其道行高者，则城市山林皆可居。如大富大贵家，其力百物皆可致，住荒村僻壤与通都大邑一也。"师退与纵谈，其大旨惟劝人学道，曰："吾曹辛苦一二百年，始化人身。公等现是人身，功夫已抵大半，而悠悠忽忽，与草木同朽，殊可惜也。”师退腹笥三藏，引与谈禅。则谢曰：“佛家地位绝高，然或修持未到，一入轮回，便迷却本来面目。不如且求不死，为有把握。吾亦屡逢善知识[13]，不敢见异而迁也”师退临别曰：“今日相逢，亦是天幸，君有一言赠我乎？”踌躇良久，曰：“三代以下恐不好名，此为下等人言。自古圣贤，却是心平气和，无一毫做作。洛、闽诸儒[14]，撑眉努目，便生出如许葛藤。先生其念之。”师退怃然自失。盖师退崖岸太峻，时或过当云。

## 注释

①吴均：南北朝梁代人，字叔庠，吴兴故鄣人（今浙江安吉）人，《四库全书》记其著《西京杂记》为误。实际上，《西京杂记》为西晋葛洪所作，其中记的都是一些西汉的遗闻逸事，夹杂一些怪谈的传说。

②广川王：就是刘齐。西汉宗室，汉武帝时袭爵为广川王。

③栾书：即栾武子，春秋时晋国的大夫，累升为中军元帅，曾败楚师于鄢陵。

④报冤：《西京杂记》上记载，广川王发掘栾书的坟墓，栾书的坟里东西全都腐烂了，只有一只白狐狸，被众人追逐，用戟戳伤了左脚，晚上，广川王梦见一个男子，头发眉毛都是白的，说：“为什么无缘无故地伤我的左腿？”王的左腿于是肿痛起来，长了一个疮，到他死的时候也没有好。

⑤张鷟：唐代文学家，字文成，自号浮休子，深州陆泽（今河北深县）人，有笔记《朝野佥载》，小说《游仙窟》。

⑥《太平广记》：宋代李昉等编著的小说总集，一共五百卷。全书采录自汉朝至宋初的小说、笔记、稗史等五百余种，从447－455卷记载的都是狐狸的故事，只有九卷，不是十二卷。

⑦䝙狐：即白狐。

⑧酒家妪：据《列仙传》，汉中有一个占卜的人叫呼子先，活了一百多岁，临走的时候，让一个酒家的老太婆给他置办行装，后来一位仙人带着两条狗来了，子先把一只给老太婆，一只自己骑着，狗变成了龙，他们到华阴山上去了。

⑨支机别赠：《集林》上记载，有一个人寻找河的源头，看见一个妇人在洗纱，就问她，她说这里是天河，给了那人一块石头，那人回来问一个叫严君平的人，他说这块石头叫织女支机石，就是分情给别人的意思。

⑩牵牛妒：见于李商隐的诗《海客》，“海客乘槎上紫气，星娥罢织一相闻。只应不惮牵牛妒，聊用支机石赠君。”比喻爱情不专一。

⑪季姬鄫子：见于《春秋·鲁僖公十四年》，那一年夏天的六月，季姬和鄫子相遇在防，季姬让鄫子来朝见鲁僖公。《春秋公羊传》认为，鄫子来朝，就是为了请求鲁僖公的女儿季姬做妻子，认为他们是自由结合的。

⑫赠芍采兰：见于《诗·郑风·溱洧》，说男女游春，互送花草来表示情意。

⑬善知识：比喻通达的和尚。

⑭洛、闽诸儒：就是指的宋代程朱理学。

## 译文

人和动物是不同类的东西，狐狸则处于人和动物之间。阴间和阳世是不一样的，狐狸则处于阴间和阳世之间，神仙和妖怪是不同的，狐狸则处于神仙和妖怪之间。所以说遇见狐狸是怪事也可以，说遇见狐狸是很正常的，这也对。上古三代没有记载不能考证。《史记·陈涉世家》上称篝火发出狐狸一样的叫声说：“大楚兴，陈胜王。“一定是当时已经有这样的妖怪了，所以陈涉才假托的。吴均《西京杂记》上说广川王发掘栾书的墓，打伤了墓中的狐狸，他后来梦见一个老头来报仇。由此可见狐狸变幻成人的形状，始见于汉代。张鷟《朝野佥载》上说唐初以来，百姓很多都侍奉狐狸神，当时的谚语说：“无狐魅，不成村。”那么是在唐代的时候狐狸神最多。《太平广记》上记载了十二卷有关于狐狸的故事，发生在唐代的占了十分之九，这可以说明上面的观点。各书的记载都不一样，狐狸故事的渊源及其发展，刘师退先生的书上写得最详细。因为旧的沧州南面的一个学者和狐狸是朋友，师退因此让这个学者介绍他和狐狸见面，只见狐狸的身材矮小，看上去像是五六十岁的人，穿着打扮既不像古代的人，也不像现在的人，有点像道士。彼此行礼也很镇定从容，谦虚谨慎。寒暄完了以后，就问师退要见他的意思。师退说：“世上和你们这个族类相接触的人，在传闻之中有许多不一样的地方，其中有很多都让人觉得不是很清楚。听说你的性格很宽容开朗，不隐藏你自己的身份。所以想请你为我解一解迷惑。”狐狸笑了，说：“上天产生出多种多样的动物，各自命名。狐狸的名字叫狐狸，就和人的名字叫人师一个道理。叫狐狸为狐狸，就像叫人作人一样，有什么可避讳的？我们的族类中，有好的有坏的，就像人之中，也有好有坏一样。人不忌讳入有不好的，狐狸何必要忌讳狐狸有不好的呢？请你问吧，我没有什么不能说的。”师退问：“狐狸之间有区别吗？”狐狸说：“凡是狐狸都可以修道，而其中最有灵气的是白狐。这就像农民家的孩子读书的人少，读书人家的孩子读书的人多一样。”师退问：“白狐是生来就很有灵气的吗？”狐狸说：“这和他的种类有关系。没有成道的狐狸生的狐狸就是平常的狐狸，成道以后生的狐狸，他生来就会变化。”师退问：“既然他已经成道了，那么就能够保持不衰老，而小说里面记载的狐狸也有老头老太太的，这是什么原因？”狐狸说：“所谓成道，是说他可以变成人了。他的生活的种种，生老病死都和人是一样的。如果说到升天成仙，那又是另外一件事情。就像一千或者一百个人中，只有一两个要做官的。那些炼形服气的，就像是做学问出名一样；那些迷惑人采补精气的，就像是那些选择一条方便的路途把自己卖出去的人一样。但是要游仙岛，登上天庭的席位，那必须是炼形服气的才行，那些迷惑人采补精气的，造成的伤害太多，往往会违反天界的法律。师退问：“禁令赏罚，是由谁来执行呢？”狐狸说：“小的赏罚由各家的家长来执行，大的就由地界的鬼神监督考察，如果没有禁令，狐狸来来往往没有形体，出入不留痕迹，什么事情不可以做呢！”师退问：“迷惑人采补精气，既然不是值得提倡的方式，为什么不把它列为禁令呢？一定要等到他杀了人才惩罚他。”狐狸说：“这就像是设计骗取人家的钱财，让人家愿意给你钱财，王法没有办法禁止。到夺财杀人的这一步，才能够让他抵命。《列仙传》上记载的酒家里的老太婆，哪里被冥司抓住抵罪了呢！”师退问：“只听说狐狸给人生小孩，没有听说人给狐狸生小孩的，为什么？”狐狸微微地冷笑着说：“这没有什么好说的，狐狸要采补精气，所以有所取而无所给。”师退问：“狐狸的妻子别送给人，狐狸丈夫难道就不妒忌吗？”狐狸又讥笑他说：“先生您说这个话太无所顾忌了，确实是不知道其中的道理的。凡是女孩子像季姬曾子那样的，都可以自己选择对象。妇人既然有了固定的配偶，就不能超越防线了。偶尔出轨，不合礼仪，就和人一样，都差不多，你可以由人的行为大致推测出来。”师退问：“有的狐狸住在人的家里，有的狐狸住在没人的荒郊野地，为什么？”狐狸说：“还没有成道的狐狸还没有和动物完全区别开来，最好是远离人，住在山林里是最方便的。已经成道的狐狸什么都和人一样，最好是和人在一起，住在城市里是最方便的。道行高深的，就无所谓城市和山林，住在哪里都可以。就像大富大贵的人家，他的力量足以可以得到任何东西，住在荒凉僻静的山村里和住在处于交通要道的繁华都市里是一样的。”师退和他谈了许多，狐狸最主要说的还是劝入学道，说：“我们辛苦了一两百生，才可以变成人的身子，你们现在已经是人身，相当于已经学了一大半了，却虚度日月，和草木一样随时间而老朽，真是非常可惜。”师退读了很多佛家的经典，就想和狐狸谈一谈禅，狐狸拒绝了，说：“佛家的地位非常高，但是如果修炼还没有到境界，一旦入了轮回，就迷失了自己原来的身份。还不如先求一个不死，才是我能把握住的事情。我也常常碰到真的佛真的师父，但还是不敢改变自己的想法。”师退临走的时候说：“今天能够和你相遇，也是非常幸运的事情，你没有什么话要忠告我的吗？”狐狸犹豫了很久，说：“三代以下的人恐怕都没有什么好名声，这是给三代以后的人说的。自古圣贤，都是心平气和，没有一点炫耀做作。洛、闽的那些学者，挤眉毛努眼睛，生出许多瓜葛。先生一定记住。”师退听了以后，觉得有些不痛快，怅然若失。因为师退平常就太过于锋芒毕露，当时有人说他有点过分。

## 原文

王西园先生守河间时，人言献县八里庄河夜行者多遇鬼，惟县役冯大邦过，则鬼不敢出。有遇鬼者，或诈称冯姓名，鬼亦却避。先生闻之曰：“一县役能使鬼畏，此必有故矣。”密访将惩之，或为解曰：“本无是事，百姓造言耳。”先生曰：“县役非一，而独为冯大邦造言，此亦必有故矣。”仍檄①拘之，大邦惧而亡去。此庚午、辛未间事，先生去郡后数载，大邦尚未归。今不知如何也。

## 注释

①檄：古代官府用以征召或声讨的文书。

## 译文

王西园先生在河间当太守的时候，大家都说在献县八里庄河边晚上走路的人大多会碰见鬼，只有县里的差役冯大邦路过，鬼就不敢出来。有遇到鬼的人，假说自己是冯大邦，鬼也会躲避开来。王先生听说了以后说：“一个县里的差役能够让鬼感到害怕，这其中一定有原因。”于是秘密地调查将要惩处他，有人为他开脱说：“本来没有这种事，是百姓造的谣言。”王先生说：“县里的差役不是只有冯大邦一个，但是百姓只造冯大邦一个人的谣言，这也说明其中有问题。”还是让人把他抓起来，大邦感到害怕逃走了。这是庚午、辛未年间的事情，王先生离开河间后几年，大邦还没有回来。现在不知道事情怎么样了。

# 卷十一·槐西杂志（一）

## 原文

族叔行止言：有农家妇，与小姑并端丽。月夜纳凉，共睡檐下。突见赤发青面鬼，自牛栏后出，旋舞跳掷，若将搏噬。时男子皆外出守场圃，姑嫂悸不敢语。鬼一一攫搦强污之，方跃上短墙，忽嗷然失声，倒投于地。见其久不动，乃敢呼人。邻里趋视，则墙内一鬼，乃里中恶少某，已昏仆不知人事；墙外一鬼屹然立，则社公祠中土偶也。父老谓社公有灵，议至晓报赛①。一少年哑然曰："某甲恒五鼓出担粪，吾戏抱神祠鬼卒置路侧，使骇走，以博一笑；不虞遇此伪鬼，误为真鬼惊踣也。社公何灵哉！"中一叟曰："某甲日日担粪，尔何他日不戏之而此日戏之也？戏之术亦多矣，尔何忽抱此土偶也？土偶何地不可置，尔何独置此家墙外也？此其间神实凭之，尔自不知耳。"乃共醵金以祀。其恶少为父母舁②去，困卧数日，竟不复苏。

## 注释

①报赛：举行祭礼答谢神灵。

②舁：共同抬东西。

## 译文

我的族叔行止说：有一个农家的妇女，和她的小姑都长得很漂亮。月亮很好的晚上她们在屋外面纳凉，就睡在屋檐下。突然看见一个红头发的青面鬼从牛栏后出来，一边跳着舞一边跳到她们面前，像是要把她们吃了一样。这时男人都不在家出去守菜园去了，姑嫂两个人吓得话都不敢说，鬼一一抓住她们把她们强奸了，事情完了，鬼正要跳上短墙，忽然"嗷"

地叫了一声，就倒在了地上。姑嫂见他许久都没有动弹，这才敢大声叫人。邻居听见跑来一看，原来墙内的鬼，是乡里的一个不良少年，已经昏倒不省人事了。墙外有一个鬼屹然站立着，居然是社公祠里的泥塑。大家都说这是社公显灵，商量着打算天亮以后举行一场祭祀活动答谢神灵。一个少年在一旁不禁笑了起来，说："某甲经常五鼓的时候出来担粪，我和他开个玩笑把神祠里的鬼卒搬来放在路边，希望把他吓走，笑话笑话他。没想到碰见了这个假鬼，误以为这是个真鬼吓得掉在地上了。哪里是社公显灵！"其中有一个老头说："某甲天天担粪，你为什么其他的时候不戏弄他而偏偏今天戏弄他？戏弄他的方式也有许多种，你为什么忽然想到要抱这个泥塑呢？泥塑什么地方不可以放，你偏偏把它放在这家的墙外？这其中实际上是神在起作用，你只是不知道而已。"于是大家凑了点钱祭祀社公。那个不良少年被他的父母扛回去，在床上躺了好几天，竟然再也醒不过来了。

## 原文

同郡某孝廉未第时，落拓[①]不羁，多来往青楼中。然倚门者视之，漠然也。惟一妓名椒树者（此妓佚其姓名，此里巷中戏谐之称也）独赏之，曰："此君岂长贫贱者哉！"时邀之狎饮，且以夜合资供其读书。比应试，又为捐金治装，且为其家谋薪米。孝廉感之，握臂与盟曰："吾倘得志，必纳汝。"椒树谢曰："所以重君者，怪姊妹惟识富家儿；欲人知脂粉绮罗中，尚有巨眼人耳。至白头之约，则非所敢闻。妾性冶荡，必不能作良家妇；如已执箕帚，仍纵怀风月，君何以堪！如幽闭闺阁，如坐囹圄，妾又何以堪！与其始相欢合，终致仳离，何如各留不尽之情，作长相思哉！"后孝廉为县令，屡招之不赴。中年以后，车马日稀，终未尝一至其署，亦可云奇女子矣。使韩淮阴[②]能知此意，乌有"鸟尽弓藏"之憾哉！

## 注释

①落拓：穷困失意；放荡不羁。

②韩淮阴：指西汉的将领韩信。韩信，西汉淮阴人，汉高祖开国将领

之一，西汉初被立为楚王，后来有人告他谋反，被贬为淮阴侯。当时韩信说："果若人言，狡兔死，走狗烹，高鸟尽，良弓藏，敌国破，谋臣亡，天下已定，我固当烹。"

## 译文

我们郡有一个孝廉还没有中举的时候，穷困失意，放荡不羁，常常去妓院。但是妓院里的妓女都瞧不起他，不理睬他。只有一个叫椒树的妓女（这个妓女的名字已经不知道了，这是里巷中大家对她的戏称。）却独独很欣赏他，说："这个人难道会总这么穷吗？"常常邀请他到家里作客喝酒，还用她挣的钱供他读书。等到他去赶考的时候，又拿出钱来给他置办行装，还资助他家日常的用度。孝廉对这一切都觉得很不可理解，握着她的手对她发誓说："如果我真能像我所希望的那样扬名立业，我一定娶你。"椒树婉言拒绝他说："我之所以这么看重你，是不喜欢姐妹们都只知道巴结有钱人的儿子，也要让人知道在我们这个行当中，还有独具慧眼的人。至于你打算娶我的事情，我从来没有这种想法。我的性格放荡，一定不能做好人家的妻子，如果真的做了，却还是风流如旧，到那时候你该怎么办呢？如果让我老是呆在闺阁不出门，我就像蹲监狱一样，我又该如何是好呢？与其我们开始时感情浓厚，到后来却免不了分手，还不如各自都留有一份余情，以后还可以彼此长久地思念对方！"后来孝廉做了县令，多次叫她，她都不去。椒树中年以后，生意越来越少，但仍然一次都没有去过县衙。她也可以算是一个奇特的女子了，如果韩信能够明白这个道理，还会有"鸟尽弓藏"的遗憾吗？

## 原文

陈裕斋言：有僦[①]居道观者，与一狐女狎，靡夕不至。忽数日不见，莫测何故。一夜，搴[②]帘含笑入。问其旷隔之由。曰："观中新来一道士，众目曰仙。虑其或有神术，姑暂避之。今夜化形为小鼠，自壁隙潜窥，直大言欺世者耳。故复来也。"问："何以知其无道力？"曰："伪仙伪佛，技止二端：其一故为静默，使人不测；其一故为颠狂，使人疑其有所托。然真静默者，必淳穆安恬，凡矜持者伪也。真托于颠狂者，必游行自在，凡张惶者伪也。此如君辈文士，故为名高，或迂僻冷峭，使人疑为狷；或纵酒骂座，使人疑为狂，同一术耳。此道士张惶甚矣，足知其无能为也。”时共饮钱稼轩先生家，先生曰：“此狐眼光如镜，然词锋太利，未免不留馀地矣。”

## 注释

①僦：租赁。

②搴：通“褰”。撩起。

## 译文

陈裕斋说：有一个租住在道观的人，和一个狐狸相好，狐狸没有一天不来和他相会。忽然有一次连着有好几天都没有来，也不知道是什么原因。有一天晚上，狐狸突然掀起帘子带着笑容走进来。那人问她为什么这些天没有来。狐狸说：“道观中刚刚来了一个道士，大家都说他是神仙。我担心他也许有什么高明的法术，所以暂且躲避一下。今天晚上我变成一只老鼠，在墙壁的缝隙里偷看，原来他只是一个说大话欺骗世人的人，所以我今天晚上又来了。”那人问：“你怎么知道他没有本事呢?”狐狸说：“假的仙人假的佛，他的骗术只有两种，其一就是故示沉默，不说话，让人没办法预料。另一种是故意表现得疯疯癫癫的，让人怀疑有什么东西附在他的身上。然而真正安静沉默的人，一定是非常纯正平和安详的，凡是故意装出来的，一定是假的。真的附身的疯癫的人，一定是自由自在地走动，凡是到处看的入一定是假的。就像你们这些文人，故意为了求得高名，要么迂腐孤僻傲慢无礼，让人怀疑他很耿直、刚烈，要么故意肆意喝酒胡乱骂人，让人怀疑他很狂妄，是用的同样的方法。这个道士十分紧张，东张西望，所以我知道他没有什么本事。”当时我们在钱稼轩先生家喝酒，钱先生说：“这个狐狸的眼光像镜子一样明晰，就是说话太刻薄了，未免没有给人留有余地。”

# 卷十二·槐西杂志（二）

## 原文

冯平宇言：有张四喜者，家贫佣作。流转至万全山中，遇翁妪留治圃。爱其勤苦，以女赘之。越数岁，翁妪言往塞外省长女，四喜亦挈妇他适。久而渐觉其为狐，耻与异类偶，伺其独立，潜弯弧射之，中左股。狐女以手拔矢，一跃直至四喜前，持矢数之曰："君太负心，殊使人恨！虽然，他狐媚人，苟且野合耳。我则父母所命，以礼结婚，有夫妇之义焉。三纲所系，不敢仇君；君既见弃，亦不敢强住聒[①]君。"握四喜之手痛哭，逾数刻，乃蹶然逝。四喜归，越数载，病死，无棺以敛。狐女忽自外哭入，拜谒姑舅，具述始末，且曰："儿未嫁，故敢来也。"其母感之，詈四喜无良，狐女俯不语。邻妇不平，亦助之詈。狐女嗔视曰："父母詈儿，无不可者。汝奈何对人之妇，詈人之夫！"振衣竟出，莫知所往。去后，于四喜尸旁得白金五两，因得成葬。后四喜父母贫困，往往于盎中箧内无意得钱米，盖亦狐女所致也。皆谓此狐非惟形化人，心亦化人矣。或又谓狐虽知礼，不至此，殆平宇故撰此事，以愧人之不如者。姚安公曰："平宇虽村叟，而立心笃实，平生无一字虚妄。与之谈，讷讷[②]不出口，非能造作语言者也。"

## 注释

①聒：吵扰，声音高响或嘈杂。

②讷讷：说话迟钝。

## 译文

冯平宇说：有一个叫张四喜的人，家里很穷，靠给人家做佣人谋生。他流落到万全山中，碰见一对老年夫妇把他留下来管理菜园。因为喜欢他的勤快能干，就把女儿嫁给了他。过了几年，老夫妇说要到塞外去看望他的大女儿，四喜也带着他的妻子到别的地方去住了。时间长了他渐渐觉得妻子是狐狸，认为和不同类的东西做夫妻是很羞耻的事情。于是等他妻子一个人站着的时候，偷偷地用箭射她，射伤了她的左腿。狐狸用手把箭拔出来，一跃跳到四喜的面前，拿着箭责骂他说："你真是太没有良心了，真是让人恨！虽然其他的狐狸迷惑入，她们是短暂的姻缘，没有名分。我则是遵从父母的命令，和你按照礼法结婚的，有夫妻的情义在。因为要遵照三纲，我不能把你当作仇人，你既然把我抛弃了，我也不敢硬要纠缠着你。"说罢握着四喜的手失声痛哭，过了几刻钟，就蹬直腿死了。四喜回到故乡，过了几年，病死了。家里穷得没有棺材来收敛他，突然狐狸从外面哭着进屋，拜见公婆，详细地以往的事情，并且说："我还没有改嫁，所以敢来。"四喜的母亲听了很感动，大骂四喜没有良心。狐狸低着头不说话。隔壁的妇女在一旁也觉得四喜不公平，帮着一起骂。狐狸瞪着她说："父母骂儿子，没有什么不可以的。你为什么对着别人的妻子骂她的丈夫呢！提起衣服就出门了，也不知道到什么地方去了。她走了以后，四喜的父母在四喜的尸体旁边得到五两银子，用这个钱才把四喜安葬了。后来四喜的父母越来越穷，常常在盆子里或者箱子里无意中得到钱和米，这都是狐狸给他们的。人们都说这个狐狸不仅在形体上变成了人，心里也变成了人。又有人说狐狸虽然知道礼法，但是却还不至于到这个地步，这大概是宇字故意编的故事，用来让那些不如她的人感到羞愧。姚安公说："平宇虽然是农村里的老头，但是很老实正直，一生中说话从来没有不真实的。和他交谈，他总是结结巴巴地说不出口，并不是能够编故事的人。"

## 原文

清远先生亦说一事曰：朱某一婢，粗材也。稍长，渐慧黠，眉目亦渐秀媚，因纳为妾。颇有心计，摒挡①井井，米盐琐屑，家人纤毫不敢欺，欺则必败。又善居积，凡所贩鬻②，来岁价必贵。朱以渐裕，宠之专房。一日，忽谓朱曰："君知我为谁?"朱笑曰："尔颠耶?"因戏举其小名曰："尔非某耶?"曰："非也，某逃去久矣，今为某地某人妇，生子已七八岁。我本狐女，君九世前为巨商，我为司会计。君遇我厚，而我乾没君三千馀金。冥谪堕狐身，炼形数百年，幸得成道。然坐此负累，终不得升仙。故因此婢之逃，幻其貌以事君。计十馀年来，所入足以敌所逋。今尸解③去矣。我去之后，必现狐形。君可付某仆埋之，彼必裂尸而取革，君勿罪彼。彼四世前为饿殍时，我未成道，曾啖其尸。听彼碎磔我，庶冤可散也。"俄化狐仆地，有好女长数寸，出顶上，冉冉去；其貌则别一人矣。朱不忍而自埋之，卒为此仆窃发，剥卖其皮。朱知为夙业，浩叹而已。

## 注释

①摒挡：收拾，料理。

②鬻：卖，出售。

③尸解：指修道者遗弃形骸而成仙，为道家用语。

## 译文

清远先生也说了一件事说：朱某有一个奴婢，长得很粗鲁。稍微长大一些后，逐渐变得聪明狡猾起来，眉目也渐渐变得清秀妩媚，于是朱某就把她娶了做妾。这个奴婢十分有心计，处理家里的事务井井有条，日常生活柴米油盐这一类的琐碎的事情，家里的佣人丝毫不敢欺骗她，如果有所欺骗一定会被拆穿。她又很善于积蓄物品，凡是她购买囤积的东西，来年一定会涨价。朱某因为她家里越来越富有，逐渐对她用情愈深。有一天，奴婢忽然对朱某说："你知道我是谁吗?"朱某笑着说："你是不是疯了?"开玩笑说出她的小名："你不是那个人吗?"她说："不，我不是，那个人逃走已经很久了，现在是某地某人的妻子，生的孩子都已经七八岁了。我原本是一只狐狸，你九世以前是一个有钱的商人，我是你的会计。你对我很好，而我贪污了你三千两银子。冥界把我贬谪做了狐狸，我炼了几百年的形，幸好得道了。但是由于这个罪孽的拖累，我总是成不了仙。所以正好乘着这个奴婢逃跑的机会，变成她的样子来侍奉你，我算了一下，十几年来，我为你赚来的收入足以可以抵过我当年贪污你的了。现在我尸解离开了。我走以后，身体必然会显出狐狸的形状，你可以吩咐仆人某某把我埋了，他一定会把我的尸体分解了，割我的皮，你不要怪罪他。他四世前是饿死鬼，当时我还没有成道，我曾经把他的尸体吃了。你让他残害我的身体，这个冤缘才可以散去。”过了一会儿，她就化成狐狸倒在地上，有一个长得很漂亮的女孩大概几寸长，从她的头顶上出来，渐渐地远去了，相貌却是另一个人的。朱某不忍心照她说的做，自己把她埋了。结果后来还是被这个仆人偷偷地掘了墓，把她的皮剥了卖。朱某知道这是以往的因果，只有许多的感叹而已。

## 原文

田氏姊言：赵庄一佃户，夫妇甚相得。一旦，妇微闻夫有外遇，未确也。妇故柔婉，亦不甚愠，但戏语其夫：“尔不爱我而爱彼，吾且缢矣。”次日，馌①田间，遇一巫能视鬼，见之骇曰：“尔身后有一缢鬼，何也?”乃知一语之戏，鬼已闻之矣。夫横亡者必求代，不知阴律何所取，殆恶其轻生，使不得速入转轮。且使世人闻之，不敢轻生欤？然而又启鬼瞰②之渐，并闻有缢鬼诱人自裁者。故天下无无弊之法，虽神道无如何也。

## 注释

①馌：给在田间耕作的人送饭。

②瞰：窥视。

## 译文

田家的姐姐说：赵庄有一个佃户，夫妇两个关系很好。一天，妻子微微听说丈夫有外遇，不过还没有确证。妻子的性格一直都是温顺婉约的，听说了以后也不特别生气，只是用开玩笑的口气和丈夫说：“你如果不喜欢我而喜欢上了别人，我就上吊自杀。”第二天，丈夫给在田间耕作的人送饭，碰见一个能够看到鬼的巫师，巫师见到他非常惊讶地说："你身后有一个吊死鬼，这是怎么回事？"于是才知道只是偶尔一句开玩笑的话，鬼已经听到了。那些不是自然死亡的人都要找一个替死鬼，不知道阴间的法律怎么对待这个问题，大概是讨厌他们轻视自己的生命，所以就不让他们立刻进入轮回，让世人知道以后，就不敢轻易地放弃生命了吗？然而这又引起了鬼的窥视之心，并且我听说有吊死鬼故意引诱别人自杀的。所以天下无没有弊端的法律，即使是神界也没有办法。

## 原文

舅氏安公介然言："有柳某者，与一狐友，甚昵。柳故贫，狐恒周其衣食。又负巨室钱，欲质其女。狐为盗其券，事乃已。时来其家，妻子皆与相问答，但惟柳见其形耳。狐媚一富室女，符箓不能遣，募能劾治者予百金。柳夫妇素知其事。妇利多金，怂恿柳伺隙杀狐。柳以负心为歉。妇谇曰："彼能媚某家女，不能媚汝女耶？昨以五金为汝女制冬衣，其意恐有在。此患不可不除也。"柳乃阴市砒霜，沽酒以待。狐已知之。会柳与乡邻数人坐，狐于檐际呼柳名，先叙相契之深，次陈相周之久，次乃一一发其阴谋曰："吾非不能为尔祸，然周旋①已久，宁忍便作寇仇？"又以布一匹、棉一束自檐掷下，曰："昨尔幼儿号寒苦，许为作被，不可失信于孺子也。"众意不平，咸诮让②柳。狐曰："交不择人，亦吾之过。世情如是，亦何足深尤？吾姑使知之耳。"太息而去。柳自是不齿于乡党，亦无肯资济升斗者。挈家夜遁，竟莫知所终。

## 注释

①周旋：打交道；应酬。

②诮让：责问。

## 译文

我的舅舅安介然先生说：有一个姓柳的人，和一个狐狸做朋友，感情非常好。柳某原来很穷，狐狸常常接济他衣食。柳某欠了一个有钱人的钱，打算把女儿典卖出去还债。狐狸为他把债券偷了出来，事情才就这样就算了结了。狐狸经常到他们家去，他的妻子和儿女都和他交谈，只是只有柳某才看得见狐狸的形状。狐狸迷惑了一个有钱人家的女儿，用符篆也赶不走他，那家招募能够制服狐狸的人，赏一百两银子。柳某夫妻一直都知道这件事。他妻子贪图可以得到很多钱，怂恿柳某找机会把狐狸杀了。柳某觉得太没有良心了不同意。他妻子骂他说："他能够迷惑有钱人家的女儿，就不能迷惑你的女儿吗？昨天他花了五两银子为你女儿做冬天的衣服，他的意图恐怕就在这里吧。这个祸患不能不除掉。"柳某于是偷偷地买了砒霜，买了酒等狐狸。狐狸已经知道了他的打算。等柳某和乡邻几个坐在一起聊天的时候，狐狸坐在屋檐边上叫柳某，先讲了他们之间深厚的友谊，然后讲了他长期以来照料柳某家的生活，最后把柳某的阴谋一一讲述出来，说："我并不是不能给你制造灾祸，只是我们之间交往已经很久了，难道忍心一下子就变成了仇人吗？"然后狐狸又把一匹布，一捆棉花从屋檐下丢下来，说："昨天你的孩子叫着说太冷了，我答应给她做棉袄，我不能失信于小孩子。"大家听了也觉得为狐狸打抱不平，都指责柳某。狐狸说："交朋友不选择人，也是我的错误。世上的人情就是这样，也没有必要骂他骂得那么厉害？我只是让他知道自己的过错而已。"说罢叹息着走了。柳某从此以后都被乡里人看不起，也没有人愿意资助他家一点粮食的。柳某只好半夜带着全家人逃走了，竟然也不知道他最后怎么样了。

## 原文

明天启中，西洋人艾儒略①作《西学》，凡一卷。言其国建学育才之法，凡分六科；勒铎理加者，文科也；斐录所费哑者，理科也；默弟济纳者，医科也；勒斯义者，法科也；加诺搦斯者，教科也；陡禄日亚者，道科也。其教授各有次第，大抵从文入理，而理为之纲。文科如中国之小学②，理科如中国之大学，医科、法科、教科皆其事业，道科则彼法中所谓尽性至命之极也。其致力亦以格物穷理为要，以明体达用为功，与儒学次序略似；特所格之物皆器数之末，所穷之理，又支离怪诞而不可诘，是所以为异学耳。末附《唐碑》③一篇，明其教之久入中国。碑称贞观十二年，大秦国④阿罗木远⑤将经像来献，即于义宁坊敕造大秦寺一所，度僧二十一人云云。考《西溪丛语》⑥，贞观五年，有传法穆护⑦何禄，将祆教⑧诣阙奏闻。敕令长安崇化坊立祆寺，号大秦寺，又名波斯寺。至天宝四年七月，敕波斯经教，出自大秦，传习而来，久行中国。爰初建寺，因以为名；将以示人，必循其本，其两京波斯寺，并宜改为大秦寺。天下诸州县有者准此。《册府元龟》⑨载，开元七年，吐火罗鬼王上表献解天文人大慕阇，智慧幽深，问无不知。伏乞天恩唤取问诸教法，知其人有如此之艺能；请置一法堂，依本教供养。段成式⑩《酉阳杂俎》载，孝亿国界三千馀里，举俗事祆，不识佛法，有祆祠三千馀所。又载德建国乌浒河中有火祆祠，相传其神本自波斯国来。祠内无像，于大屋下作小庐舍向西，人向东礼神。有一铜马，国人言自天而下。据此数说，则西洋人即所谓波斯，天主即所谓祆神，中国具有纪载，不但此碑也。又杜预⑪注《左传》次睢之社⑫曰："睢受汴，东经陈留，是谯彭城入泗。此水次有祆神，皆社祠之。"顾野王⑬《玉篇》亦有祆字，音阿怜切，注为祆神。徐铉⑭据以增入《说文》。宋敏求⑮《东京记》载宁远坊有祆神庙，注曰："《四夷朝贡图》云：'康国有神名祆毕，国有火祆祠，或传石勒⑯时立此。'"是祆教其来已久，亦不始于唐。岳珂⑰《桯史》记番禺海獠⑱，其最豪者号白番人，本占城之贵人，留中国以通往来之货，屋室侈靡逾制。性尚鬼而好洁，平居终日，相与膜拜祈福。有堂焉以祀，如中国之佛，而实无像设，称为聱牙。亦莫能晓，竟不知为何神。有碑高袤数丈，上皆刻异书如篆籀⑲，是为像主，拜者皆向之。是祆教至宋之末年，尚由贾舶达广州。而利玛窦⑳之初来，乃诧为亘古未有。艾儒略既援唐碑以自证，其为祆教更无疑。乃当时无一人援据古事，以决源流。盖明自万历以后，儒者早年攻八比㉑，晚年讲心学，即尽一生之能事，故征实之学全荒也。

## 注释

①艾儒略：意大利人，明朝末年到中国进行传教的天主教耶稣会传教士。他先后在江苏、陕西、山西、福建一带传教。著有《几何要法》、《职方外纪》等。

②小学：指古文字学，文字训诂。

③唐碑：全称为大秦景教流行中国碑。唐德宗建中二年（781），由大秦寺僧景净所建。后来此碑湮没不闻，明代末年重新被发现。

④大秦国：即指古罗马帝国。

⑤阿罗木远：古代的城名，也有称作阿力马力，阿里麻里。意思是苹果城。位于现在的新疆霍城县永定镇西北，是天山北路东西交通的要道，六世纪时唐朝曾经在此设置机构。

⑥《西溪丛语》：书名，宋代姚宽所著，总共三卷。

⑦穆护：即宣教师，相当于牧师。

⑧袄教：袄教，拜火教〔Zoroastrianism〕。波斯人琐罗亚斯特所创立，崇拜火，南北朝时传入中国。今印度、伊朗还有信徒。

⑨《册府元龟》：宋代由国家组织编著的大型类书，主要由王钦若、杨亿等人负责，总共一千卷。

⑩段成式：唐代文学家，临淄（今山东临淄）人。曾经官至太常少卿，家中藏书很多，本人也学问深厚，著有笔记《酉阳杂俎》。

⑪杜预：晋代文学家，京兆杜陵（今陕西西安东南）人，尚公主，封为当阳县侯。著有《春秋左氏经传集解》。

⑫次睢之社：出于《左传·僖公十九年》。

⑬顾野王：南朝梁陈时期的文字训诂学家。吴郡吴（今江苏吴县）人。字希冯，著有《玉篇》三十卷。

⑭徐铉：五代宋初的文学家。扬州广陵（今江苏扬州）人。字鼎臣。宋雍熙三年（986）受诏刊正汉代许慎所著《说文解字》三十卷，世称“大徐本”。

⑮宋敏求：北宋文学家和历史学家。赵州平棘（今河北赵县）人，字次道，撰有《长安志》。

⑯石勒：十六国时期后赵的建立者，羯族。上党武乡（今山西榆社北）人，字世龙，于319年自称赵主，建立后赵。

⑰岳珂：南宋文学家，史学家。岳飞的孙子。相州汤阴（今河南汤阴）人，字肃之，号倦翁。著有《金陀粹编》、《程史》等书。《程史》为

笔记，主要记载两宋时期士大夫的逸事以及朝政得失，杂有议论。

⑱海獠：海边的野人。

⑲篆籀：指小篆和大篆。

⑳利玛窦：意大利人，明朝末年到中国传教的天主教耶稣会传教士。主张将中国传统儒家学说和天主教思想相融合，也介绍了一些西方的自然科学知识给中国知识界，与徐光启等人为好友，死后葬于中国。著有《几何原本》、《天学实义》等。

㉑八比：即八股文。中国明、清科举考试用的文体。也称“制艺”、“时文”。文体有固定格式，由破题、承题、起讲、入手、起股、中股、后股、束股八部分组成。内容空洞，形式死板。

## 译文

明代天启年间（1621－1627），外国人艾儒略写了一本叫《西学》的书，总共一卷。主要内容是介绍他们国家的学校教育培养人才的方法。总共分为六科：勒铎理加，是文科；斐录所费哑，是理科；默弟济纳，是医科；勒斯义，是法科；加诺搦斯，是教科；陡禄日亚，是道科。这些学科的教授都分为不同的层次和阶段，基本上是从文科进入理科，以理科为纲。他们的文科就像中国的古文训诂，理科就像中国的大学。医科、法科、教科是这些知识的具体运用。道科则是他们的知识中研究生命人性的终极目标的学问。以研究事物的本原和原理为主要内容，以了解生命的机能用于实践为最重要的功能，和儒学的要求基本相同；只是因为他所研究的事物都是一些形器方面的东西，被我们认为是末流。而他们所研究的事物本原又零碎不系统而且荒谬不可理解，所以我们把他们看作是和我们不同类的学问。书的后面附有一篇《唐碑》，说明他们的宗教在很早的时候就已经传入中国了。碑文称贞观十二年（638），大秦国的阿罗木远从远方带了经文和神像献给朝廷，于是朝廷颁布公文下令在义宁坊建造了一间寺庙称为六秦寺，其中剃度了二十一个僧人等等。查检《西溪丛语》，上面记载贞观五年（631），有传法穆护何禄，向朝廷进献了祆教。朝廷下令在长安崇化坊建筑祆寺，称为大秦寺，也称作波斯寺。到了天宝四年

(745)，朝廷下令波斯人的经义和宗教，出于大秦。传入中国已经很久了。当初建寺的时候，就用它来命名了。既然是要让大家了解这种宗教，那么应该从其本原说起，长安和洛阳的波斯寺，应该都改名为大秦寺。其他州县如果建有波斯寺的也依照此法改为大秦寺。《册府元龟》上记载，开元七年（719），吐火罗鬼王上表并且进献了一名叫做大慕阇的知晓天文的人。这个人很有学问，幽深不可测，对别人问的问题，没有不知道的。后来皇帝派人问他各个宗教的教义，才知道这个人有这么高的学问。于是朝廷设置了一个法堂，下令按照他们本宗教的习惯供养他。段成式的《酉阳杂俎》上记载：孝亿国边界长达三千余里，民间盛行信奉祆教，不知道有佛教。那里有祆教的祠庙三千多所。此外书上还记载德建国的乌浒河中建有火祆祠，据说那个神本来是来自于波斯。火祆祠中没有供奉神像，只是在大房间中建造了小的房子面朝西，祭拜的人向东礼拜神。祠中有一个铜马，当地的人说这只马是从天而降的。根据这些说法，那么外国人所说的波斯，天主教所说的祆神，中国早就有记载了，不仅仅是这篇碑文而已。此外杜预注释的《左传》"次睢之社"条说："睢水来自于汴河，东经陈留（今河南省开封市东西），从谯（今安徽省亳县）和彭城（今江苏徐州）汇入泗水。睢水的两岸都信奉祆神，都建有祠庙供奉。"顾野王的《玉篇》中也有祆字，音为阿怜切，上面解释说为祆神。徐铉根据这条把它增补入《说文解字》。宋敏求的《东京记》记载宁远坊有祆神庙，下面的注释说："《四夷朝贡图》记载：'康国有神称为祆毕，建有火祆祠，据说是石勒统治时期建造的。"说明祆教传来的时期更早，而不是开始于唐朝。岳珂《桯史》记载广东番禺地区有海边野人，其中最有势力的称为白番人，原本是来自占城的贵族，后来定居于中国从事商业贸易活动，他们的居住和生活起居都很豪华奢侈，逾越了礼法规定商人应该遵守的制度。他们崇尚鬼神而且居处洁净，日常生活时整天拜神求福。家中有专门祭祀的房间，像中国人对佛教的供奉。但是他们没有祭祀的具体的神像，只知道称为聱牙。也不知道是什么样子，也不知道是何方神圣。他们立有高数丈的碑，上面都刻有类似于篆书的古怪的文字，作为供奉的神像，信徒都向他们祭拜。直到宋朝末年，祆教还通过从事商业贸易的船只传播到广州。而利玛窦刚刚来的时候，大家都感到很诧异以为从来没有听说过。艾儒略既然援引唐碑证明他们传来已久，那么他们其实就是袄教，应该是没有什么疑惑的。只是由于当时没有一个人可以援引古代的记载，来说明他的源流。这大概是因为明代从万历年间（1573－1620）以后，儒家的学者早年钻研八股文，晚年钻研心学，已经耗费了他们一生的精力，所以这些考证的学问就荒废了。

# 卷十三·槐西杂志（三）

## 原文

吴惠叔言：太湖有渔户嫁女者，舟至波心，风浪陡作，舵师失措，已攲仄[1]欲沉。众皆相抱哭，突新妇破帘出，一手把舵，一手牵篷索，折戗[2]飞行，直抵婿家，吉时犹未过也。洞庭人传以为奇。或有以越礼讥者，惠叔曰："此本渔户女，日日船头持篙橹，不能责以必为宋伯姬[3]也。"又闻吾郡有焦氏女，不记何县人，已受聘矣。有谋为媵者，中以蜚语，婿家欲离婚。父讼于官，而谋者陷阱已深，非惟证佐凿凿，且有自承为所欢者。女见事急，竟倩邻媪导至婿家，升堂拜姑曰："女非妇比，贞不贞有明证也。儿与其献丑于官媒，仍为所诬，不如献丑于母前。"遂阖户弛服，请姑验，讼立解。此较操舟之新妇更越礼矣，然危急存亡之时，有不得不如是者。讲学家动以一死责人，非通论也。

## 注释

①攲仄：攲，同"敧"，倾斜，歪斜的意思。仄，也是倾斜摇晃的意思。

②折戗：逆着风浪而行。

③宋伯姬：见于《春秋谷梁传》，伯姬的房子失火了，仆人们都说："夫人稍稍躲避一下火势吧？"伯姬说：妇人应该遵守规矩，父母不在，再晚也不能离开房子。于是就被烧死了。

## 译文

吴惠叔说：太湖有一户渔民嫁女儿，船划到湖中央，突然起了风浪，掌舵的师傅手足无措，不知道怎么办才好，船倾斜得很厉害，眼看就要沉下去了。大家都互相抱头痛哭。突然间，新娘从里面掀了帘子出来，一只手把着舵，一只手牵着船帆的绳索，逆着风浪而行，一直到达新郎的家里，居然还没有耽误结婚的好时辰。洞庭湖一带的人都把这件事当作奇闻来说。也有人认为新娘这样做，没有礼数。惠叔说："她本来就是渔夫的女儿，每天都在船头把舵撑船，不能要求她一定要像宋伯姬那样。"我还听说我们郡有一个焦家的女孩，也不知道是哪个县的人，已经受了聘礼要出嫁了。有人想要娶她作妾，编了些谣言中伤她，新郎家因此准备离婚。她的父亲把这件事情告到官府，但是阴谋者把陷阱计划得很周密，不但有确实的证据，还有人自己承认是奸夫的。女孩见到事情紧急，竟然请邻居的妇人带着她来到新郎家，到堂上拜见婆婆，说："女孩和妇人不一样，贞洁还是不贞洁是可以证明的。我与其在官府派的检查人员那里献丑，依旧被他们诬陷，还不如在母亲面前献丑。"于是关上门，脱了衣服，让婆婆检查。于是官司就此了结了。这件事和那个掌舵的新娘相比更加不合礼法呢，但是在非常危急的时候，有不得不这样做的理由。固执于古礼的人动不动就要求人用一死来解决问题，这不是一种好的办法。

## 原文

济南朱青雷言：其乡民家一少年与邻女相悦，时相窥也。久而微露盗香①迹，女父疑焉，夜伏墙上，左右顾视两家，阴伺其往来。乃见女室中有一少年，少年室中有一女，衣饰形貌皆无异。始知男女皆为狐媚也，此真黎丘②之技矣。青雷曰："以我所见，好事者当为媒合，亦一佳话。然闻两家父母皆恚甚，各延巫驱狐。时方束装北上，不知究竟如何也。"

## 注释

①盗香：此典出于《世说新语·惑溺篇》，西晋韩寿与贾充的女儿私通，因为贾充家有一种奇香，外国所贡，别家没有，一经沾染，经月不散。而韩寿身上也有，于是事发。

②黎丘：黎丘本为地名，位于今河北虞城县北。这个典故出于《吕氏春秋·慎行论·疑似》，说黎丘有一个老人到集市上喝酒，喝醉了回家，

黎丘的鬼就仿效他儿子的形状带他回家，并且一路上折磨他，老人醒来以后就斥责了他的儿子，他儿子否认了这件事，说一定是鬼干的。第二天老人又喝醉了酒，他儿子去接他，他以为是鬼，就拔出剑刺他的儿子。

## 译文

济南的朱青雷说："他们乡里有一家的儿子与邻居家的女儿两情相悦，经常互相观望。时间久了，略微露出了私会的迹象。女儿的父亲产生了怀疑，一天晚上躲在墙上，可以观察到左右两家，悄悄地等着看他们是否有来往。结果看见女儿的房中有一个男孩，男孩的房中有一个女孩，他们的衣服打扮，形体相貌都一模一样。这才知道那家的儿子和这家的女儿原来都是被狐狸精迷住了。这些狐狸可算得上是得了黎丘鬼的真传了。青雷说："在我看来，好事者应当为他们做媒撮合，也不失为一段佳话。但是却听说两家的父母都很气愤，分别请了巫人来驱狐。那时我正收拾行李北上，也不知道后来怎么样了。"

## 原文

交河老儒刘君琢，居于闻家庙，而设帐于崔庄。一日，夜深饮醉，忽自归家。时积雨之后，道途间两河皆暴涨，亦竟忘之。行至河干，忽又欲浴，而稍惮波浪之深。忽旁有一人曰："此间原有可浴处，请导君往。"至则有盘石如渔矶①，因共洗濯。君琢酒少解，忽叹曰："此去家不十馀里，水阻迂折，当多行四五里矣。"其人曰："此间亦有可涉处，再请导君。"复摄衣径渡。将至家，其人匆匆作别去。叩门入室，家人骇路阻何以归。君琢自忆，亦不知所以也。揣摩其人，似高川贺某，或留不住（村名，其取义则未详）赵某。后遣子往谢，两家皆言无此事；寻河中盘石，亦无踪迹。始知遇鬼。鬼多蹶醉人，此鬼独扶导醉人。或君琢一生循谨，有古君子风，醉涉层波，势必危，殆神阴相而遣之欤？

## 注释

①矶：水边突出的岩石或石滩。

## 译文

交河有个老先生刘君琢，住在闻家庙，但在崔庄教书。一天，深夜里喝醉了，忽然想要独自回家。这时刚下过大雨，路两旁的小河都涨水了，老先生居然都忘了。走到河边，他突然想洗个澡，只是有些害怕凶险的波浪。这时旁边有一个人忽然说："这里原来有个可以洗澡的地方，让我带你去吧。"两人到了一个地方，他看到有一个大大的盘石像是捕鱼的石头，于是两个人就在里面洗澡。君琢的酒现在稍稍醒了一些，不禁忽然感叹道："这里离我们家不到十几里，可是涨起的河水把路给挡了，要多绕四五里路呢！"那人说："这里也有可以渡河的地方，请让我再领你过去。"然后提着衣服就过去了。快要到家的时候，那人却急忙告别离去了。老先生敲门进门，家里的人都很奇怪，路堵了，他是怎么回来的？君琢自己回忆了一下，也不知道是怎么回事。细细的回想那个人，好像是高川姓贺的，又像是留不住姓赵的。后来他让儿子去向人家表示感谢，但是两家都说不是他们做的。于是又去寻找河中的盘石，竟然也不见了。老先生这才明白是碰到鬼了。向来鬼都是捉弄喝醉了酒的人，而这个鬼却帮助喝醉了酒的人。也许是因为刘老先生一生行事循规蹈矩，有古代君子的风范。喝醉了渡河，肯定危险，因此神灵暗地里帮助他派了这个鬼来！

## 原文

有纳其奴女为媵者，奴弗愿，然无如何也。其人故隶旗籍，亦自有主。媵后生一女，年十四五。主闻其姝丽，亦纳为媵。心弗愿，亦无如何也。喟然曰："不生此女，无此事。"其妻曰："不纳某女，自不生此女矣。"乃爽然自失。又亲串中有一女，日构其嫂，使受谯责不聊生。及出嫁，亦为小姑所构①，日受谯责如其嫂。归而对嫂挥涕曰："今乃知妇难为也。"天道好还，岂不信哉！又一少年，喜窥妇女，窗罅②帘隙，百计潜伺。一日醉寝，或戏以膏药糊其目。醒觉肿痛不可忍，急揭去，眉及睫毛并拔尽；且所糊即所蓄媚药，性至酷烈，目受其熏灼，竟以渐盲。又一友好倾轧，往来播弄，能使胶膝成冰炭。一夜酒渴，饮冷茶。中先堕一蝎，陡螫其舌，溃为疮。虽不致命，然舌短而拗戾，话言不复便捷矣。此亦若或使之，非偶然也。

## 注释

①构：诬陷，陷害。

②罅：裂缝；缝隙。

## 译文

有一个人强纳他的奴仆的女儿为妾，他的奴仆不愿意，但也没有办法。那个人原来是隶属于旗籍的，他也有主人。这个妾后来生了一个女儿，长到十四五岁的时候。他的主人听说这个女儿长得很漂亮，也要纳她为妾，他虽然心里不愿意，但是也没有办法。不禁感叹道："如果不生这个女儿，这件事就不会发生。"他的妻子说："如果不娶那个人的女儿，自然不会生这个女儿。"那人听了，忽然明白了自己的错误。又我的亲戚当中有一个女儿，每天在父母面前诬陷她的嫂子，说她嫂子的坏话，让她嫂子天天挨骂，过着痛苦的生活。等到她出嫁了以后，也被她的小姑诬陷，天天像她嫂子那样被挨骂。回娘家的时候，她对着嫂子边哭边说："我现在知道做人家的媳妇不容易了。"上天公平，善有善报，恶有恶报，难道还有人不相信吗？还有一个青年男子，喜欢偷窥妇女，千方百计地通过窗户的裂缝，帘子的缝隙偷看。有一天他喝醉了酒睡着了，有人和他开玩笑，用膏药把他的眼睛封住了。当他醒来以后，觉得两只眼睛肿起来了而且疼痛难忍，于是赶快把膏药揭开，结果用力过猛，把眉毛和眼睫毛都拔掉了。因为膏药上糊的就是他平常收集的媚药，这种药药性酷烈，他的眼睛受了这种药的熏炙，后来竟然渐渐瞎了。我还有一个朋友，喜欢挑拨离间，搬弄是非。再好的朋友在他的撺掇下，也会成仇敌。一天晚上他喝酒以后感到口渴，就喝了一杯冷茶。茶里面开始掉进了一个蝎子，这时蝎子猛的一下刺了他的舌头。结果他的舌头后来发炎结了一个疮。虽然不至于致命，但后来他的舌头却短了一节，发音不清楚，说话也没有以前利落了。这也许是天意，不是偶然的。

# 卷十四·槐西杂志（四）

## 原文

林教谕[1]清标言：曩馆崇安，传有士人居武夷山麓，闻采茶者言，某岩月夜有歌吹声，遥望皆天女也。士人故佻达，乃借宿山家，月出辄往，数夕无所遇。山家亦言有是事，但恒在月望，岁或一两闻，不常出也。士人托言习静，留待旬馀。一夕，隐隐似有声，乃潜踪急往，伏匿丛薄间。果见数女皆殊绝，一女方拈笛欲吹，瞥见人影，以笛指之。遽僵如束缚，然耳目犹能视听。俄清响透云，曼声动魄，不觉自赞曰："虽遭禁制，然妙音媚态，已具赏矣。"语未竟，突一帕飞蒙其首，遂如梦魇，无闻无见，似睡似醒。迷惘约数刻，渐似苏息。诸女叱群婢曳出，谯呵曰："痴儿无状，乃窥伺天上花耶?"趣折修篁，欲行棰楚。士人苦自申理，言性耽音律，冀窃听幔亭法曲[2]，如李謩之傍宫墙[3]，实不敢别有他肠，希彩鸾甲帐。一女微哂曰："悯汝至诚，有小婢亦解横吹，姑以赐汝。"士人匍匐叩谢，举头已杳。回顾其婢，广颡巨目，短发鬈鬙，腰腹彭亨，气咻咻如喘。惊骇懊恼，避欲却走。婢固引与狎，捉搦不释。愤击仆地，化一豕嗥叫去。岩下乐声，自此遂绝。观于是婢，殆是妖，非仙矣。或曰："仙借豕化婢戏之也。"倘或然欤?

## 注释

①教谕：官名，元、明、清县学的教官，主管文庙祭祀，教诲生员。

②幔亭法曲：幔亭，张挂帐幕围成的亭子。

③李謩傍宫墙：李謩，唐朝长安（今陕西西安）人。擅长吹奏笛子。唐代诗人元稹《连昌宫词》中有"李謩压笛傍宫墙，偷得新翻数般曲。"

下面元稹自己作了解释说：唐玄宗曾经在上阳宫演奏了一首新的曲子，正月十五的晚上他偷偷地在长安逛花灯的时候，突然听见酒楼上有笛子在吹奏他前天晚上的新曲子，大吃一惊。第二天派人把吹笛子的人抓了起来讯问，那人说是在天津桥上赏月的时候，听见宫廷里的乐曲，于是就在桥柱上把乐谱记下来了，那人就是长安城里善于吹奏笛子的少年李謩。唐玄宗觉得他很不错于是把他放了。

## 译文

教谕林清标说：以前他在崇安教书，传言有一个读书人住在武夷山山脚下，听采茶的人说，有一块岩石旁，在月色朗朗的夜晚会有唱歌和吹奏的声音，远远望去都是些天上的仙女在那里。这个读书人向来比较轻薄放达，于是就借宿在山里的人家里，每当月色好的晚上就出去，碰了好几个晚上都没有结果。山里人说这样的事确实有，但是一般都在每月十五出现，而且一年才一两次，不常见到。读书人于是假说读书需要安静，在那里住了十来天。一天晚上，他隐隐约约似乎听见有声音，于是偷偷的赶去，躲在树丛里。果然看见几个绝色的女子，一个女子刚刚拿起笛子正要吹奏，眼角瞥见有人的影子，于是用笛子指了指他，一下子他的身体就变僵硬了，像是被什么绑住了似的。但是他的耳朵和眼睛仍然能够管用。一会儿，就听见清脆悦耳的笛声透过云霄，缓缓的笛声令人心旷神怡。读书人忍不住赞叹道："我虽然动不了，但是这美妙的音乐，你们美好的姿态，我已经欣赏到了。"还没有说完，就有一片巾帕飞过来，蒙住他的头。于是就像是睡觉时遇到恶梦一样，既听不见也看不见，像是睡着了，又像意识还清醒。这样糊里糊涂过了一段时间，才像是慢慢醒过来。这几个女子叫奴婢把他拉出来，骂他："你这蠢材，没有规矩，竟然敢偷偷看天上的仙女！"跑去折了几支竹子，就要打他。读书人苦苦哀求，说明原因，自己向来就很喜欢音乐，希望能够偷听到仙家的歌曲，就像李謩在宫墙外偷听唐玄宗的音乐一样，实在不敢有别的轻薄想法。一个女子微微的冷笑说："可怜你的真心，我有一个侍女也很会吹奏，我把她赏赐给你吧！"读书人伏在地上表示感谢，等他抬起头来，仙女已经了无踪影了。他回头再看那个侍女，宽脑门，大眼睛，头发又短又蓬松，肚子特别大，呼吸的声音像是在喘气。感到又惊讶，又害怕，又后悔，打算躲开她逃走。那个侍女却一定要和他亲热，拉着他不肯放手。读书人气愤地把她打到地上，那个侍女竟然变成了一个肥猪嗷嗷地叫着。岩石下的音乐声，从此以后就听不到了。从这个侍女的情形来看，她们大概是妖怪，不是仙女。但是也有人说："大概是仙女把猪变成侍女戏弄他吧？"说不定是这样呢？

## 原文

景州李西崖言：其家一佃户，最有胆。种瓜亩馀，地在丛冢侧。熟时恒自守护，独宿草屋中，或偶有形声，亦恬①不为惧。一夕，闻鬼语嘈杂，似相喧诟。出视，则二鬼冢上格斗，一女鬼靦立于旁。呼问其故。一人曰："君来大佳，一事乞君断曲直：天下有对其本夫调其定婚之妻者耶？"其一人语亦同。佃户呼女鬼曰："究竟汝与谁定婚？"女鬼腼腆良久，曰："我本妓女。妓家之例，凡多钱者皆密订相嫁娶。今在冥途，仍操旧术，实不能一记姓名，不敢言谁有约，亦不敢言谁无约也。"佃户笑且唾曰："何处得此二痴物！"举首则三鬼皆逝矣。又小时闻舅祖陈公（讳颖孙，岁久失记其字号。德音公之弟，庚子进士，仙居知县秋亭之祖也）说亲见一事曰："亲串中有殁后妾改适者，魂附病婢灵语曰：'我昔问尔，尔自言不嫁。今何负心？'妾殊不惧，从容对曰：'天下有夫尚未亡，自言必改适者乎！公此问先愦愦②，何怪我如是答乎？"' 二事可互相发明也。

## 注释

①恬：安静。

②愦愦：混乱不安；糊涂。

## 译文

景州的李西崖说：他家有一个佃户，特别有胆量。在一堆坟墓旁边种了几亩瓜田。瓜熟的时候常常自己在那里守护，独自住在草屋里，有时偶尔会听见东西在旁边活动，也很平静，一点也不觉得害怕。一天晚上，他听到旁边有许多鬼在说话，闹哄哄的，好像为了什么事情在争吵。于是出来看看，结果看到两个男鬼在一座坟上打架，一个女鬼呆呆地站在一边看。于是就叫那个女鬼，问她怎么回事？其中一个男鬼说："你来了真是太好了，有一件事情要请你帮我们判断是非：你说说天下有没有对着丈夫调戏他已经订婚的妻子的？"另外一个鬼也说了同样的话。佃户于是问这个女鬼："你究竟是和谁订了婚？"那个女鬼显出不好意思的样子，过了许久才说："我原来是个妓女。我们妓女这行有个规矩，只要是有钱的人都和他们秘密订下婚约。现在我到了阴间，重操旧业，那么多人，实在是没有办法一一记住他们的名字，也不敢说和谁有约定，也不敢说和谁没有约定。"佃户大笑，吐了一口痰，说："你在哪发现这两个傻瓜的！"等他抬起头来，三个鬼都不见了。我小时候听我的舅祖陈公公（名颖孙，年月日久我忘了他的字号了。他是德音公的弟弟，庚子年的进士，仙居的知县秋亭的祖父。）说他曾经亲眼见到一件事："他的亲戚中有死了以后小妾改嫁的，于是那个亲戚的魂魄附在一个病了的侍女身上显灵说：'我曾经问过你，你自己说你不会改嫁的，现在为什么背叛了你的话？'他的小妾一点也不害怕，从容地回答说：'天下有那种丈夫还没有死，就自己说她一定会改嫁的？你自己糊里糊涂，还怪我这样回答你吗？'"这两件事可以互相印证。

## 原文

何子山先生言：雍正初，一道士善符箓。尝至西山极深处，爱其林泉，拟结庵习静。土人言是鬼魅之巢窟，伐木采薪，非结队不敢入，乃至狼虎不能居，先生宜审。弗听也。俄而鬼魅并作，或窃其屋材，或魇其工匠，或毁其器物，或污其饮食。如行荆棘中，步步挂碍。如野火四起，风叶乱飞，千手千目，应接不暇也。道士怒，结坛召雷将。神降则妖已先遁，大索空山无所得。神去，则数日复集。如是数回，神恶其渎，不复应，乃一手结印，一手持剑，独与战，竟为妖所踣，拔须败面，裸而倒悬。遇樵者得解，狼狈逃去。道士盖恃其术耳。夫势之所在，虽圣人不能逆；党之已成，虽帝王不能破。久则难变，众则不胜诛也。故唐去牛、李之倾轧[①]，难于河北之藩镇[②]。道士昧众寡之形，客主之局，不量力而撄其锋，取败也宜矣。

## 注释

①牛、李之倾轧：指唐朝后期的牛李党争。牛李党争是唐朝后期朝廷大臣之间的派系斗争。牛党的首领是牛僧孺、李宗闵，李党的首领是李德裕，故史称牛李党争（一说牛李专指牛僧孺、李宗闵，而李德裕无党）。这次派系斗争从其酝酿到结束，约四十余年，历经唐宪、穆、敬、文宗四朝，以牛党获胜而告终。

②河北之藩镇：指唐朝中叶以后的藩镇割据。唐朝中叶以后，一部分地方军政长官据地自雄，不服从中央命令的政治局面。以河北三镇为代表，名义上属于唐朝，但实际上割据一方，不受朝命，不输贡赋。唐宪宗时曾多次征伐，但后又恢复。直到天祐四年（907 年），名义上的中央朝廷也被藩镇之一朱温夺去，演变为五代十国，成为唐代藩镇割据的延续，直到北宋统一，才结束这一局面。

## 译文

何子山先生说：雍正初年，有一个道士善于用符箓。他曾经到达西山的深处，喜欢那里的树林和山泉，打算在那里盖个房子静心修养。当地人说，那里是鬼怪出没的老巢，他们砍树捡柴火，都要结伴进去，甚至连老虎、狼这一类的野兽都不敢住在那里，您应该慎重考虑一下。这个道士不听他们的劝告。不久，鬼怪就开始行动了，要么就把做房子的材料给偷了，要么就做法迷惑工匠，要么就把东西弄坏，要么就把饭菜弄脏。做房子的事就像是在布满荆棘的道路上行走，每一步都很艰难。也像是到处起的野火，像在风中乱飞的树叶，即使有一千只手，一千只眼睛，也忙不过来。道士十分生气，做法设坛招来雷将。但是神一来，妖怪就逃走了，找遍了整座山也没有收获。神一走，过了几天妖怪又成群结队的来了。这样搞了好几次，神认为道士在捉弄他，就不来了。道士只好自己一只手拿着符印，一只手拿着剑和妖怪作战。结果竟然被妖怪击倒在地上，而且胡须也被拔掉了，脸上一塌糊涂，光着身子倒挂在树上。直到碰到一个砍柴的农夫，才把他解开放下，慌里慌张逃走了。这个道士是以为自己的法术很高明呢！可是一旦大势所趋，是圣人也扭转不了的。一旦集合成党，是帝王也破坏不了的。事情存在了很久的话，就很难改变。人多了，就杀也杀不完。过去唐朝的牛李党争，互相诽谤排斥，比河北的藩镇问题还难以解决。这个道士看不清彼众我寡的形势，彼主我客的局面，不自量力往刀口上撞，他的失败是难免的。

## 原文

陈瑞庵言：献县城外诸丘阜①，相传皆汉冢也。有耕者误犁一冢，归而寒热谵语②，责以触犯。时瑞庵偶至，问："汝何人？"曰："汉朝人。"又问："汉朝何处人？"曰："我即汉朝献县人，故冢在此，何必问也？"又问："此地汉即名献县耶？"曰："然。"问："此地汉为河间国，县曰乐成。金始改献州。明乃改献县。汉朝安得有此名？"鬼不语。再问之，则耕者苏矣。盖传为汉冢，鬼亦习闻，故依托以求食，而不虞适以是败也。

## 注释

①丘阜：高地。

②谵语：病中的神志不清、胡言乱语。

## 译文

陈瑞庵说：献县城外有一些小山包，据说都是汉代的墓。有个农民耕田时不小心破坏了一个坟墓，回家以后一会儿冷，一会儿热，胡言乱语，附在他身上的鬼责备他触犯了魂灵。正好碰上瑞庵来这里，问鬼："你是什么人？"他说："我是汉朝人。"又问他："汉朝哪里人？"他说："我就是汉朝献县的人，我的墓都在这，你还问？"瑞庵又问："这个地方汉代就叫献县吗？"他说："是的。"瑞庵说："这个地方汉代是河间国，县名叫乐成。金代才开始改名叫献州。明代改名叫献县。汉代怎么会就有这个名字呢？"鬼不说话了。再问他的时候，农民就醒过来了。大概是都说这里是汉代的墓，鬼也以为是这样，所以假作汉人诈取食物。不料却碰上陈瑞庵，露了馅。

## 原文

河豚惟天津至多，土人食之如园蔬；然亦恒有死者，不必家家皆善烹治也。姨丈惕园牛公言：有一人嗜河豚，卒中毒死。死后见梦于妻子曰："祀我何不以河豚耶？"此真死而无悔也。又姚安公言：里有人粗温饱，后以博破家。临殁，语其子曰："必以博具置棺中。如无鬼，与白骨同为土耳，于事何害？如有鬼，荒榛蔓草[①]之间，非此何以消遣耶！"比大殓，佥[②]曰："死葬之以礼，乱命不可从也。"其子曰："独不云事死如事生乎？生不能几谏，殁乃违之乎？我不讲学，诸公勿干预人家事。"卒从其命。姚安公曰："非礼也，然亦孝子无已之心也。吾恶夫事事遵古礼，而思亲之心则漠然者也。"

## 注释

①荒榛蔓草：荒榛，没有人烟的丛生的树林，蔓草，乱爬的野草。比喻地方很荒凉。

②佥：众人；大家。

## 译文

天津的河豚特别多，当地人吃它就像吃蔬菜一样平常。但是也常常有吃死的，因为不是每一家都懂得如何做不会中毒。我的姨丈牛惕园先生说："有一个人特别喜欢吃河豚，突然中毒死了。他死以后他的妻子在梦里见到他说：'为什么不用河豚来祭奠我？'这真是吃死了也不后悔。又姚安先生说："他们那里有个人家境一般，只够温饱。后来因为赌博把家产都输光了。临死的时候对他儿子说："一定要把赌博的器具放在他的墓里。如果世上没有鬼，那么就和我的白骨一起化成土了，那也没什么害处！如果真有鬼的话，在荒郊野岭中，还有什么比这个东西更能娱乐生活呢？"等到安葬他的时候，大家都说："应该按照礼来安葬他，不能遵从他这种不合礼的要求。"他的儿子说："你们为什么单单不提侍奉死人也要像侍奉他生的时候一样呢？他活着的时候我不能够规劝他，到他死了以后反而要违背他吗？我不是那种固执地要按照书上说的做的人，你们不要干涉别人家的事情！”最后还是遵照了他父亲的愿望。姚安先生说：“这是不合礼法的，但是也是孝子的一片赤诚之心，我讨厌什么事情都要按照古礼来做，结果反而忽略了对亲人的思念之情。”

## 原文

周书昌曰：“昔游鹊华，借宿民舍。窗外老树森翳，直接冈顶。主人言时闻鬼语，不辨所说何事也。是夜月黑，果隐隐闻之，不甚了了。恐惊之散去，乃启窗潜出，匍匐草际，渐近窃听。乃讲论韩、柳、欧、苏文①，各标举其佳处，一人曰：‘如此乃是中声，何前后七子②，必排斥不数，而务言秦汉③，遂启门户之争？’一人曰：‘质文递变，原不一途。宋末文格猥琐，元末文格纤秾，故宋景濂④诸公力追韩、欧，救以舂容大雅⑤。三杨⑥以后，流为台阁之体⑦，日就肤廓，故李崆峒⑧诸公又力追秦汉，救以奇伟博丽。隆、万以后，流为伪体，故长沙一派⑨，又反唇焉。大抵能挺然自为宗派者，其初必各有根柢，是以能传；其后亦必各有流弊，是以互诋。然董江都⑩、司马文园⑪文格不同，同时而不相攻也。李、杜、王、孟⑫诗格不同，亦同时而不相攻也。彼所得者深焉耳。后之学者，论甘则忌辛，是丹则非素，所得者浅焉耳。’语未竟，我忽作嗽声，遂乃寂然。惜不尽闻其说也。”余曰：“此与李词畹⑬记饴山事均以平心之论托诸鬼魅，语已尽，无庸歇后矣。”书昌微愠曰：“永年百无一长，然一生不能作妄语。先生不信，亦不敢固争。”

## 注释

①韩、柳、欧、苏：即韩愈、柳宗元、欧阳修、苏轼，皆为唐宋时期最为著名的文学家。韩愈，唐代文学家，河阳（今河南孟县）人。贞元年间进士，曾任监察御史，国子博士、刑部侍郎等职。在文学上反对骈偶文风，提倡散文体。继承先秦、两汉古文的优良传统，并在此基础上加以发展和创新，是古文运动倡导者之一。在思想上维护儒家的传统思想，强调

尧舜至孔孟的一脉相传的道统。柳宗元，唐文学家，哲学家。字子厚，河东解县（今山西运城县）人，世称“柳河东”。出身仕宦家庭。贞元九年（公元793年）进士。后任集贤殿正字、京兆府蓝田县尉、监察御史里行等职。参加王叔文革新集团。贞元二十一年（公元805年），顺宗即位，王叔文集团实行政治革新，他被任命为礼部员外郎。革新失败后，被贬为永州司马。十年后，迁为柳州刺史，故又称“柳柳州”。元和十四年（公元819年），病死在柳州任上，年仅四十七岁。著有《柳河东集》。柳宗元是古文运动的主要倡导者之一，并列“唐宋八大家”之一。写出了许多富有战斗性的哲学、政治、历史方面的论文，如《贞符》、《天对》、《天说》、《非国语》、《封建论》、《六逆论》、《时令论》等。柳宗元在永州还创作了大量的优秀文学作品，包括传记、寓言、山水游记、诗歌等。代表作口有《种树郭橐驼传》、《梓人传》、《段太尉逸事传》、《捕蛇者说》等。欧阳修，字永叔，号醉翁、六一居士，汉族，吉州永丰（今江西省吉安市永丰县）人，北宋政治家、文学家，且在政治上负有盛名。因吉州原属庐陵郡，以“庐陵欧阳修”自居。官至翰林学士、枢密副使、参知政事，谥号文忠，世称欧阳文忠公。累赠太师、楚国公。后人又将其与韩愈、柳宗元和苏轼合称“千古文章四大家”。与韩愈、柳宗元、苏轼、苏洵、苏辙、王安石、曾巩被世人称为“唐宋散文八大家”。苏轼，北宋文学家。字子瞻，号东坡居士，眉山（今四川眉山县）人。曾经担任翰林学士、侍读、龙图阁学士等官。在政治上反对王安石变法。主张诗文革新，在北宋的文学革新运动中，占有重要的一席。他的文章自然流畅，词属于豪放派，对后世影响至深。有《东坡全集》。

②前后七子：指明代的散文家，弘治年间的李梦阳、何景明、徐祯卿、边贡、康海、王九思、王廷相为前七子。嘉靖年间的李攀龙、谢榛、吴维岳、王世贞、梁有誉、徐中行、吴国伦为后七子。

③秦汉：秦汉时期的古文。

④宋景濂：明代文学家，名濂，浦江（今浙江浦江）人，开国文臣之首。

⑤春容大雅：指声调宏大响亮。

⑥三杨：指明代的散文家杨士奇、杨荣、杨溥三人。

⑦台阁之体：明代前期在上层官僚之间形成的一种文风，流行于永乐、成化年间。台阁体的特征是形式上典雅工丽，内容则多为粉饰太平和歌功颂德，代表人物是三杨。

⑧李崆峒：即李梦阳。明代文学家，前七子之一。庆阳（今甘肃庆阳）人，字献吉，自号崆峒子。主张“文必秦汉、诗必盛唐。”

⑨长沙一派：指李东阳等人。李东阳，明代诗人，茶陵（今属湖南长沙）人。字赛之，号西涯。其诗多为应酬题赠之作，形式上追求典雅工丽，在当时影响很大，形成茶陵诗派。

⑩董江都：即董仲舒，西汉哲学家，今文经学家。广川（今河北景县董故庄）人，曾经担任博士、江都相、胶西王相。建议汉武帝“罢黜百家，独尊儒术”。著有《春秋繁露》、《董子文集》。

⑪司马文园：即司马相如，西汉文学家，蜀郡成都（今四川成都）人。字长卿，他的赋糅合了当时各家的特点，成为汉赋的典范。著有《子虚赋》、《上林赋》。

⑫李、杜、王、孟：即李白、杜甫、王维、孟浩然。李白，唐朝诗人。字太白，号青莲居士。绵州昌隆（今四川江油）人。才华横溢。诗歌今存900首。杜甫，唐代著名诗人。祖籍襄阳，生于河南巩县。字子美，自号少陵野老。世称杜少陵。杜甫被公认为是唐代以来最伟大的诗人之一。著有《杜少陵集》。王维，唐代诗人、画家。字摩诘，祖籍祁（今山西祁县东南）人。开元中进士。累官至给事中，后官至尚书右丞。现存《雪溪图》、《写济南伏生像》相传是他的作品。今存《王右丞集》。孟浩然，唐代襄阳（现在湖北省襄阳县）人。他与王维很要好，并称王、孟。是著名的山水田园诗人。

⑬李词畹：清益都（今山东益都）人，记叙了秋谷（赵执信）南游时听见窗外有人谈论诗词的故事。

## 译文

周书昌说：“我曾经游历鹊华山，借宿在当地百姓家里。窗外是枝叶繁茂的老树，高大峻耸一直绵延到山顶。房主说时常会听见有鬼说话，但是听不懂他们说的是什么。当天晚上没有月亮，一片漆黑。果然隐隐约约听见有声音，但是听不清楚说些什么。因为怕他们受到惊扰会四散离去，所以我就悄悄的打开窗子溜了出去，趴在草地上，一步一步挨近偷听他们说话。原来他们在谈论韩、柳、欧、苏的文章，举出每人文章的特色之处。只听见一个人说：‘这样评论还是比较公正的，为什么明代前后的七子坚持要把他们排斥在外，而一定要追溯到秦汉时期的古文，导致门户之间的争斗？’另一个人说：‘文风的变化，从来都不是只由一条途径变化。宋朝末年文章的格调和风格显得琐碎，元朝末年的文章的格调和风格显得纤细艳丽，所以宋景濂等先生就极力的主张学习韩、柳的古文朴素文风，用宏大开阔的格调来纠正宋元琐碎、纤细的文风。三杨以后，逐渐变成了粉饰太平和歌功颂德的台阁体，日益空洞浮华没有内容。所以李崆峒等诸位先生又极力主张学习秦汉时期的古文，用奇伟壮丽的气势来纠正这种弊端。隆庆、万历以后，这种文风又逐渐流于模仿，内容空洞。所以长沙派的人又对此进行批判。一般来说，能够凸现出来，自成一派，成为一个时代代表的文风，在一开始的时候都有值得学习发扬的东西，所以才能够传播延续下去。时间久了以后也必定会产生各种各样的弊端，所以大家都互相的攻击诋毁。但是董江都、司马文园的文章格调和风格不相同，他们处于同一时期却能够不互相攻击。李、杜、王、孟他们诗歌的格调也不相同，处于同一时代也能够不互相攻击。那是因为他们能够在更深层次理解彼此。后来学习他们的人，一说到甜的就一定要排斥辣的，说到红的就一定不能是白的，他们的理解是浅层次的。’他还没有说完，我忽然忍不住咳嗽了几声，于是周围一下子变得寂静无声。可惜没有听完他们的议论。”我认为：“这和李词畹记述饴山的故事一样，都是通过鬼魅之口表达自己内心的看法。要说的已经说完了，不需要再有后文了。”书昌微微有些生气，说：“我这个人没有什么本事，但是一生中从来不说谎话，先生不信我说的，我也不和你争辩。”

# 卷十五·姑妄听之（一）

## 原文

龚集生言：乾隆己未，在京师，寓灵佑宫，与一道士相识，时共杯酌。一日观剧，邀同往，亦欣然相随。薄暮归，道士拱揖曰："承诸君雅意，无以为酬，今夜一观傀儡①可乎？"入夜，至所居室中，惟一大方几，近边略具酒果，中央则陈一棋局。呼童子闭外门，请宾四面围几坐。酒一再行，道士拍界尺一声，即有数小人长八九寸，落局上，合声演剧。呦呦嘤嘤，音如四五岁童子；而男女装饰，音调关目②，一一与戏场无异。一出终（传奇以一折为一出。古无是字，始见吴任臣《字汇补注》，曰读如尺。相沿已久，遂不能废。今亦从俗体书之），瞥然不见。又数人落下，别演一出。众且骇且喜。畅饮至夜分，道士命童子于门外几上置鸡卵数百，白酒数罂。戛然乐止，惟闻餔啜之声矣。诘其何术。道士曰："凡得五雷法者，皆可以役狐。狐能大能小，故遣作此戏，为一宵之娱。然惟供驱使则可。若或役之盗物，役之祟人，或摄召狐女荐枕席，则天谴立至矣。"众见所未见，乞后夜再观，道士诺之。次夕诣所居，则早已携童子去。

## 注释

①傀儡：木偶戏。

②关目：剧本或故事的情节。引申为演出。

## 译文

龚集生说：乾隆己未年间，他住在北京的灵佑宫，认识了一个道士，常常一起喝酒。一天他去看戏，邀请道士和他一起去，道士很高兴地跟着去了。傍晚回来之后，道士拱手向他表示感谢，说："承蒙你的好意，我没有什么好报答的，今天晚上一起去看一场傀儡戏怎么样？"到了晚上，他到道士住的房子里，看到里面只有一个很大的方形的桌子，旁边摆了些酒和果子，正中央摆放了一个棋局。道士叫道童把外面的门关了，请客人们围着桌子在四面坐了。喝了一巡酒，道士"啪"的把界尺拍了一声，立刻就有几个长八九寸的小人儿落在布好的棋局上，一起同声演戏。发出呦呦嘤嘤的声音，就像四五岁的孩子。但是男女的穿着打扮，唱戏的声调和剧情，却和平常的戏场的演戏没有什么区别。一出戏完了以后（传奇以一折为一出。古代没有这个字，这个字最开始出现在吴任臣《字汇补注》中，上面说这个字读"尺"。这种说法沿袭已经很久了，所以不能废弛。我也根据俗体的写法来写它。）小人儿一下子都不见了。又有几个小人儿落下来，另外演一出戏。大家又惊奇又高兴。喝酒一直到深夜，道士命令道童在门外的桌子上放了几百个鸡蛋，几缸白酒。忽然间音乐就停止了，只听见吃东西和喝酒的声音。大家问道士这是什么方术。道士说："所有学会五雷法的入，都能够驱使狐狸。狐狸可以变大也可以变小，所以我让他们演了这些戏，作为我们晚上的娱乐。但是只能够让他们干些这个，如果让他们去偷东西，让他们去迷惑人，或者把狐女招来嬉戏，那么上天的谴责立刻就来到了。"大家看到了从来没有见到的东西，恳求道士明天晚上再看，道士答应了。第二天晚上当他们来到道士住的地方时，却发现他早已带着道童走了。

## 原文

董家庄佃户丁锦，生一子曰二牛。又一女赘①曹宁为婿，相助工作，甚相得也。二牛生一子曰三宝。女亦生一女，因住母家，遂联名曰四宝。其生也同年同月，差数日耳。姑嫂互相抱携，互相乳哺，襁褓中已结婚姻。三宝四宝又甚相爱，稍长，即跬步不离。小家不知别嫌疑，于二儿嬉戏时，每指曰："此汝夫，此汝妇也。"二儿虽不知为何语，然闻之则已稔矣。七八岁外，稍稍解事，然俱随二牛之母同卧起，不相避忌。会康熙辛丑至雍正癸卯岁屡歉，锦夫妇并殁。曹宁先流转至京师，贫不自存，质四宝于陈郎中家（不知其名，惟知为江南人）。二牛继至，会郎中求馆僮，亦质三宝于其家，而诫勿言与四宝为夫妇。郎中家法严，每笞四宝，三宝必暗泣；笞三宝，四宝亦然。郎中疑之，转质四宝于郑氏（或云，即貂皮郑也），而逐三宝。三宝仍投旧媒媪，又引与一家为馆僮。久而微闻四宝所在，乃夤缘[2]入郑氏家。数日后，得见四宝，相持痛哭，时已十三四矣。郑氏怪之，则诡以兄妹相逢对。郑氏以其名行第相连，遂不疑。然内外隔绝，仅出入时相与目成而已。后岁稔，二牛、曹宁并赴京赎子女，辗转寻访至郑氏。郑氏始知其本夫妇，意甚悯恻，欲助之合卺，而仍留服役。其馆师严某，讲学家也，不知古今事异，昌言排斥曰："中表为婚礼所禁，亦律所禁，违之且有天诛。主人意虽善，然我辈读书人，当以风化为己任，见悖理乱伦而不沮，是成人之恶，非君子也。"以去就力争。郑氏故良懦，二牛、曹宁亦乡愚，闻违法罪重，皆慑而止。后四宝鬻为选人妾，不数月病卒。三宝发狂走出，莫知所终。或曰："四宝虽被迫胁去，然毁容哭泣，实未与选人共房帏。惜不知其详耳。"果其如是，则是二人者，天上人间，会当相见，定非一瞑不视者矣。惟严某作此恶业，不知何心，亦不知其究竟。然神理昭昭，当无善报。或又曰："是非泥古，亦非好名，殆觊觎四宝，欲以自侍耳。"若然，则地狱之设，正为斯人矣。

## 注释

①赘：就婚于女家与改为女家姓的男子称为"赘婿"。对男家来说，出去当赘婿称为"出赘"。对女家来说，招女婿称为"招赘"。男子到女家当赘婿称为"入赘"。

②夤缘：本指攀附上升，后喻攀附权贵，向上巴结。

## 译文

董家庄的佃户丁锦，生了一个儿子叫二牛。他的一个女儿招了曹宁作上门女婿，两个人相敬相助，生活很融洽。二牛生了一个儿子叫三宝。他的女儿也生了一个女儿，因为住在娘家，于是按着顺序叫四宝。他们在同年同月出生，只是差了几天而已。姑嫂二人互相换着抱孩子，喂奶。孩子还是婴儿的时候就已经说好了两人的婚事。三宝和四宝也相亲相爱，稍微长大了一点以后，就两个人形影不离。小户人家不懂得避嫌，常常在两个人玩要的时候，指着他们说："这是你的丈夫，这是你的妻子。"两个小孩虽然不知道这是什么意思，但是已经听得很熟了。长到七八岁后，他们开始有些懂事了。但还是跟着二牛的母亲一起睡觉玩要，并不躲避对方。正好康熙辛丑到雍正癸卯年间，连年歉收，丁锦夫妇都死了。曹宁先是流落辗转到北京，穷得连生活都成问题，于是把四宝典到陈郎中家。（不知道他叫什么名字，只知道他是江南人。）二牛接着也来了，正好郎中要一个家里的佣人，于是也把三宝典在他家，而且叮嘱他千万不要说和四宝是夫妻。郎中家里的规矩很严，每次打四宝的时候，三宝一定会偷偷哭泣；打三宝的时候，四宝也是这样。郎中于是有些怀疑，转而把四宝典给姓郑的人家。（也有人说，就是貂皮郑。）把三宝赶走了。三宝仍然又去找原来把他介绍给陈家的中介人，又到一家作佣人。过了一段时间，三宝约略得到消息，听说了四宝所在的地方，于是到处想办法进到郑家。几天以后，终于见到四宝，两人互相抱着失声痛哭，这时他们已经十三四岁了。郑家觉得很奇怪，他们就撒谎说是兄妹。郑家因为他们的名字是相连着的，也就不怀疑了。但是内室和外室是隔绝的，他们只能在出入的时候相互以目传情而已。后来年成好一些了，二牛，曹宁一起到北京赎还儿子和女儿，经过了些曲折找到郑家。郑家这才知道他们本来是夫妻，非常可怜他们，打算扶助他们结婚，仍然留他们在家里做事。郑家请的教书先生严某，是个固受古制的人，不知道古代和今天的事情是有区别的，道貌岸然地指责说："表兄妹结婚是礼法禁止的，也是法律禁止的，违反了会被天诛的。主人的用意虽然好，但是我们读书人，当然是以整顿风俗为自己的责任，见到违背天理，乱伦的行为而不制止，那就是帮助人作恶事，不是君子的作为。"他用自己的告辞作为威胁。郑家本来就很善良，懦弱，而二牛，曹宁也是乡里没有文化的人，听到违反法律，犯的罪很严重，就害怕放弃了。后来四宝被卖给一个候补官做了小妾，不过几个月就得病死了。三宝得了疯病，离家出走，不知道后来怎么样了。有人说："四宝虽然被迫捉去了，但是把自己的容貌毁了，整日哭泣，并没有和那个官员同房，可惜三宝不知道具体的情况是怎样的。"如果真是这样，那么两个人不论是死后升天，还是转世为人，总会有相见的时候，绝不会一死成永别。那个姓严的人做了这件坏事，不知道是出于什么心思，也不知道他的下场怎样，但是神对这一切是清楚的，他肯定不会有好的结果。也有人说："他不是固执于古礼，也不是为了好的名声，而是对四宝有非分之想，打算据为已有。"如果是这样，那么地狱就是为这种人准备的。

## 原文

"遗秉"、"滞穗"①，寡妇之利，其事远见于周雅。乡村麦熟时，妇孺数十为群，随刈者之后，收所残剩，谓之拾麦。农家习以为俗，亦不复回顾，犹古风也。人情渐薄，趋利若骛，所残剩者不足给，遂颇有盗窃攘夺，又浸淫而失其初意者矣。故四五月间，妇女露宿者遍野。有数人在静海之东，日暮后趁凉夜行，遥见一处有灯火，往就乞饮。至则门庭华焕，僮仆皆鲜衣；堂上张灯设乐，似乎燕宾。遥望三贵人据榻坐，方进酒行炙。众陈投止意，阍者②为白主人，颔之。俄又呼回，似附耳有所嘱。阍者出，引一媪悄语曰："此去城市稍远，仓卒不能致妓女。主人欲于同来女伴中，择端正者三人侑酒荐寝，每人赠百金；其馀亦各有犒赏。媪为通词，犒赏当加倍。"媪密告众。众利得资，怂恿幼妇应其请。遂引三人入，沐浴妆饰，更衣裙侍客；诸妇女皆置别室，亦大有酒食。至夜分，三贵人各拥一妇入别院，阖家皆灭烛就眠。诸妇女行路疲困，亦酣卧不知晓。比日高睡醒，则第宅人物，一无所睹，惟野草芃芃，一望无际而已。寻觅三妇，皆裸露在草间，所更衣裙已不见，惟旧衣抛十馀步外，幸尚存。视所与金，皆纸铤。疑为鬼。而饮食皆真物，又疑为狐。或地近海滨，蛟螭③水怪所为欤？贪利失身，乃只博一饱。想其惘然相对，忆此一宵，亦大似邯郸枕上④矣。先兄晴湖则曰："舞衫歌扇，仪态万方，弹指繁华，总随逝水。鸳鸯社散之日，茫茫回首，旧事皆空，亦与三女子裸露草间，同一梦醒耳。岂但海市蜃楼，为顷刻幻景哉！"

## 注释

①"遗秉"、"滞穗"：出自《诗经·小雅·大田》篇，"彼有遗秉，

此有滞穗，伊寡妇之利。”意思是那里的谷把掉在地上，这里的谷穗未被捡起，都归寡妇统统收去。

②阍者：守门的人。

③蛟螭：古代传说中没有角的龙，兴风作浪，可以引发洪水。

④邯郸枕上：是唐代李泌的传奇《枕中记》的故事。一个姓卢的书生在邯郸客店里遇见了一个道士吕翁，道士给他一个枕头。卢生靠着枕头睡着了，做了一个梦，梦见自己发财升官，最后老死。等他醒来以后发现客店里的黄梁都还没有熟。比喻人生荣辱盛衰如梦。

## 译文

早在《诗经·小雅·大田》里就已经有“遗秉”，“滞穗”的说法，可见寡妇通过拾取稻穗来获利，在周代的诗歌中就有记载了。农村里麦子熟了的时候，妇女们十几个一群，跟在割麦子的人后面，收集掉在地上的残余的麦穗，就叫做拾麦，在农村里这一习惯已经很久了，并成了一种风俗。割麦子的人也不会回过头来干涉妇女们捡麦子，就像古时候的人一样淳朴宽厚。但是人与人之间的关系逐渐淡薄，大家都纷纷追求利益，割麦剩下的不够人们的期望，于是盗窃抢夺的事情常常发生，由于大家过于沉醉于利益上面反而失去了这件事最初的意义。所以在四五月间，妇女们都在田野上露宿，为了早些赶去拾麦。有几个妇女在静海的东面，黄昏以后乘着天气凉快在晚上赶路，远远看见一个地方有灯光，于是就去讨口水喝。到了近前一看，发现这是一户大户人家，房屋高大宽敞，佣人们穿着漂亮的衣服。大厅里亮着灯，奏着乐，好像在招待客人。远远望去有三个贵人坐在床榻上，正在喝酒吃肉。大家说了想要借宿的请求，看门的人把它通报给了主人，主人点头答应了。一会儿又把他叫回来，好像对着他的耳朵说了些什么。看门的人出来以后，拉着一个老太婆偷偷地说：“这里离城里比较远，一下子找不到妓女。主人希望能在你们一起来的女伴中，选三个长得还不错的人陪客人喝酒睡觉，每个人一百两银子，其他的人也有奖赏。你帮我说一说，加倍给你赏钱。”老太婆悄悄的把这个消息告诉同伴，大家想着有钱赚，就怂恿几个年轻的妇女去做这件事。于是看门的人领了三个人进去，洗漱打扮了一番后，换了衣服侍奉客人，其他的妇女则安置在另外的地方，也有好酒好肉招待。到了深夜，三个贵人各自拥着一个女人到了一个院子，全家都熄灭蜡烛睡觉了。这些妇女白天走了一天的路累得不行，睡得很香，天亮了都不知道。等到太阳已经老高了，才醒过来。结果发现昨晚上的房子和人统统不见了，只有茂密的野草，一眼望不到头。去找另外三个妇女，发现她们都光着身子睡在草丛里，换过的衣服都不见了，只有旧的衣服放在十几步开外的地方，幸好还在。再看主人给的银子，居然都是纸做的。她们怀疑是遇到了鬼，但是吃的东西都是真的，又怀疑是狐狸精，或者这个地方靠近海边，也许是海里的什么怪物？为了贪求财利，结果失身，却只是吃了一顿而已。我想像她们迷惑不解地相对着，回忆这个晚上，就像是邯郸枕上的一个梦一样。我的去世的哥哥却说："美妙的舞蹈，好听的音乐，动人的姿态，瞬间的繁华，就像流水一样逝去。情人分离的时候，再回过头看，过去的事情都成空幻，也和那三个妇人光着身子躺在草丛中，从美梦中醒过来一样。难道只有海市蜃楼才是一瞬间的幻觉吗？

## 原文

裘超然编修[①]言：杨勤悫公年幼时，往来乡塾，有绿衫女子时乘墙缺窥之。或偶避入，亦必回眸一笑，若与目成。公始终不侧视。一日，拾块掷公曰："如此妍皮[②]，乃裹痴骨！"公拱手对曰："钻穴逾墙，实所不解。别觅不痴者何如？"女子忽瞠目直视曰："汝狡黠如是，安能从尔索命乎？且待来生耳。"散发吐舌而去，自此不复见矣。此足见立心端正，虽冤鬼亦无如何。又足见一代名臣，在童稚之年，已自树立如此也。

## 注释

①编修：古代吏官之一，宋代设编修官修国史实录、会要等，明清翰林院设编修，并无实质职务

②妍皮：美好的皮囊，指相貌。

## 译文

翰林院编修裘超然说：杨勤悫先生年幼的时候，到乡里的书院去读书，有一个穿着绿衣服的女子常常倚着墙，透过缺漏的墙偷偷看他。有时偶然躲进去，也一定会回头一笑，好像脉脉含情。杨先生从来都目不斜视。一天，那个女子丢了一个土块打杨先生，说："长了这么好的相貌，却包着一堆傻骨头！"杨先生拱手向她行礼说："你又钻洞，又越墙，我实在不知道是为什么？要不你找个不笨的，怎么样？"那个女子忽然瞪起眼睛，两眼直视他说："你这么狡猾，我怎么能从你这里索命呢？还是等来世吧！"于是散披着头发吐着舌头走了，以后再也没有见到。由此可见只要一个人立心端正，即使是被冤而死的鬼也拿他没有办法。由此也可见一代名臣，在小时候，就已经注意培养自己的品质了。

## 原文

献县一令，待吏役至有恩。殁后，眷属尚在署，吏役无一存问者。强呼数人至，皆狰狞相向，非复曩时①，夫人愤恚②，恸哭柩前，倦而假寐。恍惚见令语曰："此辈无良，是其本分。吾望其感德已大误，汝责其负德，不又误乎？"霍然忽醒，遂无复怨尤。

## 注释

①曩时：以前，原来。

②愤恚：非常生气，生气之极。

## 译文

献县有一个县令，对待下属和仆人都很好。恰巧在任上死了，他的妻子家人都还在官衙里，却没有一个下属和仆人来吊唁安慰她们。勉强叫来的几个人，都显出丑恶的嘴脸，再也不像从前那样了。他的妻子很气愤，在他的灵柩前大哭，哭着哭着，累了，居然睡着了。依稀听见县令对她说："这些人都没有良心，他们的本性就是这样，我指望他们能够对我的恩情有所感激，有所回报已经是极大的错误了。你责怪他们辜负了我的恩情，就更是妄想了。”他的妻子一下子突然明白过来，从此再也不埋怨，觉得气愤。

## 原文

太白诗曰：“徘徊映歌扇，似月云中见；相见不相亲，不如不相见。”此为冶游①言也。人家夫妇有睽离阻隔，而日日相见者，则不知是何因果矣。郭石洲言：“中州有李生者，娶妇旬余而母病，夫妇更番守侍，衣不解结者七八月。母殁后，谨守礼法，三载不内宿。后贫甚，同依外家。外家亦仅仅温饱，屋宇无多，扫一室留居。未匝月，外姑之弟远就馆，送母来依姊。无室可容，乃以母与女共一室，而李生别榻书斋，仅早晚同案食耳。阅两载，李生入京规进取，外舅②亦携家就幕江西。后得信，云妇已卒。李生意气懊丧，益落拓不自存，仍附舟南下觅外舅。外舅已别易主人，随往他所。无所栖托，姑卖字糊口。一日，市中遇雄伟丈夫，取视其字曰：“君书大好。能一岁三四十金，为人书记乎？”李生喜出望外，即同登舟。烟水渺茫，不知何处。至家，供张亦甚盛。及观所属笔札，则绿林③豪客也。无可如何，姑且依止。虑有后患，因诡易里籍姓名。主人性豪侈，声伎满前，不甚避客。每张乐，必如李生。偶见一姬，酷肖其妇，疑为鬼。姬亦时时目李生，似曾相识。然彼此不敢通一语。盖其外舅江行，适为此盗所劫，见妇有姿首，并掠以去。外舅以为大辱，急市薄槥，诡言女中伤死，伪为哭敛，载以归。妇惮死失身，已充盗后房。故于是相遇，然李生信妇已死，妇又不知李生改姓名，疑为貌似，故两相失。大抵三五日必一见，见惯亦不复相目矣。如是六七年，一日，主人呼李生曰：“吾事且败，君文士不必与此难。此黄金五十两，君可怀之，藏某处丛荻④问。候兵退，速觅渔舟返。此地人皆识君，不虑其不相送也。”语讫，挥手使急去伏匿，未几，闻哄然格斗声。既而闻传呼曰：“盗已全队扬帆去，且籍其金帛妇女。”时已曛黑，火光中窥见诸乐伎皆披发肉袒，反接系颈，以鞭杖驱之行，此姬亦在内，惊怖战栗，使人心恻。明日，岛上无一人，痴立水次。良久，忽一人棹小舟呼曰：“某先生耶？大王故无恙，且送先生返。”行一日夜，至岸。惧遭物色，乃怀金北归，至则外舅已先返矣。

生至家，货所携，渐丰裕。念夫妇至相爱，而结缡十载，始终无一月共枕席。今物力稍充，不忍终以薄櫘葬。拟易佳木，且欲一睹其遗骨，亦夙昔之情。外舅力沮不能止，词穷吐实。急兼程至豫章，冀合乐昌之镜⑤。则所俘乐伎，分赏已久，不知流落何所矣。每回忆六七年中，咫尺千里，辄惘然如失。又回忆被俘时，缧绁⑥鞭笞之状，不知以后摧折，更复若何，又辄肠断也。从此不娶，闻后竟为僧。戈芥舟前辈曰："此事竟可作传奇⑦，惜末无结束，与《桃花扇》⑧相等。虽曲终不见，江上峰青⑨，绵邈含情，正在烟波不尽，究未免增人怊怅耳。"

## 注释

①冶游：野游，男女在春天或节日里外出游玩。后来专指嫖妓。

②外舅：即岳父。

③绿林：原为山名，位于湖北当阳东北。西汉末，新市人王匡、王凤等领导过绿林山起义。后以此称聚众抗官或劫富济贫的行为。

④荻：多年生草本植物，生在水边，叶子长形，似芦苇，秋天开紫花，茎可以编席箔。

⑤合乐昌之镜：宋《太平御览》引《青琐记》记叙南朝陈徐德言和乐昌公主几番曲折，破镜重圆的故事。

⑥缧绁：捆绑犯人的黑绳索。借指监狱；囚禁。

⑦传奇：中国唐、宋时代文言短篇小说的一种，以"作意好奇"为特点；明、清两代的长篇戏曲，一般每本由二十余出至五十余出组成。

⑧《桃花扇》：清代孔尚任所作戏曲。故事以南明的兴亡为背景，讲述了名妓李香君和文人侯方域的悲欢离合，两人最终未能团聚。

⑨曲终不见，江上峰青：出自唐代诗人钱起《湘灵鼓瑟》："曲终人不见，江上数峰青。"

## 译文

李白的诗中说："徘徊的身影映在歌妓的团扇上，就像在云中的月亮一样。两人相见了却不能互相亲近，还不如不相见。"这大概是他在游戏时的感悟。世上真的有这种夫妻，被分离阻隔，虽然天天相见却不能亲近，也不知道是什么原因。郭石洲说："中州有一个姓李的人，娶妻才半个月母亲就病了，夫妻两人轮流服侍病人，七八个月都没有好好休息。李生的母亲死后，两人按照礼法，三年内没有同居。后来他们家越来越穷，一起搬到了岳父家。岳父家的经济也不宽裕，仅仅能够维持基本的生存而已。家里没有多的房间，只能挤出一间房子让他们居住。在岳父家住还不到一个月，岳母的弟弟到远方去学习，送他的母亲到姐姐家居住。这里实在再没有地方可以容纳她了。只好让岳母和女儿住在一起，而李生在书斋里安了床睡下，夫妻两人只是早晚吃饭菜的时候在一起而已。过了两年，李生到京城去参加科举考试。岳父也带着全家到江西担任幕僚。后来李生得到信说，他的妻子已经去世了。得知了这个消息，李生非常沮丧和失望，愈加放纵自己几乎不想活了。不久跟着船南下寻找岳父。这时岳父已经另外更换了主人，随主人到别的地方去了。李生无以谋生，勉强靠卖字维持生计。一天，他在集市上碰见一个长得魁梧高大的人，看到他的字以后，说："你的字写得很好，你愿不愿意给人做书记，一年有三四十两银子的酬劳?"李生听了以后很高兴，立刻和他一起上船。只见周围水茫茫一片，也不知道到了什么地方。等到了那人家里以后，李生发现那人家里也非常气派。再阅读他所写的书信，他才知道那人是强盗。但这时也没有办法了，只好暂且安顿下来。李生又担心以后会有什么不幸，于是就假编了自己的家乡和姓名。那家的主人性格豪放奢侈，家里养了许多歌姬舞女。这些人也不怎么避开客人。每次家里举行宴席的时候，主人都要邀请李生来听。李生偶尔遇见一个舞姬，长得非常像他的妻子，怀疑是鬼。舞姬也常常用眼睛望着李生，像是曾经认识。但是两个人从来不敢说一句话。原来李生的岳父在坐船的时候，正好被这个强盗打劫，强盗见李生的妻子长得挺漂亮的，于是就抢走了。他的岳父觉得这是一件非常耻辱的事情，所以连忙买了薄的棺材，撒谎说他的妻子被打伤已经死了，为她举行了假的葬礼，然后带着棺材回来了。李生的妻子因为怕死所以失身于强盗，已经作了强盗的妾。所以他们相遇以后，李生确信他的妻子已经死了，而他的妻子又不知道李生更改了姓名，心里猜测也许是长得相像的人，所以两个入都错过了。他们俩一般三天或者五天都会见一次面，由于见面多了，也就不再互相注意了。这样大概过了六七年，一天，主人对李生说：“我的事情快要败露了，你是文人不需要和我一起面对这个灾难。我这里有五十两黄金，你可以带在身上，藏在水边的草丛里。等到官兵退去以后，赶快找一只渔船离开这里。本地人都认识你，不用担心他们不送你。”说完以后，挥手让他赶快去藏起来。没多久，就听见外面很大的互相争斗的声音。一会儿又听见有人传令说：“强盗已经全部都坐船逃走了，我们先登记他们的钱财和妇女。”当时天已经黑了，在火光中李生看到强盗家里的那些歌姬舞女都披散着头发光着身子，反绑着，被官人用鞭子和木杖驱使着前行，那个舞姬也在里面。当时的情形非常恐怖可怕，让人看了心里很不舒服。第二天，岛上一个人也没有，李生呆呆地站在水边。过了许久，忽然一个人划着小船呼喊他说：“您是某某先生吧？大王很好，我先送先生回去吧。”船行了一夜，到了岸边以后。为了以防别人察访，于是李生带着钱回到了北方。他回到家的时候，他的岳父已经比他先回来了。他还是住在岳父家，用带来的钱做生意，日子渐渐变得宽裕起来。他想到夫妻两人感情深厚，而结束十年，在一起同居的时间不到一个月。现在生活好了，不忍心只是用薄棺材埋藏她。打算另外买一些好的木头，而且希望能够看到妻子的遗骨，这也是两人以往的情意。他的岳父百般阻挠也不能打消他的念头，只好说出了实情。两人急忙赶到豫章，希望能够夫妻团圆。但是官府俘虏的歌姬舞女，早就分赏到各处了，他的妻子不知道流落到哪里了。李生每每回想到那六七年中，两人近在咫尺却像是远隔天涯，就感到茫然像是失去了什么似的。他又回想到妻子被俘虏的时候，捆绑着被鞭打的情形，不知道后来还受到怎样的折磨，也许比那时还更厉害，心里万分的难受。从此以后不再娶妻。听说他后来作了和尚。戈芥舟老先生说：“这个故事真算得上是传奇了，可惜结局不甚圆满，正可和《桃花扇》相比。虽然最终结果令人婉惜，但是正是如同江两边耸立的青峰一样，绵延不绝，脉脉含情。也正如同不尽的水波一样，让人增添了许多愁绪。”

# 卷十六·姑妄听之（二）

## 原文

天下事，情理而已，然情理有时而互妨。里有姑虐其养媳者，惨酷无人理，遁归母家。母怜而匿别所，诡云未见，因涉讼。姑以朱老与比邻，当见其来往，引为证。朱私念言女已归，则驱人就死；言女未归，则助人离婚。疑不能决，乞签①于神。举筒屡摇，签不出，奋力再摇，签乃全出，是神亦不能决也。辛彤甫先生闻之曰："神殊愦愦！十岁幼女，而日日加炮烙②，恩义绝矣。听其逃死不为过。"

## 注释

①乞签：求签。旧时寺庙里都有作了编号的竹签，供人向神佛问吉凶，以决疑难。

②炮烙：原作"炮格"，古时的一种酷刑。把人绑在烧红的铜柱上烫死。这里形容婆家的残忍。

## 译文

世上的事情，也就在一个"理"字而已。但有时候，"情"与"理"也难免有相冲突的时候。我们乡里有一个婆婆虐待她家的童养媳，简直到惨无人道的地步。童养媳偷偷地逃回到娘家。她的母亲觉得她实在太可怜了，把她藏到别的地方，对她的婆家撒谎说没有看到她。于是被告到官府。她的婆婆认为朱老先生和她的娘家是隔壁邻居，一定看见了她们的往来，要他为她作证。朱老先生心想，如果说女孩逃回来了，无疑是把她往死路上赶，如果说她没有回来，那就是帮助别人离婚。左右思量，决定不了。于是去抽签希望神帮他决定。他举着签筒摇了好几次，都没摇出签来。用力再摇，结果签全掉出来了。这说明这件事就是神也不能决定呀！辛彤甫先生听说了这件事，说："神大概也觉得很郁闷吧，十岁的小女孩，天天对她进行毒打，什么恩情和情义都没有了。让她自己逃出来以免被打死算不上错。"

## 原文

嵩辅堂阁学言：海淀有贵家守墓者，偶见数犬逐一狐，毛血狼藉。意甚悯之，持杖击犬散，提狐置室中，俟其苏息，送至旷野，纵之去。越数日，夜有女子款扉入，容华绝代。骇问所自来。再拜曰："身是狐女，昨遘大难，蒙君再生，今来为君拂枕席。"守墓者度无恶意，因纳之。往来狎昵，两月馀，日渐瘵瘦①，然爱之不疑也。一日，方共寝，闻窗外呼曰："阿六贱婢！我养创甫愈，未即报恩，尔何得冒托我名，魅郎君使病？脱有不讳，族党中谓我负义，我何以自明？即知事出于尔，而郎君救我，我坐视其死，又何以自安？今偕姑姊来诛尔。"女子惊起欲遁，业有数女排闼②入，捽击立毙。守墓者惑溺已久，痛惜恚忿，反斥此女无良，夺其所爱。此女反覆自陈，终不见省，且拔刃跃起，欲为彼女报冤。此女乃痛哭越墙去。守墓者后为人言之，犹恨恨也。此所谓"忠而见谤，信而见疑"也欤！

## 注释

①瘵瘦：得了痨病，日渐消瘦。

②排闼：推开门就进去。

## 译文

大学士嵩辅堂说：海淀有个给有钱人家看坟的人，偶然碰见几只狗在追一只狐狸，狐狸已经被咬得浑身是血，混杂着狐狸毛，一片狼藉。非常可怜这只狐狸，于是拿根棍子把狗打散了，提着狐狸放在屋子里。等它苏醒过来，又把它送到没人的野地里，把它放了生。过了几天，晚上有个女子敲门进来，长得十分漂亮。看坟的人很惊异地问她从哪里来。那个女子又行了一个礼，说："我是一只狐狸，上次碰上了大难，是您救了我，所以我特意来做您的情人。"看坟的人心想她大概没有恶意，于是收留了她。从此以后狐狸常常到这里来，两个人很是恩爱。过了两个多月，看坟的人得了痨病，变得越来越瘦，但是还是很喜欢这个女子，一点也不怀疑她有什么问题。一天，他们正打算睡觉，听见窗户外面有一个人在叫："阿六你这个贱人！我养伤刚刚恢复，还没有来得及报恩，你怎么敢假托我的名字，迷惑这个男子让他生病，如果发生了什么不测的话，家族里的人一定会责怪我忘恩负义，我怎么证明得了我的清白呢？现在既然知道原因在你身上，而郎君又救过我，我如果坐视他因此会死去，又怎么能安心呢？今天我领着我的姐妹们来杀你了！"那个女子惊吓得连忙打算逃跑，早就有几个女子破门而入了，群起而攻之，那个女子当场被打死了。看坟的人被那个女子迷惑很久，已经深深地爱上她，感到十分的痛心和愤怒，掉过头来骂这个女子没有良心，夺去了他心爱的人。这个女子反复解释，总是不能得到原谅，到最后，看坟的人居然拿刀跳起来，要为那个女子报仇。这个女子大哭着翻墙过去了。看坟的人后来和别人说起这件事，还是一副愤恨不平的样子。这就是人们所说的"忠心耿耿而被误解，一心赤诚而被怀疑吧！"

## 原文

刘东堂言：狂生某者，性悖妄，诋訾①今古，高自位置。有指摘其诗文一字者，衔之次骨，或至相殴。值河间岁试②，同寓十数人，或相识，或不相识。夏夜散坐庭院纳凉，狂生纵意高谈。众畏其唇吻，皆缄口不答。惟树后坐一人，抗词与辩，连抵其隙。理屈词穷，怒问："子为谁？"暗中应曰："仆焦王相也。"（河间之宿儒）骇问："子不久死耶？"笑应曰："仆如不死，敢捋虎须耶？"狂生跳掷叫号，绕墙寻觅。惟闻笑声吃吃，或在木杪③，或在檐端而已。

## 注释

①诋訾：毁谤非议。

②岁试：亦称岁考。清代各省学政巡回所属举行的考试。凡是州、府、县的生员、增生、廪生都要应岁试，以成绩分等赏罚。

③木杪：树梢。

## 译文

刘东堂说：有一个很傲慢的书生，性格很狂妄叛逆，批评和诋毁古人和今人，以此来抬高他自己的地位。只要有人敢批评他的诗词和文章中一个字，就非常地仇恨别人，有时甚至和人打起来了。正当河间府乡试，同住的人十来个人，有认识的，不认识的。夏天的夜晚分散坐在院子里乘凉，这个傲慢的书生又开始随着自己的性子高谈阔论起来，大家都怕他的不饶人的嘴，都闭着嘴不说话。只有树后面坐了一个人，和他针锋相对地辩论，屡次攻击他说话的漏洞。书生到最后被辨得无话可说，生气地问："你是谁?"黑暗中有人回答说："我是焦王相。"（河间的老学者。）书生十分惊讶，"你不是已经死了吗?"那人笑着回答说："我如果不死的话，还敢摸老虎须吗?"狂妄的书生跳起来，又丢东西，又大叫，绕着墙壁找人。只听见吃吃的笑声，一会儿在树梢上，一会儿在屋檐上。

# 卷十七·姑妄听之（三）

## 原文

香沁又言：有老儒授徒野寺。寺外多荒冢，暮夜或见鬼形，或闻鬼语。老儒有胆，殊不怖。其僮仆习惯，亦不怖也。一夕，隔墙语曰：“邻君已久，知先生不讶。尝闻吟咏，案上当有温庭筠①诗，乞录其《达摩支曲》一首焚之。”又小语曰：“末句‘邺城风雨连天草’，祈写‘连’为‘粘’，则感极矣。顷争此一字。与人赌小酒食也。”老儒适有温集，遂举投墙外。约一食顷，忽木叶乱飞，旋飚②怒卷，泥沙洒窗户如急雨。老儒笑且叱曰：“尔辈勿劣相，我筹之已熟。两相角赌，必有一负，负者必怨，事理之常。然因改字以招怨，则吾词曲；因其本书以招怨，则吾词直。听尔辈狡狯，吾不愧也。”语讫而风止。褚鹤汀曰：“究是读书鬼，故虽负气求胜，而能为理屈。然老儒不出此集，不更两全乎？”王縠原曰：“君论世法也。老儒解世法，不老儒矣。”

## 注释

①温庭筠：唐代著名的词人和诗人。名岐，字飞卿，太原（今山西太原）人，《达摩支曲》是他的一首七言诗。

②旋飚：大旋风。

## 译文

香沁又说：有一个老先生在野寺里教书。寺庙外面有许多没人管的坟墓，到了晚上要么会看见有鬼的形状，要么会听见有鬼在说话。老先生胆子比较大，一点也不害怕。他的佣人们也习惯了，不觉得害怕。有一天晚上，他听见隔着墙有人说话：“我和你作邻居已经很久了，知道老先生你不害怕我们。我曾经听见您朗诵诗词，你的书桌上一定有温庭筠的诗集，请您帮我写一首《达摩支曲》，然后把它烧掉。”然后又有人小声地说：“最后一句‘邺城风雨连天草’，如果您把‘连’写作‘粘’，我就很感激您了。我和人为了这个字打赌，赌一顿饭。”老先生正好有这本书，于是举起来把它扔到墙外。过了一顿饭的功夫，忽然间狂风怒吼，树叶乱飞，泥沙像大雨一样洒在窗户上。老先生一边笑着，一边骂道：“你不要这么无赖。我对这种事情清楚得很，两个人打赌，一定有输的一方。输了的人当然会不高兴，这是常理。但是如果因为我改了字所以让人输了，那么是我的不对，如果是因为原书让人输了，那么我没有什么不对的。你再狡猾，我也没有什么可羞愧的。”话说完，风就停了。褚鹤汀说：“到底是读过书的鬼，所以虽然赌气求胜，但还是懂道理的。但是老先生如果不丢出这本书，那么两个人都不输，不更好吗！”王縠原说：“你说的是一般的处事之道，老先生要是懂得，他就不是老先生了！”

## 原文

又舅氏安公五占，居县东留福庄。其邻家二犬，一夕吠甚急。邻妇出视无一人，惟闻屋上语曰：“汝家犬太恶，我不敢下。有逃婢匿汝家灶内，烦以烟熏之，当自出。”妇大骇，入视灶内，果嘤嘤有泣声。问是何物，何以至此？灶内小语曰：“我名绿云，狐家婢也。不胜鞭捶，逃匿于此，冀少缓须臾死，惟娘子哀之。”妇故长斋礼佛，意颇怜悯，向屋仰语曰：“渠畏怖不出，我亦实不忍火攻。苟无大罪，乞仙家舍之。”（里俗呼狐曰仙家）屋上应曰：“我二千钱新买得，那能即舍？”妇曰：“二千钱赎之，可乎？”良久，乃应曰：“是或尚可。”妇以钱掷于屋上，遂不闻声。妇扣灶呼曰：“绿云可出，我已赎得汝。汝主去矣。”灶内应曰：“感活命恩，今便随娘子驱使。”妇曰：“人那可蓄狐婢，汝且自去；恐惊骇小儿女，亦慎勿露形。”果似有黑物瞥然[①]逝。后每逢元旦，辄闻窗外呼曰：“绿云叩头。”

## 注释

①瞥然：忽然，迅速地。

## 译文

还有我的舅舅安五占先生，住在县城东面的留福庄。他们邻居的家里有两条狗。一天晚上狗叫个不停，邻居家的主妇出门看时，又一个人都没有，只听见屋顶上有人对她说："你们家的狗太厉害了，我不敢下来。我有一个逃走的奴婢躲在你家的灶里面，麻烦你用烟熏她，她自己会出来。"主妇十分惊讶，进屋去看灶，里面果然有嘤嘤的哭泣声，就问她是什么东西？为什么到这里？灶里有人小声地说："我叫绿云，是狐狸家的奴婢。受不了他们的鞭打，所以逃出来躲在这里，我只希望多活几天，希望您可怜可怜我。"这家的主妇一直吃斋念佛，心里非常可怜这个小狐狸，于是仰起头对着屋顶说："她害怕不敢出来，我也不忍心用火熏她，如果她没有什么大的过错的话，请仙家您放了她吧！"（乡里习惯把狐狸叫做仙家。）屋顶上的人回答说："我花了二千钱刚刚把她买来，怎么能说放就放呢？"主妇说："那我再用二千钱把她赎出来，可以吗？"过了好一阵，才听见有人回答说："这也许是个办法。"主妇把钱扔在屋顶上，于是就听不到人说话了。主妇轻敲着灶，叫："绿云，你可以出来了，我已经把你赎出来了。你的主人已经走了。"灶里有人回答说："谢谢您救了我的命，以后随便您让我干什么。"主妇说："人怎么可以养狐狸作佣人，你自己走吧。不过不要把小孩子吓到，不要露出你的真面目。"果然看见一个黑乎乎的东西一下子就不见了。以后每到过年的时候，就听见窗户外面有人叫："绿云给您磕头。"

## 原文

狐魅，人之所畏也，而有罗生者，读小说杂记，稔[①]闻狐女之姣丽，恨不一遇。近郊古冢，人云有狐，又云时或有人与狎呢。乃诣其窟穴，具贽币牲醴，投书求婚姻，且云或香闺娇女，并已乘龙，或鄙弃樗材，不堪倚玉，则乞赐一艳婢，用充贵媵，衔感亦均。再拜置之而返，数日寂然。一夕，独坐凝思，忽有好女出灯下，嫣然笑曰："主人感君盛意，卜今吉日，遣小婢三秀来充下陈，幸见收录。"因叩谒如礼，凝眸侧立，妖媚横生。生大欣慰，即于是夜定情。自以为彩鸾甲帐，不是过也。婢善隐形，人不能见；虽远行别宿，亦复相随，益惬生所愿。惟性饕餮[②]，家中食物，多被窃。食物不足，则盗衣裳器具，鬻钱以买，亦不知谁为料理，意有徒党同来也。以是稍谯责之，然媚态柔情，摇魂动魄，低眉一盼，亦复回嗔。又冶荡殊常，蛊惑万状，卜夜卜昼，靡有已时，尚赚赚不足。以是家为之凋，体亦为之敝。久而疲于奔命，怨詈时闻，渐起衅端，遂成仇隙。呼朋引类，妖祟大兴，日不聊生。延正一真人劾治，婢现形抗辩曰："始缘祈请，本异私奔；继奉主命，不为苟合。手札具存，非无故为魅也。至于盗窃淫佚，狐之本性，振古如是，彼岂不知？既以耽色之故，舍人而求狐；乃又责狐以人理，毋乃悖欤？即以人理而论，图声色之娱者，不能惜蓄养之费。既充妾媵，即当仰食于主人；所给不敷，即不免私有所取。家庭之内，似此者多。较攘窃他人，终为有间。若夫闺房燕昵，何所不有？圣人制礼，亦不能立以程限；帝王定律，亦不能设以科条。在嫡配尚属常情，在姬侍尤其本分。录以为罪，窃有未甘。"真人曰："纠众肆扰，又何理乎？"曰："嫁女与人，意图求取。不满所欲，聚党喧哄者，不知凡几，未闻有人科其罪，乃科罪于狐欤？"真人俯思良久，顾罗生笑曰："君所谓求仁得仁，亦复何怨。老夫耄矣，不能驱役鬼神，预人家儿女事。"后罗生家贫如洗，竟以瘵终。

## 注释

①稔：本义指庄稼成熟，这里指熟悉。

②饕餮：传说中的一种贪残的猛兽，常见于青铜器上，用作纹饰，称为饕餮纹，指贪吃者或性情贪婪的人。

## 译文

被狐狸迷惑，是人们感到害怕的事情。而有一个姓罗的书生，看多了小说杂记，听熟了人家说狐狸长得非常美貌，只遗憾不能够碰到。离城比较近的郊外，人家说有狐狸，还说狐狸有时会和人亲热。他于是去拜访狐狸的洞穴，准备了钱财和饭食，写了封信去求婚，说如果它们家的女儿已经嫁出去了，或者嫌弃他相貌丑陋，不配它家的女儿，那么给他一个漂亮的侍女作妾，他也一样满足。又行了礼后放下东西回来了。过了好几天都没有消息。一天晚上，他独自坐在屋子里想事情，忽然有一个漂亮的女子从灯下走出来，嫣然一笑说："我家主人感谢您的一番好意，算出今天是个好日子，派三秀我来伺候您，还希望您能接受我。"于是依礼向他磕头。然后站在一旁，用深情的眼睛望着罗生，妩媚多情。罗生十分高兴，当夜就与她共眠。罗生认为即使是人们说的彩鸾甲帐，也不过就是这样了。这个侍女善于隐形，别人看不见她，即使是罗生有事出远门，睡在别的地方，她也可以跟他一块，真是遂了罗生的心愿。只是她的食量特别大，家里吃的东西，总是被她偷走。后来食物不够，她就偷衣服家具，出去卖钱买东西吃。也不知道是谁帮她做这些事情，大概是有同伙一块来。罗生因此略微责备了她几句，但是只要她一做出充满柔情的妩媚姿态，就让罗生神魂颠倒。低着眼睛一瞧，就让罗生转怒为喜。而且她非常放荡妖冶，用许多手段来迷惑他，没日没夜不停地要求他，还没有够。因为这，罗生的家日益衰败，身体也越来越差。时间久了，罗生实在应付不过来，常常会有所抱怨，于是两人的矛盾越来越深，成了仇人。狐狸引来一群同伴，兴风作浪，弄得罗生每天都很难受。于是他请了一个真人来制伏她。奴婢现出了原形，与真人分辩说："我开始是因为他下了聘书请求才来的，和一般的私奔不一样。又是奉了主人的命令来的，和一般的苟合也不一样。他写的书信都还在，并不是无言无故要迷惑他。至于他说我偷东西，放荡形骸，这是狐狸的本性，从古时候起就是这样，你难道不知道吗？因为喜欢美色，所以放弃人而选择狐狸，又用人的行为要求狐狸，这不是很没有道理吗？即使从人的规范来说，贪图声色的享受，就不能够吝惜畜养女人的费用。我既然做了他的小妾，就应该靠他生活，他给我的不够，我当然免不了自己拿。家庭之中，像这样的事情太多了，和偷别人的东西，还是不一样的。闺房里夫妻亲热，什么事情没有？圣人制作礼仪，也不能给它一个限制，帝王规定法律，也不能用法律来限制它。如果是正室，那么这是一般的道理，在妾来说，就更是她的职责所在了。把这个作为罪过，我不甘心。”真人说：“那你找了那么多人来闹事，这又是什么道理？”奴婢说：“把女儿嫁给别人，当然是希望能够得到一些东西。因为不满足夫家的给予，纠集了人闹事的，不知道有多少，也没听说把它作为犯罪，那为什么在狐狸身上就是犯罪呢？”真人低头思考了半天，回头对罗生笑着说：“你正是想要什么得到什么，为什么还要抱怨呢？我已经老了，不能够驱使鬼神帮我干预别人家的私事。”后来罗生家变得非常贫穷，最后竟然得痨病死了。

## 原文

仁我又言：有盗劫一富室，攻楼门垂破。其党手炬露刃，迫胁家众曰：“敢号呼者死！且大风，号呼亦不闻，死何益！”皆噤不出声。一灶婢年十五六，睡厨下，乃密持火种，黑暗中伏地蛇行，潜至后院，乘风纵火，焚其积柴。烟焰烛天，阖村惊起，数里内邻村亦救视。大众既集，火光下明如白昼，群盗格斗不能脱，竟骈[1]首就擒。主人深感此婢，欲留为子妇。其子亦首肯，曰：“具此智略，必能作家，虽灶婢何害！”主人大喜，趣取衣饰，即是夜成礼。曰：“迟则讲尊卑，论良贱，是非不一，恐有变局矣。”亦奇女子哉！

## 注释

①骈：并联；合并。

## 译文

仁我又说：有一群强盗抢劫一个有钱人家，围攻这家的门楼，眼看就要攻破了。这家里和强盗有勾结的人拿着刀，威胁这家的人说：“有谁大叫，就杀死他！而且这么大的风，就是你叫也没人听见，白白送命！”这家的人都害怕得不敢说话。一个烧饭的奴婢才十五六岁，睡在厨房里，于是偷偷地拿着火种，黑暗中摸着地悄无声息地来到后院，顺着风放了一把火，把那里堆积的柴火都烧着了。火光和烟雾照得天都是亮的，整个村子都被惊醒，附近数里的村子也来帮助救援。大家聚集到一起，火光之下黑夜就像白天一样清楚，这些强盗拼命搏斗，想要冲出去，结果不行，只好俯首就擒。这家的主人十分感激这个奴婢，打算把她留下来做儿媳妇。他的儿子也点头同意，说："能够有这样的智慧和谋略，一定能够当好家，即使是厨房里烧饭的丫头又有什么关系呢？"主人很高兴，马上取出衣服首饰，当天晚上就给他们办了喜事。说："晚了，就又要考虑尊卑的地位，良人与贱人的区别，大家评判的标准不一样，可能结果就会有变化了。"这真是一个出色的女子。

## 原文

张太守墨谷言：德、景间有富室，恒积谷而不积金，防劫盗也。康熙、雍正间，岁频歉，米价昂。闭廪不肯粜升合，冀价再增。乡人病之，而无如何。有角妓号玉面狐者曰："是易与，第备钱以待可耳。"乃自诣其家曰："我为鸨母钱树，鸨母顾常虐我。昨与勃豁①，约我以千金自赎。我亦厌倦风尘，愿得一忠厚长者托终身，念无如公者。公能捐千金，则终身执巾栉②。闻公不喜积金，即钱二千贯亦足抵。昨有木商闻此事，已回天津取资。计其到，当在半月外。我不愿随此庸奴。公能于十日内先定，则受德多矣。"张故惑此妓，闻之惊喜，急出谷贱售。廪已开，买者坌③至，不能复闭，遂空其所积，米价大平。谷尽之日，妓遣谢富室曰："鸨母养我久，一时负气相诟，致有是议，今悔过挽留，义不可负心。所言姑俟诸异日。"富室原与私约，无媒无证，无一钱聘定，竟无如何也。此事李露园亦言之，当非虚谬。闻此妓年甫十六七，遽能办此，亦女侠哉！

## 注释

①勃豁：豁，山谷，山沟，此比喻家庭中的吵闹。

②巾栉：梳洗用品，即手巾和梳子；梳洗打扮。此比喻侍奉左右。

③坌：聚集。

## 译文

太守张墨谷说：德州和景州之间有个有钱人，为了避免强盗抢劫，只积储谷物而不积储金银。康熙、雍正年间，好几年都收成不好，米价很贵。他把仓库关着不肯卖，希望粮价能够再涨一些。乡里的人都为此感到为难，但是也没有办法。有一个人称“玉面狐”的名妓说：“这很好办，你们准备好钱就可以了。”于是自己跑去富人家拜访他，说：“我是妓院老板的摇钱树，她却常常虐待我。昨天我和她突然闹翻了，我们约定我用一千两银子赎身。我也已经厌倦了这种生活，希望找到一个忠厚的长者托付终身，我想来想去没有比你更好的了。你如果能够帮我出这一千两银子，我就终身做你的妾，侍奉你。听说你不喜欢积攒金银，那么两千贯钱也足够了。昨天有一个贩卖木头的商人听说了这件事，已经回天津取钱去了，估计他半个月以后会来。我不想跟着那个平庸的人，你如果能够十天之内先把这件事定下来，我将感激不尽。”姓张的富人一向就很迷恋这个妓女，听到这件事又惊又喜，赶忙拿出谷物贱价销售。仓库一开，买的人蜂拥而至，再也关不了了，于是他所积储的粮食全部卖光了，当地的米价也降下来了。卖光粮食的那一天，妓女派人向富人道歉说：“老板养了我很久，一时间斗气互相刺激，所以才有那个决定。现在老板后悔了，再三挽留我，按道理说我不能辜负她。我们那天的约定等以后再说吧。”富人和她本来就是私下的约定，既没有媒人，也没有证人，也没有出一文钱下聘，也对她无可奈何。这件事李露园也说过，应该不是假编的。听说这个妓女才十六七岁，就能够把事情办成这样，真是一位女侠呀！

## 原文

曾映华言：有数书生赴乡试，长夏溽暑，趁月夜行。倦投一废祠之前，就阶小憩，或睡或醒。一生闻祠后有人声，疑为守瓜枣者，又疑为盗，屏息细听。一人曰：“先生何来？”一人曰：“顷与邻家争地界，讼于社公①。先生老于幕府②者，请揣其胜负。”一人笑曰：“先生真书痴耶！夫胜负乌有常也？此事可使后讼者胜，诘先讼者曰：‘彼不讼而尔讼，是尔兴戎侵彼也。’可使先讼者胜，诘后讼者曰：‘彼讼而尔不讼，是尔先侵彼，知理曲也。’可使后至者胜，诘先至者曰：‘尔乘其未来，早占之也。’可使先至者胜，诘后至者曰：‘久定之界，尔忽翻旧局，是尔无故生衅也。’可使富者胜，诘贫者曰：‘尔贫无赖，欲使畏讼赂尔也。’可使贫者胜，诘富者曰：‘尔为富不仁，兼并不已，欲以财势压孤茕也’。可使强者胜，诘弱者曰：‘人情抑强而扶弱，尔欲以肤受之诉耸听也。’可使弱者胜，诘强者曰：‘天下有强凌弱，无弱凌强。彼非真枉，不敢冒险撄尔锋也。’可以使两胜，曰：‘无券无证，纠结安穷？中分以息讼，亦可以已也。’可以使两败，曰：‘人有阡陌，鬼宁有疆畔？一棺之外，皆人所有，非尔辈所有，让为闲田可也。’以是种种胜负，乌有常乎？”一人曰：“然则究竟当何如？”一人曰：“是十说者，各有词可执，又各有词以解，纷纭反覆，终古不能已也。城隍社公不可知，若夫冥吏鬼卒，则长拥两美庄矣。”语讫遂寂。此真老于幕府之言也。

## 注释

①社公：土地神。

②幕府：即幕僚，古代地方军政长官衙署中参谋、书记、顾问之类，后泛指官署中的辅助人员。

## 译文

曾映华说：有几个书生赶赴乡试，夏天天气很热，他们趁着月色在晚上赶路，走累了投宿在一个废弃的祠堂里，靠着台阶休息，有的睡着了，有的醒着。有一个书生听见祠堂后面有人说话的声音，怀疑是看守瓜田，或是枣田的。又怀疑是强盗，于是屏住呼吸仔细地听他们说些什么。一个人说：“您干什么来了？”一个人说：“我刚才和邻居为地界的事情发生了争执，告到社公那里，您是经常作幕府的，请您帮我估计一下谁输谁赢。”那人笑了，说：“您真是个书呆子！胜负哪里会有一定的呢？这件事如果要让后来告官的人赢，就诘问先来告官的人说：‘他不告，你来告，肯定是你先挑起纷争，是你侵占了别人的土地。’如果要让先来告官的人赢，就诘问后来的人说‘他告，你不告，肯定是你先侵犯了人家，知道自己理缺。’如果要让后到这个地方的人赢，就诘问先到这个地方的人：‘你乘他还没有来的时候，早就占了这块地。’如果要让先到这个地方的人赢，就诘问后来的人：‘早就定好的地界，你突然翻悔，是你故意惹是生非！’如果要让有钱的人赢，就诘问没钱的人：‘你穷，所以无赖，知道他害怕打官司，所以以此让他贿赂你！’如果要让没钱的人赢，就诘问有钱的人：‘你有钱却没有仁慈之心，不停地兼并土地，想要凭借你的财势让人家屈服。’如果要让强者赢，就诘问弱者说：‘人的心理都是压制强者扶助弱者，你打算利用这种心理，让大家都为你所受的一些皮肉之苦而同情你，’也可以让弱者赢，诘问强者说：‘事情从来都是强者欺负弱者，从来没有听说弱者欺负强者的。他如果不是真的冤枉，也不会冒着风险，自己把自己往刀尖上送了。’也可以让两边都赢，说：‘没有文书，也没有证人，你们之间的争斗什么时候才是尽头呢？一分为二，官司就算是完了，争斗也可以停止了。’也可以让两边都输，说：‘人有土地的地界，鬼有什么边界？棺材之外的土地，是大家公有的，不是你们的，就让它闲着好了。’上面所说的这些输赢，哪里有什么定论呢？”另一个人问：“那到底该怎么办？”对方回答说：“这十种说法，都说得过去，也都可以反驳，反复争执，说来说去，永远都没有完。城隍爷和土地爷都不知道这其中的奥妙，但是那些阴间的小吏，就会一直拥有这两块好地了。”说完以后，就没有声音了。这真是熟悉幕府的人说的话呀！

## 原文

奴子傅显，喜读书，颇知文义，亦稍知医药。性情迂缓，望之如偃蹇①老儒。一日，雅步行市上，逢人辄问：“见魏三兄否？”（奴子魏藻，行三也）或指所在，复雅步以往。比相见，喘息良久。魏问相见何意？曰：“适在苦水井前，遇见三嫂在树下作针黹②，倦而假寐。小儿嬉戏井旁，相距三五尺耳，似乎可虑。男女有别，不便呼三嫂使醒，故走觅兄。”魏大骇，奔往，则妇已俯井哭子矣。夫僮仆读书，可云佳事。然读书以明理，明理以致用也。食而不化，至昏愦③僻谬，贻害无穷，亦何贵此儒者哉！

## 注释

①偃蹇：骄横；傲慢。

②黹：刺绣。

③昏愦：眼花耳聋，头脑糊涂。

## 译文

我的仆人傅显，喜欢读书，还颇知道些文章大义，也略微懂得一些医药知识。他是个慢性子，又有些迂腐，看上去像一个高傲的老先生。有一天，他在街上优雅地散着步，碰见人就问，“你看到魏三兄了吗?”（我的仆人魏藻，排行第三。）有人指着告诉他魏藻在哪，他又迈着悠闲的步子走过去。等到见到魏藻，他调整了好一阵呼吸。魏藻问他有什么事？他说：“刚才在苦水井前面，我看见三嫂在树下做针线活累了，在打瞌睡。你们家的小孩在井边玩耍，离井只有三到五尺的距离，有些担心。男女之间不好直接说话，我不方便叫醒三嫂，所以跑来告诉你。”魏藻非常惊讶，急忙跑了去，看见他的妻子已经低着头望着井哭他们的孩子了。佣人们读书，本来是件好事情。但是读书是为了明白道理，明白道理是为了做好事情。学了而不懂得灵活运用，甚至到了糊里糊涂，荒谬走死胡同的地步，带来的害处反而更大，这样的学者有什么可以称道的呢?

## 原文

人情狙诈，无过于京师。余尝买罗小华①墨十六铤，漆匣黯敝，真旧物也。试之，乃抟泥而染以黑色，其上白霜，亦盦②于湿地所生。又丁卯乡试，在小寓买烛，爇③之不燃，乃泥质而幂以羊脂。又灯下有唱卖炉鸭者，从兄万周买之。乃尽食其肉，而完其全骨，内傅以泥，外糊以纸，染为炙焞之色，涂以油，惟两掌头颈为真。又奴子赵平以二千钱买得皮靴，甚自喜。一日骤雨，著以出，徒跣而归。盖鞫④则乌油高丽纸揉作绉纹，底则糊粘败絮，缘之以布。其他作伪多类此，然犹小物也。有选人见对门少妇甚端丽，问之，乃其夫游幕，寄家于京师，与母同居。越数月，忽白纸糊门，合家号哭，则其夫讣音至矣。设位祭奠，诵经追荐，亦颇有吊者。既而渐鬻衣物，云乏食，且议嫁。选人因赘其家。又数月，突其夫生还。始知为误传凶问。夫怒甚，将讼官。母女哀吁，乃尽留其囊箧，驱选人出。越半载，选人在巡城御史处，见此妇对簿。则先归者乃妇所欢，合谋挟取选人财，后其夫真归而败也。黎丘之技，不愈出愈奇乎！又西城有一宅，约四五十楹，月租二十馀金。有一人住半载余，恒先期纳租，因不过问。一日，忽闭门去，不告主人。主人往视，则纵横瓦砾，无复寸椽，惟前后临街屋仅在。盖是宅前后有门，居者于后门设木肆，贩鬻屋材，而阴拆宅内之梁柱门窗，间杂卖之。各居一巷，故人不能觉。累楲连甍，搬运无迹，尤神乎技矣。然是五六事，或以取贱值，或以取便易，因贪受饵，其咎亦不尽在人。钱文敏公曰："与京师人作缘，斤斤自守，不入陷阱已幸矣。稍见便宜，必藏机械，神奸巨蠹，百怪千奇，岂有便宜到我辈。"诚哉是言也。

## 注释

①罗小华：明代新安（今安徽泾县）人，名龙纹，善于制墨。

②盦：覆盖。

③爇：烘烤。

④鞠：靴筒。

## 译文

人情的狡诈奸猾，莫过于京城了。我曾经买过十六块明代罗小华制的墨。装一个大大的旧盒子里，真的像是很老的东西一样。可是拿回家一试，那墨竟然是用泥巴做成的，表面上染成黑色，就连上面的白霜，也是盖在湿的土地上长出来的。乾隆丁卯年，我到京城参加乡试，住在一家小客店中，买了一只蜡烛，居然点不着。原来也是用泥巴做的，外面敷了一层羊脂。晚上在路灯下有叫卖炉鸭的，我的表哥万周买了一只。回来一看，鸭上的肉全都吃完了，只剩下完整的骨头，里面装了泥巴，外面糊上纸，染成被熏烤的颜色，涂上油，只有两只鸭掌和鸭头、鸭脖子是真的。

还有，我的佣人赵平用两千文钱买了一双皮靴，觉得很得意。一天突然下起雨来，赵平穿着鞋出门，光着脚回来。原来靴筒是用乌油的高丽纸揉皱以后做成的。靴底则是糊上一些破的棉絮，旁边用布缝起来。其他造假的东西和以上所说的这些都差不多，但是这还只是小事情而已。有进京等待选补的官员看见对门有一个年轻的妇女长得挺漂亮的，就上去搭讪。于是知道原来妇人的丈夫是在外面做幕僚的，家在京师，和母亲住在一起。过了几个月，忽然看见对门用白纸糊门，全家都在大声哭泣，原来她丈夫在外面去世了。于是设置灵位，布置葬礼，让人请和尚来念经超度，还有不少人来吊唁。过了不久，那家就开始卖衣服了，说是家里没钱，而且打算改嫁他人。选补的官员于是就作了上门女婿。又过了几个月，突然那家的前夫回来了。这才知道关于他去世的消息是误传的。她的前夫很生气，要告官诉讼。那家的母亲和女儿不断地哀求恳告，于是把选补官员的钱财全部留下了，把他本人赶出了家门。过了半年，选补官员在巡城御史那里，看到这个妇人和她的丈夫在和别人打官司。原来这个先回来的人是妇人的相好，他们俩合谋骗取选补官员的钱财，后来她的丈夫真的回来了，事情就败露了。这种骗人的鬼把戏，不是越来越诡计多端了吗？西城有一个房子，大概有四五十间房，每月租金是二十几两银子。有一个人开始在这里住了半年多，开始时按时缴纳房租，所以房子的主人也没有多过问他的事情。有一天，那人突然关了门走了，也不告诉房子的主人。主人跑去查看，发现那里已经成了一堆废墟，房子的木材都没有了，只有前后和街道挨着的房子还在。原来这个房子前后都有门，那个租房的人在后门开了一家木材店，卖做房子的木料。暗地里把房子里的屋梁，门窗都拆了，混在木材里卖掉。主人和租房人不住在一条巷子里，所以别人没有发现。整栋房子四五十间房，那人在拆御和运送的时候居然一点痕迹都没有，也算得上是有好本事了。但是这五六件事情，受骗的人要么是图便宜，要么是图方便。因为自己的贪心而受骗，责任也不完全在欺骗者。钱文敏先生说："和京城的人打交道，需要小心翼翼，处处防范，没有掉到陷阱里就已经算是幸运了。凡是便宜事，必然其中有问题。那些专门骗人的人，什么样的都有，怎么会有便宜的好事到我们头上呢？"他说的很有道理。

# 卷十八·故妄听之四

## 原文

奴子王发，夜猎归。月明之下，见一人为二人各捉一臂，东西牵曳，而寂不闻声。疑为昏夜之中，剥夺衣物，乃向空虚鸣一铳。二人奔进散去，一人返奔归，倏皆不见，方知为鬼。比及村口，则一家灯火出入，人语嘈囋[①]，云："新妇缢死复苏矣。"妇云："姑命晚餐作饼，为犬衔去两三枚。姑疑窃食，痛批其颊。冤抑莫白，痴立树下。俄一妇来劝：'如此负屈，不如死。'犹豫未决，又一妇来怂恿之。恍惚迷瞀[②]，若不自知，遂解带就缢，二妇助之。闷塞痛苦，殆难言状，渐似睡去，不觉身已出门外。一妇曰：'我先劝，当代我。'一妇曰：'非我后至不能决，当代我。'方争夺间，忽霹雳一声，火光四照，二妇惊走，我乃得归也。"后发夜归，辄遥闻哭詈，言破坏我事，誓必相杀。发亦不畏。一夕，又闻哭詈。发诃曰："尔杀人。我救人，即告于神，我亦理直。敢杀即杀，何必虚相恐怖！"自是遂绝。然则救人于死，亦招欲杀者之怨，宜袖手者多欤？此奴亦可云小异矣。

## 注释

①嘈囋：喧闹不断。

②恍惚迷瞀：迷迷糊糊，分辨不清。

## 译文

我们家的佣人王发，晚上打猎回来。朗照的月光下，看见一个人被两个人一边抓住一只胳膊，往东西两边拉扯，而当时周围一片寂静，什么声音都没有。他怀疑是有人趁着晚上在抢劫，于是向空打了一枪。那两个人一下子就走散消失不见了。被抢的那个人连忙跑回去，也突然一下就不见了。王发这才知道是碰见了鬼。等他到了村口，看见有一家仍然灯火通明，里面有嘈杂的说话声。都在说："刚嫁过来的媳妇上吊死了又活过来了。"那媳妇说："婆婆让我晚上做饼，结果被狗叼去了两三个。婆婆怀疑是我偷偷吃了，狠狠的打我耳光，我觉得受了冤枉不能申述，呆呆的站在树下。有一个妇人就来劝我：'像这样受冤枉，还不如死了算。'我还在犹豫没有定的时候，又有一个妇人来怂恿我。我正在糊里糊涂的时候，好像自己什么都不知道，于是就解下衣带上吊自尽，那两个妇人在一旁帮我的忙。我觉得气闷很痛苦，那种滋味实在难以形容。慢慢地好像要睡过去一样，不知不觉身体就走出了门外。一个妇人说：'我先劝她的，她应该代替我。'另一个妇人说：'如果不是我后来来劝她的话，她才不会下最后的决定，她应该代替我。'他们俩在争来争去的时候，突然听见一声霹雳，四处火光，两个妇人吓得逃走了，我这才能回来。"后来王发晚上回来，常常听见远远地有人在哭骂，说你破坏了我的事情，我一定要杀死你。王发也不感到害怕。一天晚上，他又听见有人在哭。王发发了脾气，说："你杀人，我救人，就是告到神灵那里，我也是有理的。你要是敢杀我就杀，干嘛要故意在这里虚张声势恐吓我！"从此以后，那种声音就再也没有了。但是日常生活中，救人也会导致杀人者的怨恨，这大概就是袖手旁观的人多的原因吧？这个佣人也算得上是和常人有一些不同了。

# 卷十九·滦阳续录（一）

## 原文

断天下之是非，据礼据律而已矣。然有于礼不合，于律必禁，而介然①孤行其志者。亲党家有婢名柳青，七八岁时，主人即指与小奴益寿为妇。迨年十六七，合婚有日。益寿忽以博负逃，久而无耗。主人将以配他奴，誓死不肯。婢颇有姿，主人乘间挑之，许以侧室，亦誓死不肯。乃使一媪说之曰："汝既不肯负益寿，且暂从主人，当多方觅益寿，仍以配汝。如不从，即鬻诸远方，无见益寿之期矣。"婢暗泣数日，竟俯首荐枕席，惟时时促觅益寿。越三四载，益寿自投归，主人如约为合卺②。合卺之后，执役如故，然不复与主人交一语，稍近之，辄避去。加以鞭笞，并赂益寿，使逼胁，讫不肯从。无可如何，乃善遣之。临行以小箧置主母前，叩拜而去。发之，皆主人数年所私给，纤毫不缺。后益寿负贩，婢缝纫，拮据自活，终无悔心。余乙酉家居，益寿尚持铜磁器数事来售，头已白矣。问其妇，云久死。异哉，此婢不贞不淫，亦贞亦淫，竟无可位置，录以待君子论定之。

## 注释

①介然：坚定执着。

②合卺：旧时结婚男女同杯饮酒之礼，后泛指结婚。

## 译文

判断世间的事情，要么根据礼法，要么根据法律。可是却有人做的事情既不合于礼，又是被法律所禁止的，但他却坚定执着，一意孤行要实现自己的愿望。我的亲戚家有一个婢女叫柳青，七八岁的时候，主人就把她许配给家里的仆人益寿做妻子。等她长到十六七岁的时候，主人准备给他们完婚，已经定下了日子。益寿突然因为赌博欠了钱逃走了，过了很长时间都没有音讯。主人想要把这个婢女许配给别的仆人，但她宁愿死也不肯那么做。这个婢女长得挺漂亮的，主人于是乘机用言语挑逗她，许诺让她做他的小妾，她还是发誓不愿意。于是主人派了一个年纪大些的妇人去劝说她，对她说："你既然不肯辜负益寿，还不如暂时听从主人的吩咐，他说他会想办法为你找到益寿，而且找到以后还把你嫁给他。可是如果你不听话的话，主人就把你买到很远的地方去，那样你就再也见不到益寿了。"婢女偷偷哭了几天，竟然很顺从地答应了主人的要求，只是常常催促主人去寻找益寿。过了三四年，益寿自己回来了。主人照以前的约定仍然为他们举行了婚礼。结婚之后，婢女还是和以前一样在家里做事，只是再也不和主人说一句话。主人稍微靠近她，她就马上躲开来。主人用鞭子打她，并且贿赂益寿，让他强迫她服侍主人，她却怎么也不肯。没有办法，主人只得好好地把她放出去。临走前，她把一个小盒子放在主母前面，磕了几个头，然后走了。他们把盒子打开来，里面都是主人几年里私下给她的东西，一点也没有少。后来益寿做了点小买卖，婢女每天在家里做针线，过着拮据的生活，却从来不后悔。乙酉年，我在家里住，益寿还拿着一些铜器，磁器来卖，他的头发都白了。我问他的妻子怎么样，他说已经死了很久了。真是很特别呀，这个婢女既不贞洁，也不淫荡，又贞洁，又淫荡，竟不知道把她放在什么位置才好，我把她记录下来让有识之士来评判。

## 原文

赵鹿泉前辈言：吕城，吴吕蒙所筑也。夹河两岸，有二土神祠。其一为唐汾阳王郭子仪①，已不可解。其一为袁绍部将颜良②，更不省其所自来。土人祈祷，颇有灵应。所属境周十五里，不许置一关帝祠，置则为祸。有一县令不信，值颜祠社会，亲往观之，故令伶人演《三国志》杂剧。狂风忽起，卷芦棚苫盖至空中，斗掷而下，伶人有死者，所属十五里内，瘟疫大作，人畜死亡；令亦大病几殆。余谓两军相敌，各为其主，此胜彼败，势不并存。此以公义杀人，非以私恨杀人也。其间以智勇之略，败于意外者，其数在天，不得而尤人。以驽下之才，败于胜己者，其过在己，亦不得而尤人。张睢阳③厉鬼杀贼，以社稷安危，争是一郡，是为君国而然，非为一己而然也。使功成事定之后，殁于战阵者皆挟以为仇，则古来名将，无不为鬼所殛矣，有是理乎！且颜良受歼已久，越一二千年，曾无灵响，何忽今日而为神？何忽今日而报怨？揆以天理，殆必不然。是盖庙祝师巫，造为诡语，山妖水怪，因民听荧惑而依托之。刘敬叔④《异苑》曰："丹阳县有袁双庙，真⑤第四子也。真为桓宣武⑥诛，便失所在。太元中，形见于丹阳，求立庙。未即就功，大有虎灾。被害之家，辄梦双至，催功甚急。百姓立祠，于是猛暴用息。常以二月晦，鼓舞祈祠，其日恒风雨。至元嘉五年，设奠讫，村人邱都于庙后见一物，人面鼍身，葛巾，七孔端正而有酒气。未知为双之神，为是物凭也。"余谓来必风雨，其为水怪无疑，然则是事古有之矣。

## 注释

①郭子仪：唐代著名将领。华州郑县（今陕西华县）人，唐玄宗时平定安史之乱立下很大功劳。后封为汾阳郡王，世称郭汾阳，亦称郭令公。

②颜良：东汉末年袁绍的大将。在白马战役中为关羽于军中一枪刺中，斩其首回。

③张睢阳：即唐代的将领张巡，邓州南阳（今河南邓州）人，肃宗至德二载，移守睢阳，与太守许远以微弱兵力抗击数十万叛军，苦守睢阳数月，粮尽援绝，城陷被杀。

④刘敬叔：南朝宋人，字敬叔，随宋高祖征战，功封南平公。著有《异苑》十余卷。

⑤袁真、袁双：袁真，东晋人，曾经跟随桓温北伐，因为战败被桓温归罪，上表贬为庶人。袁真怨恨桓温诬蔑自己，投降前燕，后病死。袁双是他的第四个儿子。

⑥桓宣武：即桓温。东晋谯国龙亢（今安徽怀远西北）人，字元子。太和六年，废皇帝司马奕海西公，立简文帝，以大司马镇姑孰，专擅朝政，意欲受禅，未成病卒。

## 译文

前辈赵鹿城老先生说：吕城，是三国时吴吕蒙所建筑的。城外的河流两岸，有两个土神祠，其中一个供奉的是唐代的汾阳王郭子仪，已经不知道为什么。另一个供奉的是袁绍属下的将领颜良，更不知道是什么原因了。当地人到供奉颜良的土神祠里去祈祷，常常会得偿所愿。吕城所管辖的区域方圆十五里之内，都不许建一个关帝祠，一建就会发生灾祸。有一个县令不相信，特意在颜良的神祠聚会的时候，亲自跑去看，还故意让伶人们演出《三国志》的杂剧。结果突然之间狂风大作，风卷起演戏的芦棚的屋顶直到半空中，然后又被甩下来，演戏的人中有被压死的。方圆十五里之内，发生了一场大的瘟疫，死了很多人和牲畜。这个县令也得了一场大病差点死掉。我认为，两军互为敌我，在战场作战的时候，各自为了各自的主人，你战胜了他战败了，是不可能同时存在的。这是为了公共的利益而杀人，并不是为了自己的私怨。这中间当然也有人有勇有谋，却出乎意料失败了的，那是天意，和对方没有关系。也有才能底下的，败给了才能胜于自己的，这其中的过错在于他自己，也怪不得别人。唐代的张睢阳兵败被杀，声称自己要化作厉鬼继续杀敌，他是为了国家的安危考虑，争的是一郡人的生死，是为君主和国家，并不是为了他自己。如果仗打赢了，事情结束了之后，死在战场上的人都要为此报仇，那么从古至今的那些有名的将领，没有一个不会被鬼害了，有这样的道理吗？而且颜良被杀死已经很久了，过了一两千年，都没有什么灵验动静，为什么突然今天变成了神？为什么突然今天要报仇？按照一般的道理来推断，事情肯定不是这样。这大概是庙祝巫师，故意编的神秘的故事，而这里的山妖水怪，因为大家都相信这个故事所以以此为依托。刘敬叔《异苑》上说："丹阳县有一个袁双庙，袁真的第四个儿子。袁真被桓宣武杀死之后，袁双就不知道到哪里去了。太元年间，他的声形在丹阳出现，要求人们为他做一座庙宇。还没有做好，这时当地出现了许多老虎。被老虎伤害了的人的家人总是梦见袁双，催促他们快点把庙修好。当大家为了他立了祠之后，老虎都不见了。后来大家常常在二月的最后一天，打着鼓，跳着舞到庙里去祈祷，这一天常常都会有风雨。一直到元嘉五年，祭祀完了以后，村民邱都在庙的后面见到一个东西，长着人的脸、鼊的身子，带着头巾，耳鼻口眼长得都很端正，浑身冒着酒气。不知道他是袁双的魂灵，还是被其他怪物附了身。"我觉得他每次来都会有风雨，一定是一个水怪。那么这种事情在古代的时候就有了。

## 原文

慧灯和尚言：有举子于丰宜门外租小庵过夏，地甚幽僻。一日，得揣摩秘本，于灯下手钞。闻窗外似窸窣有人，试问为谁。外应曰："身是幽魂，沉滞于此，不闻书声者百余年矣。连日听君讽诵，枨①触夙心，思一晤谈，以消郁结。与君气类，幸勿相惊。"语讫，揭帘径入，举止温雅，甚有士风。举子惶怖，呼寺僧。僧至，鬼亦不畏，指一椅曰："师且坐，我故识师。师素朴野，无丛林市井气，可共语也。"僧及举子俱踧踖不能答。鬼乃探取所录书，才阅数行，遽掷之于地，奄然②而灭。

## 注释

①枨：竖立在门旁的木柱。

②奄然：突然；悄然。

## 译文

慧灯和尚说：有一个举子在丰宜门外租了寺庙里的一个小屋子度过整个夏天，这地方十分幽静偏僻。有一天，举子得到关于科举考试的秘本，正在用心研读揣摩，在灯下用笔抄录。听见窗户外面窸窸窣窣的声音好像有人，就试着问了一声，外面是谁？外面有人回答说："我是个幽魂，一直呆在这里，有一百多年没有听见读书的声音了。这几天每天都听见你朗诵读书，正好触动了我的心思，我想和你聊一聊，以消除我心中一直以来的苦闷。我和你同是读书人，不要害怕。"说罢揭开帘子就进来了，他的动作举止都很温文尔雅，很有读书人的风度。举子觉得很害怕，大叫寺院里的和尚。和尚来了，鬼也不害怕，指着一个椅子说："师父请坐，我早就认识你了。你一向朴素忠厚，没有那些市井小人的气息，可以和我们一块聊一聊。"和尚和举子又是恭敬又是不安，害怕得说不出话来。鬼于是伸手拿他刚抄的书看，才看了几行字，就突然把它扔在地上，人也一下子消失了。

# 卷二十·滦阳续录（二）

## 原文

谓无神仙，或云遇之；谓有神仙，又不恒遇。刘向①、葛洪②、陶宏景③以来，记神仙之书，不啻百家；所记神仙之名姓，不啻千人。然后世皆不复言及。后世所遇，又自有后世之神仙。岂保固精气，虽得久延，而究亦终归迁化耶？又神仙清净，方士幻化，本各自一途。诸书所记，凡幻化者皆曰神仙，殊为无别。有王媪者，房山人，家在深山。尝告先母张太夫人曰：山有道人，年约六七十，居一小庵，拾山果为粮，掬泉而饮，日夜击木鱼诵经，从未一至人家。有就其庵与语者，不甚酬答，馈遗亦不受。王媪之侄佣于外，一夕，归省母，过其庵前。道人大骇曰："夜深虎出，尔安得行！须我送尔往。"乃琅琅击木鱼前道。未半里，果一虎突出。道人以身障之，虎自去，道人不别亦自去。后忽失所在。此或似仙欤？从叔梅庵公言：尝见有人使童子登三层明楼上（北方以覆瓦者为暗楼，上层作雉堞形以备御寇者为明楼），以手招之，翩然而下，一无所损。又以铜盂投溪中，呼之，徐徐自浮出。此皆方士禁制之术，非神仙也。舅氏张公健亭言：砖河农家，牧数牛于野，忽一时皆暴死。有道士过之，曰："此非真死，为妖鬼所摄耳。急灌以吾药，使脏腑勿坏。吾为尔劾治，召其魂。"因延至家，禹步作法。约半刻，牛果皆蹶然起。留之饭，不顾而去。有知其事者曰："此先以毒草置草中，后以药解之耳。不肯受谢，示不图财，为再来荧惑地也。吾在山东，见此人行此术矣。"此语一传，道士遂不复至。是方士之中，又有真伪，况神仙乎？何概曰神仙哉！

## 注释

①刘向：西汉著名史学家，文学家。沛（今江苏沛县）人，撰有《别

录》,《新序》,《说苑》,《列女传》等,其中《说苑》多记神仙鬼怪之事。

②葛洪:东晋丹阳句容(今江苏句容县)人。字稚川,自号抱朴子,少贫好学。博览典籍,尤好神仙导养之术。后于罗浮山炼丹,积年而卒。著有《抱朴子》、《金匮药方》、《神仙传》、《集异传》。

③陶弘景:南朝梁丹阳秣陵(今江苏南京)人,字通明。读书万卷,善琴棋,工草隶,博通历算,地理,医药等。梁武帝时被称作"山中宰相"。晚年自号华阳真逸,主张儒、佛、道合流。有《本草经集注》、《肘后百一方》。

## 译文

如果说世上没有神仙,又有人说遇到过,如果说世上有,人又不能常常遇到。从刘向、葛洪、陶宏景开始,记述神仙的书,不少于一百家;上面所记载的神仙的姓名,也不下一千个人。但是后代的人都不再提起。后代的人所遇到的,又自然是有后代的神仙。难道说神仙虽然因为可以保有巩固他们的精气,使他们生命更加长久,但究竟到最终还是要演变同化吗?而神仙以清净为特征,方士以幻化为特征,本来各自有各自表现的方式途径。但是世间各种书所记载的,凡是幻化的把他们统统称作神仙,一点也没有区别。有一个姓王的老太婆,房山人,家住在深山里面,曾经告诉我去世的母亲张太夫人说:山里有一个道士,大概六七十岁的样子,住在一个小屋子里,饿了吃山里捡的果子,渴了就掬一捧山里的泉水,一天到晚敲着木鱼念经,从来没有到过别人家里。有人到他的屋子里去跟他说话,他也不怎么搭理人家,送他什么他也不要。王老太婆的侄子在外面做佣人,一天晚上回来看他的母亲,路过道士的屋子前面。道士很吃惊地说:"这么晚了,老虎已经出来了,你怎么走得了?一定要我送你才行。"于是当当当地敲着木鱼一路往前走,还没有走半里路,果然有一只老虎闯出来。道士用自己的身体挡住了她的侄子,老虎自己就走了,道士也不和他道声别就走了。他也许是神仙吧?我的表叔梅庵公说:曾经看见有人让一个小孩子登上三层高的明楼,(北方把屋顶盖了瓦的房子叫做暗楼,屋顶作成城墙形状的可以用来防备强盗的,叫做明楼。)然后用手招他下来,小孩子就这样飘下来了，浑身一点损伤也没有。有的人把铜盆扔到小溪里，喊它，铜盆慢慢自己就浮起来了。这都是方士们使用的禁制之术，不是神仙。我的舅舅张健亭先生说：砖河有一家农民，在野外放养了几头牛，突然一下子全都死了。有一个道士从这里经过，说："它们不是真的死了，而是被妖魔鬼怪给摄过去了。你马上把我的药灌到它们的肚子里，让它们的五脏不要坏掉。我可以帮你治好它们，把它们的魂魄招回来。"于是这个农夫把他请到家里，道士迈着四方步做起法来，过了大概半个钟头，这些牛果然都从昏厥中醒过来了。农夫要留道士吃饭，道士看也不看就走了。有知道这种事情的人说："他先是把毒草放到牛吃的草里面，然后又用药解毒。不肯接收农夫的感谢，表示他并不是为了财利，也是为了下次来就可以迷惑欺骗别人了。我在山东的时候，看见这个人用这个方法。"这话一传出去，道士再也没有来了。那么方士里面，也有真假的了，何况神仙呢?。那能一概而论呢！

## 原文

京都有富室子，形状拥肿，步履蹒跚，又不修边幅，垢腻恒满面。然好游狭斜[①]，遇妇女必注视。一日独行，遇幼妇，风韵绝佳。时新雨泥泞，遽前调之曰："路滑如是，嫂莫要扶持否?"幼妇正色曰："尔勿愦愦[②]，我是狐女，平生惟拜月炼形，从不作媚人采补事。尔自顾何物，乃敢作是言，行且祸尔。"遂掬沙屑洒其面。惊而却步，忽堕沟中，努力踊出，幼妇已不知所往矣。自是心恒惴惴，虑其为祟，亦竟无恙。数日后，友人邀饮，有新出小妓侑酒[③]。谛视，即前幼妇也。疑似惶惑，罔知所措，强试问之曰："某日雨后，曾往东村乎?"妓漫应曰："姊是日往东村视阿姨，吾未往也。姊与吾貌相似，公当相见耶?"语殊恍惚，竟莫决是怪是人，是一是二，乃托故逃席去。去后，妓述其事曰："实憎其丑态，且惧行强暴，如诳以伪词，冀求解免。幸其自仆，遂匿于麦场积柴后。不虞其以为真也。"席中莫不绝倒。一客曰："既入青楼，焉能择客?彼固能千金买笑者也，盍挈尔诣彼乎！"遂偕之同往，具述妓翁姑及夫名氏，其疑乃释（妓姊妹即所谓大杨、二杨者，当时名士多作《杨柳枝词》，皆借寓其姓也。）妓复谢以小时固识君，昨喜见怜，故答以戏谑，何期反致唐突，深为歉仄，敢抱衾枕以自赎。吐词娴雅，姿态横生。遂大为所惑，留连数夕。召其夫至，计月给夜合之资。狎昵经年，竟殒于消渴。先兄晴湖曰："狐而人，则畏之，畏死也。人而狐，则非惟不畏，且不畏死，是尚为能充其类也乎！行且祸汝，彼固先言。是子也死于妓，仍谓之死于狐可也。"

## 注释

①狭斜：小街曲巷，指娼妓居住的地方。

②愦愦：昏庸，糊涂。

③侑酒：劝酒。

## 译文

我们郡有个有钱人家的儿子，长得肥胖臃肿，走路一摇一摆，而且他不注意自己的仪表，总是满脸污垢油腻。但是他却喜欢到小街曲巷的妓院里去。在路上看见妇女就一定盯着眼睛看。一天，他独自走在路上，碰见一个年青的妇人，风度气质都很不错。当时正好刚刚下过雨，路上比较泥泞，于是他就走到妇人跟前挑逗她："路上这么滑，要不要我扶你一把？"年青的妇人严肃地说："你不要糊涂，我是一只狐狸，一辈子只是拜月炼形，从来不作迷惑人采补阳气的事情。你自己也不看看自己是什么东西，敢说这种话，你马上就有祸事降临。"抓起一把沙子扔到他的脸上。富家子吓了一跳，后退几步，忽然掉到沟里去了，等他费了半天功夫出来，那个年青的妇人已经不知道到什么地方去了。从此以后他的心里总是非常忧虑，担心狐狸会使什么方法害他，但是过了一段时间也没有发生什么祸事。几天以后，有朋友邀请他去喝酒，有一个刚刚出来的妓女上来劝酒。他仔细一看，就是以前碰见的那个年青的妇女。他心里感到很疑惑，又有些惶恐，不知道该怎么办。于是勉强试探着问那个妓女："某天下雨以后，你曾经去过东村吗？"妓女随意地回答他说："我姐姐那天去东村看望阿姨，我没有去。我姐姐和我长得很像，你应该是见到她了吧？"她的言语模棱两可，富家子看不出她到底是妖怪还是人，与前日碰见的是一个人还是不同的两个人，于是就借故有事离席而去。他走了以后，那个妓女就把那天的事情讲了一遍，说："我实在是讨厌他那种丑陋的模样，而且害怕被他非礼，于是就用假话骗他，希望能够逃脱。幸好他自己摔倒了，我立刻就躲到麦场的柴堆后面去了。没想到他当了真。"吃饭的人听了，没有一个不大笑。一个客人说："你既然做了妓女，还有选择客人的自由吗？他是花得起钱的人，我带你去见他吧！"于是领着她到了富家子家，妓女把自己的公婆和丈夫的名字都清清楚楚地告诉了他，这才打消了富家子的疑惑。（这一对妓女姐妹就是所谓的大杨，二杨，当时的名士都喜欢作《杨柳枝词》，都是借这个题目来指代她们的姓。）妓女又道歉说小时候就认识这个富家子，上次很高兴也被他赏识，所以开了个玩笑，没想到冲撞了对方，非常抱歉，希望通过自己的行动赎罪。她说话非常地高雅娴静，别有一番姿态。富家子于是被她完全迷住了，一连留了她好几个晚上。并且把她的丈夫叫来，按月付给他钱。两人好了一年多，后来富家子居然死于消渴之症。我的去世的哥哥说："告诉他，是狐狸不是人，他就很害怕，怕死。然后再告诉他是人而不是狐狸，他就不害怕了，而且连死也不怕了，在这个问题上，人和狐狸都是一回事。她已经先说过，马上就要祸事降临了。所以这个富家子虽然是因为这个妓女而死，说他死于狐狸也是一样的。

## 原文

疡[①]医殷赞庵，自深州病家归，主人遣杨姓仆送之。杨素暴戾，众名之曰横（去声）虎，沿途寻衅，无一日不与人竞也。一日，昏夜至一村，旅舍皆满，乃投一寺。僧曰："惟佛殿后空屋三楹。然有物为祟，不敢欺也。"杨怒曰："何物敢祟杨横虎！正欲寻之耳。"促僧扫榻，共赞庵寝。赞庵心怯，近壁眠；横虎卧于外，明烛以待。人定后，果有声呜呜自外人，乃一丽妇也。渐逼近榻，杨突起拥抱之，即与接唇狎戏。妇忽现缢鬼形，恶状可畏。赞庵战栗，齿相击。杨徐笑曰："汝貌虽可憎，下体当不异人，且一行乐耳。"左手揽其背，右手遽褪其裤，将按置榻上。鬼大号逃去，杨追呼之，竟不返矣。遂安寝至晓。临行，语寺僧曰："此屋大有佳处，吾某日还，当再宿，勿留他客也。”赞庵尝以语沧州王友三曰：“世乃有逼奸缢鬼者，横虎之名，定非虚得。”

## 注释

①疡：疮。

## 译文

善于治疗疮伤的医生殷赞庵，从深州病人的家里回来，病家的主人派他们家的佣人姓杨的送他。姓扬的佣人向来脾气暴躁蛮横，大家都叫他横虎，一路上老是找麻烦，没有一天不和别人吵架。一天黄昏他们来到一个村子，村里的旅舍都已经满了。他们就投宿到一个寺庙里。庙里的和尚说：“只有佛殿后面还有三间空屋子。但是有怪物作祟，我不敢骗你。”杨生气地说：“什么东西敢跟我杨横虎捣鬼！我正打算找他呢！”他催促和尚赶快打扫床榻，和殷赞庵一块睡下了。殷赞庵心里很害怕，挨着墙睡，横虎睡在外面，点着蜡烛等着。四周安静下来以后，果然听见有呜呜的声音从外面进来，是一个很漂亮的女人，渐渐就要走到床边。杨突然坐起来抱住她，并和她亲吻嬉戏。那个妇人突然变成吊死鬼的样子，凶恶的样子十分可怕。段赞庵害怕得颤颤发抖，牙齿不停地打架。杨却神色自若地笑说：“你的样子虽然可怕，但是下面的身体应该是和人一样的，我暂且先行乐再说。”于是左手抱着鬼的背，右手就开始脱鬼的裤子，把鬼按倒在床上。鬼大叫着逃走了，杨追出去叫她，鬼居然再也不回来了。于是两个人一直睡到天亮也没有人再来打扰。临走的时候，杨对寺里的和尚说：“这个房子很有些好处，我过几天回来，还住在这里，不要留其他的客人。”殷赞庵曾经把这件事告诉沧州的王友三，说：“世上居然有强奸吊死鬼的，横虎的名字，不是白叫的。”

## 原文

乌鲁木齐农家多就水灌田，就田起屋，故不能比间而居。往往有自筑数椽，四无邻舍，如杜工部诗所谓“一家村”者。且人无徭役，地无丈量，纳三十亩之税，即可坐耕数百亩之产。故深岩穷谷，此类尤多。有吉木萨①军士入山行猎，望见一家，门户坚闭，而院中似有十余马，鞍辔悉具。度必玛哈沁②所据，噪而围之。玛哈沁见势众，弃锅帐突围去。众惮其死斗，亦遂不追。入门，见骸骨狼藉，寂无一人，惟隐隐有泣声。寻视，见幼童约十三四，裸体悬窗棂上。解缚问之，曰："玛哈沁四日前来，父兄与斗不胜，即一家并被缚。率一日牵二人至山溪洗濯，曳归，共脔割炙食，男妇七八人并尽矣。今日临行，洗濯我毕，将就食，中一人摇手止之。虽不解额鲁特语，观其指画，似欲支解为数段，各携于马上为粮。幸兵至，弃去，今得更生。"泣絮絮不止。悯其孤苦，引归营中，姑使执杂役。童子因言其家尚有物埋窖中。营弁使导往发掘，则银币衣物甚多。细询童子，乃知其父兄并劫盗。其行劫必于驿路近山处，嘹见一二车孤行，前后十里无援者，突起杀其人，即以车载尸入深山；至车不能通，则合手以巨斧碎之，与尸及补被并投于绝涧，惟以马驮货去。再至马不能通，则又投羁绁③于绝涧，纵马任其所往，共负之由鸟道归，计去行劫处数百里矣。归而窖藏一两年，乃使人伪为商贩，绕道至辟展诸处卖于市，故多年无觉者。而不虞玛哈沁之灭其门也。童子以幼免连坐，后亦牧马坠崖死，遂无遗种。此事余在军幕所经理，以盗已死，遂置无论。由今思之，此盗踪迹诡秘，猝不易缉；乃有玛哈沁来，以报其惨杀之罪。玛哈沁食人无餍，乃留一童子，以明其召祸之由。此中似有神理，非偶然也。盗姓名久忘，惟童子坠崖时，所司牒报记名秋儿云。

## 注释

①吉木萨：新疆天山北麓的一个城镇。

②玛哈沁：额鲁特人的强盗。

③羁绁：羁，马的笼头。绁，牵引牲畜的绳索。

## 译文

在乌鲁木齐，农村的住户大都在临近水源地方开垦粮田，然后利用附近的水进行浇灌，房子也盖在自己的粮田旁边。所以一般都不是和别家挨得很近的。杜甫的诗中说到“一家村”就是这种情况。这个地方的人不用担负徭役，土地也不用定期丈量，只需要向官府缴纳三十亩地的租税就可以耕种几百亩的田地。所以在深山老林偏僻的山谷中，耕种几百亩田地的农民特别多。

有一些驻守在吉木萨的士兵到山里去打猎，看见一家人户，大门和窗户都紧闭着，但是院子里却好像有十几匹马，并且上面的鞍和辔都很齐备。猜测可能是被强盗占领了，于是大叫着围攻上去。强盗看见他们人多，于是就丢弃了锅灶和帐幕突围出去了。官兵怕他们以死相拼，所以也就没有再追赶。进了门以后，只见地上到处都是尸骨，寂静一片一个人也没有。只隐隐约约听见有哭泣的声音。于是到处找寻，发现有一个小孩大约十三、四岁，被光着身子吊在窗户的栏杆上。

于是帮他松绑，问他事情的经过。小孩说：“强盗是四天前来的，我的父亲和兄弟打不过他们，所以全家都被绑起来。一般一天牵两个人到山里的小溪去洗干净，然后拖回来。被强盗杀了做烧烤吃。男人和妇女已经有七八个人都被吃完了。今天他们快要走了，把我洗干净以后，正要杀了我做食物吃，突然中间有一个人摇手示意停止。我虽然听不懂额鲁特语，但看他的手势，好像是要把我肢解了带上作为干粮。幸好你们把他们赶跑了，才救了我一命。”说完不停的哭泣。士兵们看他孤苦伶仃很可怜，就把他带回军营，暂且让他作些杂事。小孩告诉大家，他家的地窖中藏了不少东西。士兵们于是让他带路去挖，结果挖出许多钱币和衣物。大家仔细地询问男孩，才知道他的父亲和兄弟也是强盗。并且他们在抢劫的时候一般都在靠近山谷的驿路旁边，发现有一两辆孤单行驶的车辆，而前后十里又没有救援的人，就突然窜出来杀人。用车把尸体运到深山里面，一直到车子不能行驶的地方，就用大斧头把车砍碎，把尸体和包裹一起丢到山涧中，只让马驮着货物离开。再到连马也不能走的地方，又将马的鞍辔丢到深涧中，然后让马自己四散走去。

自己背着货物从小道回来，这个地方已经离他们打劫的地方有几百里了。回来以后把抢劫的货物放在地窖里储藏一两年，再让人伪装成商人，绕道到辟展等地方的集市上去出售。因为事情做得很隐蔽，所以几十年来也没有人发觉。不料却碰到了另一伙强盗，遭了灭门之灾。小孩因为年纪小被官府免除了连坐的罪。

后来出去放马跌在悬崖下摔死了，所以这家人全都死了。这件事是我在乌鲁木齐的军幕里亲身经历过的，因为强盗已经死了，所以最后不了了之。现在想来，这家强盗行踪非常隐密，如果要缉拿的话肯定不容易。不料另一伙强盗来，惩处了他们的杀人罪。那群强盗以人肉为食，却留下了一个小孩，是让我们知道事情的因果。这件事情似乎冥冥之中有神在伸张正义，并不是偶然发生的。强盗的姓名时间久了我已经忘了，只是记得小孩掉下悬崖的时候，官府的调查报告上记他的名字叫秋儿。

# 卷二十一·滦阳续录（三）

## 原文

德州李秋崖言：尝与数友赴济南秋试[①]，宿旅舍中，屋颇敝陋。而旁一院，屋二楹，稍整洁，乃锁闭之。怪主人不以留客，将待富贵者居耶？主人曰："是屋有魅，不知其狐与鬼，久无人居，故稍洁。非敢择客也。"一友强使开之，展衿被独卧，临睡大言曰："是男魅耶，吾与尔角力；是女魅耶，尔与吾荐枕。勿瑟缩不出也。"闭户灭烛，殊无他异。人定后，闻窗外小语曰："荐枕者来矣。"方欲起视，突一巨物压身上，重若盘石，几不可胜。扪之，长毛，喘如牛吼。此友素多力，因抱持搏击。此物亦多力，牵拽起仆，滚室中几遍。诸友闻声往视，门闭不得入，但听其砰訇而已。约二三刻许，魅要害中拳，嗷然遁。此友开户出，见众人环立，指天画地，说顷时状，意殊自得也。时甫交三鼓，仍各归寝。此友将睡未睡，闻窗外又小语曰："荐枕者真来矣。顷欲相就，家兄急欲先争力，因尔唐突。今渠已愧沮不敢出，妾敬来寻盟也。"语讫，已至榻前，探手抚其面，指纤如春葱，滑泽如玉，脂香粉气，馥馥袭人。心知其意不良，爱其柔媚，且共寝以观其变。遂引之入衾，备极缱绻。至欢畅极时，忽觉此女腹中气一吸，即心神恍惚，百脉沸涌，昏昏然竟不知人。比晓，门不启，呼之不应，急与主人破窗入，噗水喷之，乃醒，已傫然如病夫。送归其家，医药半载，乃杖而行。自此豪气都尽，无复轩昂意兴矣。力能胜强暴，而不能不败于妖冶。欧阳公[②]曰："祸患常生于忽微，智勇多困于所溺。"岂不然哉！

## 注释

①秋试：明清时秋天举行乡试，故称。

②欧阳公：指欧阳修，北宋文学家、史学家。吉水（今为江西吉安）人，字永叔，号醉翁、六一居士。曾任枢密副使、参知政事等职。早年曾支持范仲淹的改革，但反对王安石的青苗法，政治上比较保守。他是北宋文坛古文运动的代表人物。列为散文“唐宋八大家”之一。与宋祁合修《新唐书》，自撰《新五代史》。有《欧阳文忠集》。这句话出自他的《新五代史·伶官传》。

## 译文

德州的李秋崖说：他曾经和几个朋友去济南参加秋试，晚上住在旅店里，房子十分简陋。而在他们旁边有一个院子，有两间屋子，稍微干净整洁一些。却用锁关着。他们于是责怪主人不让他们住那里，难道是要留着给有钱人住吗？主人说：“这个屋子有鬼魅，也不知道是鬼还是狐狸，很久没有人住了，所以比较干净。不是我要选择人住在里面。”一个朋友强烈要求店主人打开门，把自己的行李铺展开来，一个人睡在里面。临睡前还说大话：“你如果是男鬼的话，我就和你打一架，如果是女鬼的话，就和你睡一觉，你可千万不要躲着不出来呀！”于是关起门熄灭蜡烛，这时还没有什么特别的事情发生。当周围安静下来以后，就听见窗外有人小声地说话：“和你睡觉的来了！”他刚刚打算起来看，就突然有一个很大的动物压在他的身上，像一块大石头那样重，几乎承受不了。这个朋友抓住他，发现那个东西长了许多很长的毛，喘息起来像是一头牛在叫。这个朋友一向力气很大，于是抱着这个东西打起来，那个东西也挺大力气的，牵着拽着这个朋友上上下下，在房子里滚了好几遍。大家听见了都跑去看，可是门关着，进不去，只听见里面砰砰的声音。大概过了两三刻钟的样子，那个鬼魅的要害被打中了，痛叫一声就逃走了。这个朋友打开门，看大家都站在外面，于是手舞足蹈，描绘起当时的情景，非常得意。这时三更的鼓声响起来了，大家于是各回各的屋子睡觉。这个朋友半睡半醒的时候，又听见窗户外面有人小声说：“现在是真的和你睡觉的人来了。刚才我就打算过来，但是我哥哥急着和你比试一下力气，不小心冲撞了你。现在他已经羞愧难当，不敢出来了。我是过来和您和解的。”说完，人已经来到床前，伸出手来摸朋友的脸，她的手指纤细得像春天的小葱一样，像玉一样润滑有光泽。身上的胭脂的气味，芬香扑鼻，令人心动。这个朋友心里明白她一定没有安好心，但是喜欢她的温柔妩媚，于是打算暂且和她睡觉看她有什么鬼招。于是把她拉到被子里，两人情意绵绵，异常浓厚，等到了最快乐的时候，突然朋友感觉这个女子肚子一缩，随即感到心神恍惚，整个血脉都在沸腾，一下子昏迷过去不省人事。等到天亮了，他的门还是关着的，人叫他也不答应，于是大家急忙和店主人一起破窗而入，含了冷水喷他，这才醒过来。但是已经颓废没有精神像是一个生病的人。大家把他送回家，他在家治了半年，可以拄着拐杖走路了。从此以后他的豪迈的气概消失殆尽，再也没有高昂蓬勃的气质了。他的力气可以战胜强悍的敌人，却不能不败在一个妖冶女子的手下。欧阳公说："祸患常常生在微小的被你忽略了的地方，智慧和勇气常常由于你过分的喜爱而被遮蔽了。"难道不是这样吗？

## 原文

刘书台言：其乡有导引求仙者，坐而运气，致手足拘挛，然行之不辍。有闻其说而悦之者，礼为师，日从受法，久之亦手足拘挛。妻孥患其闲废至郁结，乃各制一椅，恒舁于一室，使对谈丹诀。二人促膝共语，寒暑无间，恒以为神仙奥妙，天下惟尔知我知，无第三人能解也。人或窃笑。二人闻之，太息曰："朝菌[①]不知晦朔，蟪蛄[②]不知春秋，信哉是言，神仙岂以形骸论乎！"至死不悔，犹嘱子孙秘藏其书，待五百年后有缘者。或曰："是有道之士，托废疾以自晦也。"余于杂书稍涉猎，独未一阅丹经。然欤否欤？非门外人所知矣。

## 注释

①朝菌：菌类植物，朝生暮死。

②蟪蛄：一种小蝉，青紫色，嘴长，身体短。亦称"伏天儿"。

## 译文

刘书台说：他们乡里有一个以导引之术求仙的人，盘腿团坐运气，结果弄得手和脚都抽筋了，但是还是仍然每天练习不间断。有人听了他的理论而觉得很好，就拜他为师，每天跟着他练习，日子久了手脚也抽筋了。他们的妻子儿女担心他们闲得无事心情郁闷，于是各制作了一把椅子，经常把他们俩放在一个屋子里，让他们俩对着交流丹药的秘诀。他们俩每天在一个屋子里交谈，从来不间断。一直以为神仙的奥妙，天下之大，只有你知我知，再没有第三个人能够明白。有人偷偷地笑他们，他们听说了以后，叹息说："朝菌不知道早晨和黑夜的区别，蟪蛄不知道春秋的区别，这句话是非常有道理的，神仙难道是根据我们的身体来说的吗?"一直到死，两个人都不后悔，还嘱咐子孙把他们的书收藏好，等待五百年以后有缘的人。也有人说："他们是得道的人，借口残疾来掩盖自己。"我看过一些杂书，唯独没有看过丹经。这件事到底是真的，还是假的，我们这些门外人是不知道的。

## 原文

先姚安公曰："子弟读书之余，亦当使略知家事，略知世事，而后可以治家，可以涉世。明之季年，道学弥尊，科甲弥重。于是黠者坐讲心学，以攀援声气；朴者株守课册，以求取功名。致读书之人，十无二三能解事。崇祯壬午，厚斋公携家居河间，避孟村土寇。厚斋公卒后，闻大兵将至河间，又拟乡居。濒行时，比邻一叟顾门神叹曰：'使今日有一人如尉迟敬德、秦琼①，当不至此。'汝两曾伯祖，一讳景星，一讳景辰，皆名诸生也。方在门外束补被，闻之，与辩曰：'此神荼、郁垒②像，非尉迟敬德、秦琼也。'叟不服，检邱处机《西游记》③为证。二公谓委巷小说不足据，又入室取东方朔④《神异经》与争。时已薄暮，检寻既移时，反覆讲论又移时，城门已阖，遂不能出。次日将行，而大兵已合围矣。城破，遂全家遇难。惟汝曾祖光禄公、曾伯祖镇番公及叔祖云台公存耳。死生呼吸，间不容发之时，尚考证古书之真伪，岂非惟知读书不预外事之故哉!"

姚安公此论，余初作各种笔记，皆未敢载，为涉及两曾伯祖也。今再思之，书痴尚非不佳事，古来大儒似此者不一，因补书于此。

## 注释

①尉迟敬德，秦琼：两人皆是唐初的大将。尉迟敬德，名恭，以字行，朔州善阳（今山西朔县）人。秦琼，字叔宝，齐州历城（今山东济南）人，传说唐太宗晚上睡不着觉，有鬼来打扰，于是让两人整夜守在门口，结果鬼就不敢来了。因此唐太宗就命人画上两人的画像，贴在门上，后来就演变为门神。

②神荼、郁垒：《山海经》上记东海中有一座叫度朔的山，东北有门，叫鬼门，万鬼聚集于此，天帝派人守在这里，一个叫神荼，一个叫郁垒，主阅领万鬼，民间演变为门神。

③邱处机《西游记》：邱处机，元朝人，字通密，栖霞（今山东栖霞）人。曾经西行赴中亚，见过成吉思汗，被封为国师，号长春真人，尊为神仙，总领道教。他的弟子李志常曾经和他一起西行，回来以后写成《长春真人西游记》两卷，和吴承恩的《西游记》是不一样的，但是明清人常常把二者混淆。

④东方朔：汉武帝时长于文辞，诙谐的文臣，据说《神异经》是他写的。

## 译文

我去世的姚安公说："你们小辈读书之外，也应该稍微知道一些家里的事情，稍微知道一些世俗的事情，然后才能够管理家庭，可以进入社会。明代末年，道学有很高的地位，科举也被视为非常重要。于是狡猾的人就坐着讲心学，攀附当时时髦的风气。性子老实的人则死读书，以谋取功名。结果读书的人里面，十个有七八个是不懂得处理现实的事情的。崇祯壬午年间，厚斋公带着家人住在河间府，躲避孟村的土匪。厚斋公死了以后，听说军队马上就要到河间府了，于是家里又打算躲到农村去。快要走的时候，旁边的邻居老头望着门上贴的门神画说：'如果现在有一个人像尉迟敬德，秦琼那样的，也不至于现在这样。’你的两个曾伯祖，一个叫景星，一个叫景辰，都是当时有名的读书人。正好在外边捆被子，听见了就和老头争辩说：‘这是神荼，郁垒的画像，不是尉迟敬德，秦琼的。’邻居的老头不相信，于是找出邱处机的《西游记》作为证明。你的两个曾伯祖说这是给市民们看的通俗小说，不能算。进屋拿了东方朔的《神异经》和他争辩。这时已经快黄昏了，找书花了不少时间，反反复复争论辩驳也花了不少时间。争完了，城门也已经关了，出不去了。第二天他们准备出发，而军队已经把城包围起来了。他们攻破了城门，于是全家都死了。只有你的曾祖父光禄公，曾伯祖父镇番公和叔祖父云太公活下来了。在生死存亡的关键时刻，一秒钟都不能耽误，还去考证古书的真假，这难道不是只知道读书不知道别的事情的原因而导致的吗?”姚安公这段议论，我以前写各种笔记小说，都不敢写上去，因为涉及到我的两位曾伯祖父。现在我再次考虑了这个问题，觉得书痴并不是不好的事情，自古至今的大学者，像这样的也有不少，所以还是把它补在这里。

# 卷二十二·滦阳续录（四）

## 原文

老仆施祥尝曰："天下惟鬼最痴。鬼据之室，人多不往。偶然有客来宿，不过暂居耳，暂让之何害？而必出扰之。遇禄命①重、血气②刚者，多自败；甚或符箓劾治，更蹈不测。即不然，而人既不居，屋必不葺，久而自圮，汝又何归耶？"老仆刘文斗曰："此语诚有理，然谁能传与鬼知？汝毋乃更痴于鬼！"姚安公闻之，曰："刘文斗正患不痴耳。"祥小字举儿，与姚安公同庚，八岁即为公伴读。数年，始能暗诵《千字文》；开卷乃不识一字。然天性忠直，视主人之事偶买玩物。祥启张太夫人曰："四官今日游灯市，买杂物若干。钱固不足惜，先生明日即开馆，不知顾戏弄耶？顾读书耶？"太夫人首肯曰："汝言是。"即收而键诸箧。此虽细事，实言人所难言也。今眼中遂无此人，徘徊四顾，远想慨然。

## 注释

①禄命：古代宿命论者认为人生的盛衰，祸福、寿天、贵贱等均由天定。

②血气：勇气或血性。

## 译文

我家的老仆人施祥曾经说："天下只有鬼是最痴的。鬼占据的房子，大多是人不住的。偶尔有客人过来住一下，也不过是暂时的，你暂且让他住一住有什么关系呢？却一定要出来骚扰人家，碰上禄命重的，血气旺的，往往自己就甘拜下风；甚至碰上有用符箓来惩治他的，就更加不幸了。即使不是这样，那些屋子人如果很久不住，肯定不会修理它，时间一长，屋子就自己倒掉了，你又住到哪里去呢？”另外一个老仆人刘文斗说：“你的话很有道理，但是教谁去告诉鬼，让他们知道呢？你简直比鬼还痴呢！”姚安公听到了他们的对话，说：“刘文斗就可惜在不痴上面。”施祥小字举儿，和姚安公同样大，八岁的时候就做了姚安公的伴读。过了几年，就开始能够心里念诵《千字文》，而打开书却一个字也不认识。但是他天性忠厚正直，把主人的事情当作自己的事情，虽然被别人嫌弃埋怨也不躲避。那时我们家外面的事情就靠施祥处理，家里的事情靠廖婆婆安排，所以各种事情都井井有条。雍正甲寅年间，我十一岁，元宵节的晚上偶尔买了一些玩耍的东西。施祥报告给张太夫人说：“四官今天游灯市，买了一些杂物。花了一些钱，这倒不是值得可惜的，只是先生明天就要开馆教书了，不知道他还是想着玩呢？还是想着要学习呢？”太夫人点头表示同意说：“你说得是。”于是把我买的玩耍的东西收起来锁在盒子里。这件事情虽然很小，但是却说出了别人不会说的话。现在我身边没有这个人了，我来回地四处张望，回想往事，感慨颇多！

## 原文

老仆施祥，尝乘马夜行至张白。四野空旷，黑暗中有数人掷沙泥，马惊嘶不进。祥知是鬼。叱之曰：“我不至尔墟墓间，何为犯我？”群鬼揶揄①曰：“自作剧耳，谁与尔论理。”祥怒曰：“既不论理，是寻斗也。”即下马，以鞭横击之。喧哄良久，力且不敌；马又跳踉掣其肘。意方窘急，忽遥见一鬼狂奔来，厉声呼曰：“此吾好友，尔等毋造次②！”群鬼遂散。祥上马驰归，亦不及问其为谁。次日，携酒于昨处奠之，祈示灵响，寂然不应矣。祥之所友，不过厮养屠沽耳，而九泉之下，故人之情乃如是。

## 注释

①揶揄：戏弄，侮辱。

②造次：粗鲁，轻率。

## 译文

我们家的老仆人施祥，曾经晚上骑马到张白。到了一个地方，四周都是荒野，空旷无人，黑暗中有几个人朝他们丢沙子和泥巴，马受了惊嘶叫着不肯走。施祥知道是遇见了鬼，叱责道：“我没有到你的坟墓中间，你为什么要来侵犯我?”那一群鬼用戏弄的口吻说：“我们自己找乐子，和你讲什么道理。”施祥生气地说：“既然你们不和我讲道理，那你们是想打架喽!”于是马上下马，用马鞭到处乱挥。吵吵闹闹了很久，施祥快招架不住了，马又跳来跳去牵制了他的胳膊。正是快要陷入困境的紧急时刻，忽然看见一个鬼狂奔过来，高声地说：“这是我的好朋友，你们不要胡闹!”这群鬼听了，这才四散离开。施祥立刻上马飞奔回来，也来不及问那个人是谁，第二天他带着酒到昨天的那个地方祭奠，希望那个鬼能够显灵出现，但是周围很寂静一点声音也没有。施祥所交的朋友，不过是一些仆人，佣人，杀猪买酒的人，但是死了以后，还能像这样惦念着原来的好朋友，真是难得。

# 卷二十三·滦阳续录（五）

## 原文

山西人多商于外，十余岁辄从人学贸易。俟蓄积有资，始归纳妇，纳妇后仍出营利，率二三年一归省，其常例也。或命途蹇剥[1]，或事故萦牵，一二十载不得归。其或金尽裘敝，耻还乡里，萍飘蓬转，不通音问者，亦往往有之。有李甲者，转徙为乡人靳乙养子，因冒其姓。家中不得其踪迹，遂传为死。俄其父母并逝，妇无所依，寄食于母族舅氏家。其舅本住邻县，又挈家逐什一[2]，商舶南北，岁无定居。甲久不得家书，亦以为死。靳乙谋为甲娶妇。会妇舅旋卒，家属流寓于天津；念妇少寡，非长计，亦谋嫁于山西人，他时尚可归乡里。惧人嫌其无母家，因诡称己女。众为媒合，遂成其事。合卺之夕，以别已八年，两怀疑而不敢问。宵分私语，乃始了然。甲怒其未得实据而遽嫁，且诟且殴。阖家惊起，靳乙隔窗呼之曰："汝之再娶，有妇亡之实据乎？且流离播迁，待汝八年而后嫁，亦可谅其非得已矣。"甲无以应，遂为夫妇如初。破镜重合，古有其事。若夫再娶而仍元配，妇再嫁而未失节，载籍以来，未之闻也。姨丈卫公可亭，曾亲见之。

## 注释

①蹇剥：艰困，比喻时运不好。

②什一：十分之一的利润，指从商，贸易。

## 译文

山西人大多在外面经商，十几岁的时候就和别人学习经商，贸易。等到积蓄有些财产了，才回来娶媳妇。娶妻以后仍然出去经商，大概二三年回来一次，这是正常的情况。也有命运坎坷，或者事资缠身，脱不了身的，一二十年也回不来。甚至还有的钱用光了衣服破烂不堪，不好意思回来的，到处流浪，和家里失去了联系的情况，也不少见。有一个叫李甲的，流浪到他乡，做了一个叫靳乙的人的养子，并且姓了他的姓。他的家里得不到关于他的消息，就传言说他死了。不久他的父母去世了，他的妻子没有依靠，于是寄宿在她娘家舅舅家里，靠他生活。他的舅舅本来住在邻近的县城，又带着一家人经商，乘着船南北到处走，没有固定居住的地方。甲很久没有收到家里的书信，也以为他妻子已经死了。于是靳乙就开始为甲准备娶妻。正好他妻子的舅舅在旅途中去世了，妻子舅舅的家人流落住在天津，考虑到他的妻子还很年轻，这样下去不是一个长久之计，也打算把她嫁给一个山西人，以后还有机会回到故乡。又害怕别人说她没有娘家，就撒谎说是自己的女儿。大家为他们做媒，于是这件事就算是成了。新婚之日，两人都认出了对方，但因为两个人已经分别了八年了，所以只是自己心里有些怀疑而不敢出口相问。到了晚上，两个人独处时，互相询问，这才真相大白。甲气愤他的妻子还没有得到确切的证据就匆忙改嫁，对她打骂起来。一家人都被吵醒了，靳乙隔着窗子大声地问："你再娶妻，得到前妻死亡的确切消息吗？而且她到处流浪居无定所，等了你八年以后才改嫁，你也可以原谅她是出于不得已了。"甲听了，无话可说，于是又像以前那样两人做夫妻。破镜重圆，古时候就有这样的事情，但是丈夫再娶仍然是原来的妻子，妻子再嫁而没有失节，这实在是有文字记载以来从来没有听说过的事情。我的姨夫卫公可亭先生、亲眼见到这件事。

## 原文

小人之谋，无往不福君子也。此言似迂而实信。李云举言其兄宪威官广东时，闻一游士性迂僻，过岭干谒亲旧，颇有所获。归装补被衣履之外，独有二巨箧，其重四人乃能舁，不知其何所携也。一日，至一换舟处，两舷相接，束以巨绳，扛而过。忽四绳皆断如刃截，訇然堕板上。两箧皆破裂，顿足悼惜。急开检视，则一贮新端砚，一贮英德石也。石箧中白金一封，约六七十两，纸裹亦绽。方拈起审视，失手落水中。倩渔户投水求之，仅得小半。方懊丧间，同来舟子遽贺曰：“盗为此二箧，相随已数日，以岸上有人家，不敢发。吾惴惴不敢言。今见非财物，已唾而散矣。君真福人哉！抑阴功得神佑也?”同舟一客私语曰：“渠有何阴功，但新有一痴事耳。渠在粤日，尝以百二十金托逆旅主人买一妾，云是一年余新妇，贫不举火，故鬻以自活。到门之日，其翁姑及婿俱来送，皆羸病如乞丐。临入房，互相抱持，痛哭诀别。已分手，犹追数步，更絮语。媒妪强曳妇入，其翁抱数月小儿向渠叩首曰：‘此儿失乳，生死未可知。乞容其母暂一乳，且延今日，明日再作计。’渠忽跃然起曰：‘吾谓妇见出耳。今见情状，凄动心脾，即引汝妇去，金亦不必偿也。古今人相也不远，冯京之父[①]，吾岂不能为哉！’竟对众焚其券。不知乃主人窥其忠厚，伪饰己女以绐之，倘其竟纳，又别有狡谋也。同寓皆知，渠至今未悟，岂鬼神即录为阴功耶?”又一客曰：“是阴功也。其事虽痴，其心则实出于恻隐。鬼神监察，亦鉴察其心而已矣。今日免祸，即谓缘此事可也。彼逆旅主人，尚不知究竟何如耳。”先先师又聃先生，云举兄也。谓云举曰：“吾以此客之论为然。”余又忆姚安公言：“田丈耕野西征时，遣平鲁路守备李虎偕二千总将三百兵出游徼，猝遇额鲁特自间道来。二千总启虎曰：“贼马健，退走必为所及。请公率前队扼山口，我二人率后队助之。贼不知我多寡，犹可以守。”虎以为然，率众力斗。二千总已先遁，盖绐虎与战，以稽时刻；虎败，则去已远也。虎遂战殁。后荫其子先捷如父官。此虽受绐而败，然受绐适以成其忠。故曰，小人之谋，无往不福君子也。此言似迂而实确。

## 注释

①冯京之父：冯京，宋朝人，字当世，鄂州江夏（今湖北武昌）人，曾经为他的妻子的哥哥娶了一个妾，询问得知那个女子是和他同年进士人的妻子，于是极力请求把她嫁出去。应为冯京所为，此处提到其父，可能有误。

## 译文

小人的计谋，从来都是给君子带来好处的，这句话看上去有些迂腐但却是实在可以相信的。李云举说他哥哥宪威在广东做官的时候，听说有一个到处游历的读书人性格迂腐孤僻，路过岭南的时候，去拜访了一些亲朋好友，回来的时候还得了许多东西。他回来的行李除了铺盖衣服之外，还有两个单独的大箱子，箱子很重，要四个人才抬得动，不知道里面装的是什么。一天，他到了一个地方要换船，让两个船船舷相连，然后让人用很结实的绳子捆住箱子，扛着过去。突然四根绳子都像是被刀割一样突然断掉了，轰的一声跌在船板上。两个箱子都破了，读书人顿着脚连连说可惜。急忙打开箱子检查，原来一个箱子里装的是新端砚，一个装的是英德石。石盒子里面还有一封银子，大概六七十两的样子。包在银子外面的纸已经破了，读书人刚刚把银子拿起来检查，一个不小心银子就掉到水里了。于是雇了会水的渔夫帮忙打捞，只得到其中的一小半。正在他懊悔沮丧的时候，一起来的船上的渔夫过来庆贺他说："那些强盗为了这两个大箱子，已经跟了你好几天了，因为岸上有人住，所以不敢行动，我心里担心又不敢说。现在他们看到里面装的不是财物，已经四散走了。你真是有福气的人呀！难道是你积了什么阴德所以神会保佑你吗?"同船的一个客人偷偷地说："他积了什么阴德，不过他新近又做了一件蠢事。他在广东的时候，曾经花一百二十两银子托旅店的主人帮他买一个妾，说是才结婚一年的年青妇女，因为家里穷得吃不了饭，所以把自己卖了让大家活命。她嫁过来的时候，她的公公婆婆丈夫都来送了，几个人都瘦骨嶙峋像是街上讨饭的乞丐。她快要进洞房的时候，大家都互相抱着失声痛哭，以示告别。已经分手了，还追上去几步，又说几句话。媒婆强蛮地把那个女子拉进去，他的公公抱着一个几个月大的小孩向读书人磕头说：'这个小孩没有奶吃，不知道还能不能活，我请求你让他的母亲给他喂一喂奶，推迟一天，明天再过来可不可以?'他突然跳起来说：'我以为你的媳妇是被你们家赶出来的。现在见到这种情景，让我十分感动。你马上就把你的媳妇带走，钱也不用还我了。古代的人和现在的人都是差不多的，冯京的父亲能够做到，我难道就做不到吗！’他竟然当着众人的面把契券烧了。不知道这其实是旅舍的主人发现他忠厚朴实，把自己的女儿假扮了来骗他，如果他真的娶了她，店主人又会有别的计谋。同住在那里的人都知道，只有他不知道，难道是鬼神就把这件事记录下来作为他的阴德吗?”有一个客人回答说：“这就是阴德呀。这件事虽然做得有点笨，但是他的心确实是出于可怜同情。鬼神鉴别观察人，也只是鉴别观察人的心而已。今天他能够避免这场灾难，就是因为这件事。那个旅舍的主人，还不知道以后究竟会怎么样?”我的去世的老师又耽先生，是云举的哥哥。他对云举说：“我觉得那个客人说得很有道理。”我又记得姚安公说：田耕野先生西征的时候，派遣平鲁路守备李虎和两个千总带领三百人出去巡查，突然碰见额鲁特从小路过来。两个千总报告李虎说：“敌人的马跑得很快，我们逃走的话一定会被他们追上的。请您率领前队守住山口，我们两个人带领后队帮助您，敌人不知道我们有多少人，还可以守得住。”李虎觉得他说得很有道理，带领大家拼命搏斗。两个千总已经先逃走了，他们是骗李虎和敌人打仗，来拖延时间好让他们逃走。等李虎打败了，他们已经逃得很远了。李虎战败身亡。后来他的儿子先捷继承他的余荫做了同样的官。李虎虽然被骗失败了，但是他被受骗正好成就了他做一个忠臣。所以说：小人的计谋，没有不给君子带来好处的。这句话虽然看上去有些迂腐却是确实可信的。

## 原文

小时闻乳母李氏言：一人家与佛寺邻。偶寺廊跃下一小狐，儿童捕得，絷缚鞭捶，皆慑伏①不动。放之则来往于院中，绝不他往。与之食则食，不与之食亦不敢盗，饥则向人摇尾而已。呼之似解人语，指挥之亦似解人意。举家怜之，恒禁儿童勿凌虐。一日，忽作人语曰：“我名小香，是钟楼上狐家婢。偶嬉戏误事，因汝家儿童顽劣，罚行游道路一月。今限满当归，故此告别。”问：“何故不逃避?”曰：“主人养育多年，岂有逃避之理?”语讫，作叩额状，翩然越墙而去。时余家一小奴窃物远扬，乳母因说此事，喟然曰：“此奴乃不及此狐。”

## 注释

①摄伏：收敛，聚拢，趴在地上。

## 译文

我小时候听我乳母李氏说：一个人的家住在一家佛寺的隔壁。有一天，偶然从寺院的走廊上跳下一只狐狸，被小孩子抓住了。用绳子把它捆起来，用鞭子抽打它，它都收缩着身体不动一下。把它放了，它就在寺院里走来走去，也不到别的地方去。给它东西吃，它就吃。不给它东西吃，它也不敢偷；饿了的时候只是向人们摇摇尾巴而已。叫它，它好像能够听懂人说的话，指挥它做什么，它好像也听得懂。大家都很可怜它，常常阻止小孩子欺负凌辱它。一天，那个狐狸突然说人话来，它说："我的名字叫小香，是钟楼上狐狸家的奴婢。偶尔贪玩误了事，因为你们家的小孩很顽皮，所以就罚被他欺负打骂一个月。现在时间已经满了，我要走了。因此和你们告别。"他们家的人问它："为什么不逃走呢?"它说："主人养育了我这么多年，怎么能就这样逃走呢?"说完，它就做出磕头的样子，轻快地越过墙走了。这时我们家有一个小奴婢偷了东西逃走了，乳母因此提到这件事，感叹道："这个奴婢还不如这只狐狸呢!"

## 原文

陈云亭舍人言："其乡深山中有废兰若①，云鬼物据之，莫能修复。一僧道行清高，径往卓锡。初一两夕，似有物窥伺。僧不闻不见，亦遂无形声。三五日后，夜夜有夜叉排闼入，狰狞跳掷，吐火嘘烟。僧禅定自若。扑及蒲团者数四，然终不近身；比晓，长啸去。次夕，一好女至，合什作礼，请问法要。僧不答。又对僧琅琅诵《金刚经》，每一分讫，辄问此何解。僧又不答。女子忽旋舞，良久，振其双袖，有物簌簌落满地，曰："此比散花何如?"且舞且退，瞥眼无迹。满地皆寸许小儿，蠕蠕几千百，争缘肩登顶，穿襟入袖。或龅啮，或搔爬，如蚊虻虮虱之攒咂；或抉剔耳目，擘裂口鼻，如蛇蝎之毒螫。撮之投地，爆然有声，一辄分形为数十，弥添弥众。左支右绌，困不可忍，遂委顿于禅榻下。久之苏息，寂无一物矣。僧慨然曰："此魔也，非迷也。惟佛力足以伏魔，非吾所及。浮屠[②]不三宿桑下，何必恋恋此土乎？"天明，竟打包返。余曰："此公自作寓言，譬正人之愠于群小耳。然亦足为轻尝者戒。"云亭曰："仆百无一长，惟平生不能作妄语。此僧归路过仆家，面上血痕细如乱发，实曾目睹之。"

## 注释

①兰若：寺庙，即梵语"阿兰若"的省称。

②浮屠：梵语音译，对佛或佛教徒的称呼，也专指和尚。

## 译文

舍人陈云亭说：他们乡里的深山里有一座荒废的寺庙，据说被鬼怪占领了，不能够修复。有一个和尚道行很高深，径直跑到庙里去住。开始的一两天晚上，好像有什么东西在偷看他，他表现出既没有听见什么，也没有看见什么的样子，那个东西也就销声匿迹了。三五天以后，晚上有夜叉开门闯进来，面目可怕，在他面前又跳又丢东西，又吐火，又冒烟。这个和尚打着禅座，镇定自若。夜叉险些要扑到蒲团上四次，但是始终不敢靠近他。等到天亮了，夜叉发出一声长啸：走了。第二天晚上，一个长得不错的女子来到他的面前，双手合什作礼，向他请教佛法的要点。和尚不理她。她又对着和尚高声朗诵起了《金刚经》，每念完一段，就问他这一段如何理解，和尚也不理她。这个女子突然旋转着跳起舞来，过了很久，挥动她的两只袖子，只听见簌簌地落下了东西。说："这和天女散花相比怎么样呢？"她一边跳着舞，一边往后退，一转眼间就不见了。地上到处都是一寸左右大小的小孩，蠕动着，大概有几千几百个。他们争着爬上和尚的肩膀和头顶，进入他的领子和袖子。要么用力地咬，要么用力地挠，就像是蚊子、牛虻、虮子、虱子一样上下乱窜，要么挖他的眼睛耳朵，要么撕裂他的嘴巴鼻子，就像蛇蝎这样的毒虫。把他们抓起来丢在地上，他们就会发出爆竹一样的声音，然后一个变成几十个，越来越多。和尚左挡右挡，实在是被围困得忍受不了了，于是跌落在床下。过了很久以后才苏醒过来，周围寂静一片，什么东西都没有。和尚感慨地说："这是魔障，不是幻觉。只有佛的力量才可以制服魔障，我的能力还达不到。和尚不能三次睡在桑树下面，我为什么这么依恋这个地方呢？"天一亮，他就收拾东西离开了。我说："这是你编写的寓言，来比喻正直的人对小人的不满。但它也可以给予轻易尝试这种事情的人一个警告。"云亭说："我没有什么本事，只是一生中从来不说假话。这个和尚回来的时候曾经路过我家，脸上的血痕细得像头发一样，实在是我亲眼目睹的。"

# 卷二十四·滦阳续录（六）

## 原文

梁豁堂言：有客游粤东者，妇死寄柩于山寺。夜梦妇曰：“寺有厉鬼，伽蓝[1]神弗能制也。凡寄柩僧寮者，男率为所役，女率为所污。吾力拒，弗能免也。君盍讼于神？”醒而忆之了了，乃炷香祝曰：“我梦如是，其春睡迷离耶？意想所造耶？抑汝真有灵耶？果有灵，当三夕来告我。”已而再夕梦皆然。乃牒诉于城隍，数日无肸蚃[2]。一夕，梦妇来曰：“讼若得直，则伽蓝为失纠举，山神社公为失约束，于阴律皆获谴，故城隍踌躇未能理。君盍再具牒，称将诣江西诉于正乙真人，则城隍必有处置矣。”如所言，具牒投之。数日，又梦妇来曰：“昨城隍召我，谕曰：‘此鬼原居此室中，是汝侵彼，非彼摄汝也。男女共居一室，其仆隶往来，形迹嫌疑，或所不免。汝诉亦不为无因。今为汝重笞其仆隶，已足谢汝。何必坚执奸污，自博不贞之名乎？从来有事不如化无事，大事不如化小事。汝速令汝夫移柩去，同此案结矣。’再四思之，凡事可已则已，何必定与神道争，反激意外之患。君即移我去可也。”问：“城隍既不肯理，何欲诉天师，即作是调停？”曰：“天师虽不治幽冥，然遇有控诉，可以奏章于上帝，诸神弗能阻也。城隍亦恐激意外患，故委曲消弭[3]，使两造均可以已耳。”语讫，郑重而去。其夫移柩于他所，遂不复梦。此鬼苟能自救，即无多求，亦可云解事矣。然城隍既为明神，所司何事，毋乃聪明而不正直乎？且养痈不治，终有酿成大狱时；并所谓聪明者，毋乃亦通蔽各半乎？

## 注释

①伽蓝：梵语僧伽蓝摩的略称，意译“众园”或“僧院”。佛教寺院的通称。

②肸蚃：神显灵验。

③消弭：结束，终止。

## 译文

梁豁堂说：有一个客人到广东的东面游玩，他的妻子死了，棺柩寄放在山上的寺庙里。晚上，他梦见他的妻子说："这个庙里有个恶鬼，伽蓝神也制服不了他。凡是把棺材寄放在寺庙里的，男的都被他奴役，女的都被他侮辱。我奋力地反抗，还是不能避免。你是不是到神那里去告发他一下？"他醒了以后回忆起来，于是点了一炷香祈祷说："我做了这样的梦，是由于睡觉时思维混乱吗？还是我自己想象编造的？还是你真的有在天之灵？你如果真的在的话，那就接连三个晚上都来告诉我。"结果他接连两天都做了同样的梦。于是他写了文书到城隍爷那里去告状，一连几天都没有动静。一天晚上，他又梦见妻子，说："如果官司打赢了，那么伽蓝就有失纠举的罪名，山神，土地爷就有失约束的罪名，在阴间的法律里都要受惩罚，所以城隍爷很犹豫还没有管这件事。你可以再写一份文书，说是将要到江西去正乙真人那里告状，那么城隍爷一定就会处理这件事。"那人按妻子所说的做了，写了一份文书投上去。过了几天，又梦见他的妻子说："昨天城隍爷召见了我，对我说：'这个鬼原来住在这个房间里，是你侵占了他的地方，不是他先抓住你。男女住在一间屋子里，他的仆人们来来往往的，怎么会不有所怀疑呢。你告他也不是没有原因的。现在我已经为你重重地责打了他的仆人一顿，已经是向你表示道歉了。你何必一定要坚持你被强奸了，自己去传播这个不贞的名声呢？事情从来都是有一事不如无事，大事不如化成小事，何必一定要和神仙争论，反而导致意外的事情发生。你马上把我的棺柩从这里移走就可以了。"她的丈夫问："城隍爷既然不肯处理这件事情，那么我们就告到天师那里去好了，为什么就做这样的妥协呢？"妻子说："天师虽然不管阴间的事情，但是如果碰到有控诉的事情，可以直接上奏给上帝，所有的神灵都阻止不了。城隍爷也是怕引起意外的不好的事情，所以作出一定的妥协，把这件事消除掉，使两方面都比较满意。"说完以后，她就非常郑重地走了。她的丈夫把她的棺柩移到别的地方，就再也梦不见她了。这个鬼如果能够自己救自己的话，也就不再多要求什么了，也可以算得上是明白事理的人。但是城隍爷既然是一个好的神灵，他处理自己管辖的事情，就能够灵活不顾及正直了吗？而且有了毛病而不去治疗，终究会有造成大罪的时候，他所谓的灵活，难道不是通达与蒙蔽各半吗？

## 原文

舅氏实斋安公曰："讲学家例言无鬼。鬼吾未见，鬼语则吾亲闻之。雍正壬子乡试，返宿白沟河。屋三楹，余住西间。先一南士住东间。交相问讯，因沽酒夜谈。南士称：'与一友为总角交，其家酷贫，亦时周以钱粟。后北上公车①，适余在某巨公家司笔墨，悯其飘泊，邀与同居，遂渐为主人所赏识。乃摭②余家事，潜造蜚语，挤余出而据余馆。今将托钵山东。天下岂有此无良人耶！'方相与太息，忽窗外呜呜有泣声，良久语曰：'尔尚责人无良耶？尔家本有妇，见我在门前买花粉，诡言未娶，诳我父母，赘尔于家。尔无良否耶？我父母患疫先后殁，别无亲属，尔据其宅，收其资，而棺衾祭葬俱草草，与死一奴婢同。尔无良否耶？尔妇附粮艘寻至，入门与尔相诟厉，即欲逐我；既而知原是我家，尔衣食于我，乃暂容留。尔巧说百端，降我为妾。我苟求宁静，忍泪曲从。尔无良否耶？既据我宅，索我供给，又虐使我，呼我小名，动使伏地受杖。尔反代彼揿我项背，按我手足，叱我勿转侧。尔无良否耶？越年余，我财产衣饰剥削并尽，乃鬻我于西商。来相我时，我不肯出，又痛捶我，致我途穷自尽。尔无良否耶？我殁后，不与一柳棺，不与一纸钱，复褫我敝衣，仅存一裤，裹以芦席，葬丛冢。尔无良否耶？吾诉于神明，今来取尔，尔尚责人无良耶？'其声哀厉，僮仆并闻。南士惊怖瑟缩，莫措一词，遽噭然仆地。余虑或牵涉，未晓即行。不知其后如何，谅无生理矣。因果分明，了然有据。但不知讲学家见之，又作何遁词耳。"

## 注释

①公车：因汉代曾用公家车马接送应察举的人，后便以"公车"泛指

入京应试的举人。

②摭：搜集。

## 译文

我的舅舅实斋安先生说：“固执于古礼的人向来都说没有鬼。鬼我从来没有见到，但是鬼说话我倒是亲耳听到过。雍正壬子年间乡试，我回来住在白沟河。那里有三间屋子，我住在西面的那一间。开始有一个南方的读书人住在东面的那一间。我和他互相打了个招呼，晚上买了酒在一起聊天。那个南方的读书人说：“我和一个朋友小时候就是朋友了，他们家非常穷，我也常常资助他一些钱财粮食。后来他到京师参加考试，正好我在一个有钱的人家里做一些文字性的工作，同情他一个人在外面漂泊，就邀请他和我住在一起。渐渐地，主人开始欣赏他。于是他开始收集我家的事情，暗地里造了许多谣言，把我从那里排挤出来占据了我的房子。现在我要到山东去寻找事情做，天下难道有这样没有良心的人吗？”我们正在为这件事叹息的时候，忽然听见窗户外面有呜呜的哭泣声，过了很久以后才说：“你还责怪人家没有良心吗？你家本来有妻子，你看见我在门前买花粉，就撒谎说你没有娶妻子，骗我的父母，入赘我们家。你还不是一样的没有良心吗？我父母得了重病先后去世了，我再没有别的亲戚，你占据了我们家的房子，接管了我家的财产，却很潦草地安排了我父母的丧事，就像死了一个奴婢一样。你还不是一样没有良心吗？你的妻子坐着运粮的船寻找到我们家，进门以后把你大骂一顿，打算把我从家里赶出去，后来知道这个家原来是我的，你靠我生活，于是暂且容忍我留下来。你花言巧语，把我降格为妾。我为了求安宁，吞下眼泪勉强答应了。你还不是一样没有良心吗？你的妻子既然霸占了我的房子，向我索取生活的费用，还把我像奴婢一样虐待使唤，叫我的小名，动不动就把我扑在地上打我。你还帮助她摁住我的脖子和背，按住我的手和脚，叱责我不许我转身。你还不是一样没有良心吗？过了几年，我的财产衣服首饰都被你们剥削光了，你们就把我卖给一个西方的商人。商人来看我的相貌的时候，我不肯出来，你又狠狠地打我，使我走投无路之后上吊自杀。你还不是一样没有良心吗？我死了以后，你连一口像样的棺材都不给我，也不给我烧纸钱，还把我身上的衣服也剥掉了，只留下一条裤子，用一床芦席裹着我，把我埋葬在一堆坟墓丛，你还不是一样没有良心吗？我现在已经在神明那里告发了你，现在是来索你的命的，你还好意思责怪别人没有良心吗？‘她的声音非常哀怨凄厉，佣人们都听见了。那个南方的读书人吓得缩成一团，一句话也说不出来。突然大叫一声倒在地上。我担心会被牵扯进去，还没有天亮就走了。不知道那人后来怎么样。估计是不可能活着了。这件事的原因和结果都很清楚明白，并且有证据。只是不知道固执古礼的人见到，又会如何地为那人辩护呢？

# 《阅微草堂笔记》与《聊斋志异》之比较

两者都是文言短篇小说集，而且都是志怪一类，本质上当无大的区别，只是《阅微草堂笔记》比起《聊斋志异》缺少描写，可算区别之一。（参见章培恒、骆玉明《中国文学史新著》）

《聊斋》（《聊斋志异》以下简称为《聊斋》）是中国古代文言短篇小说发展到清代产生的里程碑式的作品，小说的思想内容和艺术成就都达到了中国古典小说发展的高峰，在中国文学史上产生了巨大的影响，以致《聊斋》青柯亭刊本一出，就风行天下，出现了注释本、评点本，并引起不少作者竞相追随仿作，文言小说出现了再度蔚兴的局面。有仿效《聊斋》手法写作的，如《子不语》和《夜谭随录》等，同时，也有对《聊斋》文体提出异议进行抗衡的，当时最有成就的是纪晓岚的《阅微草堂笔记》（以下简称为《阅微》）。

纪昀，字晓岚，清直隶河间府献县（今河北沧县）人。生于清雍正年间，官至礼部尚书，协办大学士。纪昀知识渊博，文名著世，是清代有名的大学者、大才子。他主持编撰了《四库全书》，并亲自撰写二百卷的《四库全书总目提要》，为传统文化的保存，后世的治学和研究做出了杰出贡献。《阅微》是他晚年创作的笔记小说，笔记分为《滦阳消夏录》、《如是我闻》《槐西杂志》《姑妄听之》《滦阳续录》五个部分，每个部分都单独成书。在对待《聊斋》文体上，纪昀持反对态度，曾经直接做《聊斋》中《狐梦》的反面文章。曾经对《聊斋》叙事提出质疑："然才子之笔。非著书者之笔也。……小说既述见闻，即属叙事，不比戏场关目，随意装点；……今燕呢之词，媟狎之态，细微曲折，摹绘如生，使出自言，似无此理，使出作者代言，则何从而闻之？又所未解也。”批评《聊斋》“一书而兼二体”，认为作叙事之文，应“不失忠厚之意，稍存劝惩之旨”，“不颠倒是非”，“不摹写才子佳人”，“不绘画横陈”。盛伟在《清代诸家批点<聊斋志异>述评》中提到清代点评家冯镇峦对纪晓岚等对《聊斋》叙事的非议非常不满，写了《读〈聊斋〉杂记》一文，愤然指出：“柳泉《志异》一书，风行天下，万口传诵，而袁简斋议其繁衍，纪晓岚称为才子之笔，而非著述之体，皆昔言也。”又说“较之《水浒》、《西厢》。体大思精，文奇义正，为当世不易见之笔墨，深足宝贵。”……不但否定了纪昀的观点，反而对《聊斋》高度肯定和赞扬，由此可见《聊斋》在文言短篇小说中的地位。这两部小说在叙事功能、效果方面存在诸多不同，表现在以下几方面：

首先，表现形式不同。从表现形式上看，古代文言短篇小说主要分笔记、传奇两种艺术形式。《阅微》是典型的笔记小说，采用的是笔记体小说的表现形式。有人曾这样形容笔记小说：笔记体小说出于稗官，以简短的笔记体来记录百姓的“街谈巷语”和“道听途说”，它们“既是些残丛小语，篇幅短小，所讲的又是小道理，是形式和内容两见其小”。所以总结笔记小说的特点是：情节简单，篇幅短小，语言简约，注重说理。作为笔记体的代表，《阅微》充分显示了笔记体小说的鲜明特点：一是叙事简要；二是注重说理。而《聊斋》是“一书而兼二体”的志怪小说，并且成功借鉴了史传文学的许多叙事方法。《聊斋》中的大约三百篇小说，从艺术形式方面看包含了传奇志怪两种题材，并且作为志怪典型得到人们的赞誉，鲁迅先生《中国小说史略》云：

“明末志怪群书，大抵简略，又多荒怪，诞而不情，《聊斋志异》独于详尽之外，示以平常，使花妖狐魅，多具人情，和易可亲，忘为异类，而又偶见鹘突，知复非人”。

《聊斋》的成功不单是具有传奇小说的叙述委曲、文辞多彩，而且具有志怪小说的浪漫色彩，可以避免笔记小说在篇幅方面和语言方面的限制，鲁迅赞扬传奇小说不仅文笔精细、曲折，而且“所叙的事，也大抵具有首尾和波澜，不止一点断片的谈柄；而且作者往往故意显示着这事迹的虚构，以见他想象的才能了”。李宗为在《唐人传奇》中也说：“传奇小说在内容上则扩大到可以耸动听闻而令读者留下较强烈印象的一切奇人奇事，文笔力求优美动人，不避虚饰，尤注意于形容描写以见作者叙事有方、想象之瑰奇”。另外，从两类小说的发展来看，虽然魏晋南北朝时期，笔记小说虽已成熟，但传奇小说和笔记体小说相比较，在语言、结构等诸多方面都存在的优势。《阅微》有明显的笔记特征，叙事简、重说理的特点致使作品丢弃了如《聊斋》作品丰富的文学精神和艺术境界，文字表达得不太尽致，读来感受不如《聊斋》丰富；虽然《阅微》中的说理使它的叙事达到“文字简明”、“说理透彻”，并且《阅微》开创了说理体，或夹叙夹议，或先叙后议，但由于不长于文学的描写，这就使他的《阅微》缺少了生动形象，也即缺少了文学性，在作品预期达到的叙事效果上和《聊斋》是迥然不同的。纪昀等非议风气文人认为清代崇尚“著书者之笔”的笔记小说，而排斥“才子之笔”的传奇小说，所以批评《聊斋志异》虽为笔记小说，却“随意装点”，“细微曲折，摹绘如生”，“一书而兼二体，所未解也”，即纪昀不理解《聊斋志异》既有笔记小说记述见闻之简洁，又有传奇小说随意渲染和细致描写的跨文体现象。两部作品采用不同的叙事艺术形式，所以作品叙事功能随之不同，作品达到的效果也不同。

其次，思想内容不同。两部作品以不同的叙事方式反映的思想内容有很大差别：《阅微》从思想内容来说，主要是“劝惩”，其次是宣扬“因果报应”。纪昀本人不避讳作品的劝诫主旨，在卷一开篇明确提出作品主题：“有益于劝惩”，在两篇序文中也加以强调，盛时彦序说：“欲使人知所劝惩。”郑开禧序说：“大旨悉归劝惩。”。可见，《阅微》的劝惩功能。蒲松龄之孙蒲立德认为《聊斋》思想内容“其事多涉于神怪；其体仿历代志传；其论赞或触时感事，《聊斋志异》叙事研究而以劝以惩。”虽然《聊斋》叙事也有劝惩之意，但却是以直接抨击当时社会的黑暗政治，广泛揭露科举考试的弊端，热情歌颂青年男女的爱情，反映当时重大的时代主题的思想内容为主。《阅微》为“使人知所劝惩”，因而极力宣扬封建道德与因果报应。如《唐西劳氏女》篇，写劳氏女前生诬一妇私孕而致其死，今生鬼来索命，报应不爽。但在《聊斋》中，蒲松龄对待爱情的态度和纪昀是有本质的不同的。如《聂小倩》等作品蒲松龄是热情歌颂青年男女的爱情的。可见，两部作品思想内容方面存在的巨大差别。

再次，形象创新不同。《聊斋》艺术形象的创新主要表现在人物、情节和语言三个方面。盛伟在《蒲松龄全集》中这样分析作者的情感心理："一方面一生科举蹉跎使作者产生了怀才不遇的苦闷和不被人知的孤独，另一方面长期寄人篱下的教书生涯使他抛妻别子，不由不产生"数卷残书，半窗寒烛；冷落荒斋里"的慨叹，因此，孤愤与渴望知己"便成了他的情感主调"。蒲松龄怀着满怀的"孤愤"之情来塑造形象，表现在作品中，作者以幻化的浪漫主义狐形象来慰藉自己的情感世界。在狐鬼花妖的世界中，作者把狐狸作为生命存在的人来描述，用狐写人，以狐写事，赋予狐以人的思想性格，并完全按照人的生活方式进行故事的描述，给予狐人性化的情感。使其作品中狐的妖气弱化，人情味增加。把人们憎恶的凶残狡猾奸诈的狐狸，描绘成具有人情世故的常人，这种心灵的寄托使狐形象得到根本改变，使《聊斋》中的狐形象突破了传统小说观念的束缚。使狐形象"多具人情，和蔼可亲"。在狐仙题材的文学作品创作上具有创建性意义，让狐具有人们喜爱的品性和形象。对传统狐仙题材的拓展与超越，为同类题材的小说创作开创了崭新的境界。在语言方面，蒲松龄用的是"才子之笔"，侧重写人，长于描绘，文笔曲折细腻，文学性较强，塑造了一系列具有人性、人情色彩的狐仙形象，提升了艺术形象的思想价值和审美价值。并且《聊斋》的语言特色是能把新鲜活泼的口语溶入深奥的文言中。像《阿纤》中的鼠精，美貌善良，温顺勤劳，钟情而又自尊，除"日建仓凛"，"年余仓盈"的"非常"之外，完全是一个劳动妇女的形象，这是蒲松龄的杰出创造。纪昀是大学问家，阅历丰富，又有文学才华，但思想保守，记神鬼物怪之事往往寓有宣扬纲常名教偏向，又强调"著书者之笔"，所以纪昀《阅微》在这几方面则缺乏艺术创新，鲁迅《三闲集·怎么写》这样评价《阅微》：

"纪晓岚《阅微草堂笔记》，竭力只写事状，而避去心思和密语。"

从两部小说在叙事中体现的审美和教化作用看，蒲松龄在写作时是将自己对人生、对社会的真切感受和情感融入到了小说里，虽然作品也有劝诫之意，但力争让事实来发挥惩恶劝善的作用，更多的是赞美理想，抨击黑暗，弘扬善良，惩戒丑恶，把强烈的爱憎感情寄寓在叙事之中，有时直接以“异史氏曰”的形式抒发自己的感受，以美的、有灵性的狐意象来实现对形象的审美和对读者的教化，借作品实现自我。而《阅微》因受作者思想的影响，作品主题的思想性和批判性无法和《聊斋》比拟，另外《阅微》不注重语言的灵活运用，只注重事实的劝惩和因果报应作用，用僵硬的古板的叙事完成作品使其强制人们去维护统治阶级的立场。由此可见，两部作品在实现审美和教化作用方面的差距是很大的。

# 白话《子不语》文选

作者（清）袁枚

## 卖蒜老叟

南阳县有个杨二相公，精通各种武艺。他能用双肩扛起粮船，这时，粮船上的几百个士兵一齐用竹篙撑船，结果是竹篙一触地就一寸寸地劈裂折断了。杨二相公因此闻名一时，带着门徒在常州传教。每次到演武场传授枪棒技艺，观看的人都挤成了人墙。

忽然有一天，有一个行动迟缓、弯腰驼背、咳嗽不停的卖蒜老人，在一旁斜眼看着，并且耻笑他们。众人很吃惊，跑去告诉了杨二相公。

杨二相公大怒，把老人叫到面前，用拳头击砖墙，一拳打进去一尺多，然后以轻蔑的语气对老人说："你能做到吗?"老人说："你能打墙，却不能打人。"杨二相公更加恼怒，骂道："你这个老家伙能经得住我打吗？打死了可不要埋怨我!"老人笑着说："我已经到了快要死的年纪了，能够以死来成就你的名声，死了又有什么可埋怨的呢?"于是他们邀集众人作证，当场写下了生死文书。

老人让杨二相公休养了三天以后，自己把自己绑在树上，解开衣襟袒露出胸腹，让姓杨的来打。杨二相公特意从十步之外做好架式，冲过来奋力一击。

老人默默无声，一点事也没有，却只见杨二相公双膝跪下，叩头说："后生知道有罪了。"然后再拔自己的拳头，却已经夹在老人腹中，牢不可动。他哀求了很长时间，老人才鼓起腹部放开他，一下子又把他跌出一石桥远。

老人把蒜搭在肩上，慢慢走了，始终不肯把姓名告诉人们。

## 蔡书生

杭州北关门外有一所房子，经常闹鬼，谁都不敢居住，所以把房子锁得严严实实的。有一个姓蔡的书生，想买这所房子。人们都告诉他那房子危险，蔡书生却不听。买好房子以后，他的家人都不愿意去住，于是蔡书生只好自己一个人去房子里点着灯烛坐着。到了半夜，只见有一个美女飘然而来，脖子上系着红绸子，向蔡书生盈盈下拜，随后在房梁上系了一根绳子，伸着脖子就套进去了。蔡先生一点儿都不害怕。那美女又系了一根绳子在旁边，向蔡先生微笑招手，蔡先生伸了一只脚进去，美女笑着说："您错了呢！"蔡先生微微一笑说："是你错了才有今天，我可没有错！"美女鬼莞尔一笑，又一次深深拜倒，飘然而去。

从此以后，再没有发生怪异的事情，蔡先生也高中及第，后来有人说，这个人士就是布政使蔡炳候。

## 曾虚舟

康熙年间，有一个叫曾虚舟的人，自称是四川荣昌县的人，举止疯疯癫癫，预言事情非常准，他到的地方，男女老幼都避开她走，虚舟嬉笑怒骂，所说的话都刚好说到别人的隐私和痛楚。他和别人和蔼的说话，那人大哭着离开；他大声怒骂别人，被骂的人反而高兴的不得了，只有和他说话的人知道他在说什么，别人都无法知道。

杭州泸溪县行政长官王子坚，被罢官回家，有人说他的祖坟风水不好。王子坚想迁坟却没迁成，听说虚舟刚好来了，就跑去想问问他。正碰到虚舟拿了个大棒子在高台上演讲，好多人挤在周围，王子坚过不去，正着急的时候，虚舟看到子坚来了，远远地拿大棒子指着他，骂道："你别过来！你别过来！你来是想挖出尸骨！绝对不行！绝对不行！"子坚惊恐万分，赶紧跑回去了，后来，子坚的儿子王文璇做官做到了御史。

## 骷髅吹气

杭州有个叫闵茂嘉的人，非常喜欢下围棋，他的老师姓孙，经常和他对弈。清雍正五年六月，是个很热的夏天，闵茂嘉召集了五个朋友到自己家，互相下棋，采用的是循环赛制。孙老师下完棋以后，说："我好困哦，等我去东厢房睡上一小会儿，再来和你们决一胜负！"过了一会儿，就听得东厢房有惨叫的声音。闵茂嘉和另外四人赶紧跑去看，只见孙老师趴在地上，满脸流的是口水，急忙给他喂了一些姜汁，总算醒了过来，大家就问他怎么回事。他说："我在床上还没睡熟的时候，觉得背上有些冷，冷的地方开始像核桃一般大小，逐渐就像盘子那么大，不一会儿觉得整张席子都冰冷了，直接渗透到我的心里、骨头里，不知道为什么会这样，这时候听见床下有呼气的声音，趴下去看，只见一个骷髅张着嘴隔着席子在吹我，真是吓死我了，于是就倒在地上，那骷髅竟然用头来撞我，听到有人来了，这才离开。"其他四个人都请求挖开来看看。闵家的人害怕有祸害，不敢让挖，于是就将东厢房永久地封印起来了。

## 狼军师

有个姓钱的人，一天晚上从市集回来往家走，经过山间小路的时候，忽然从旁边蹿出几十只狼，围上来要吃他。情急之下，姓钱的急中生智，看到路边有很多农家堆积的木柴，有好几丈那么高，就赶紧爬上去躲起来。这些狼爬不上去，但是没有走，都在柴堆下面，其中有几只马上跑掉了。没过多长时间，它们抬着一只野兽一起回来了，野兽坐在中间，那情形就像轿夫抬着当官的一样。狼们把耳朵凑在那野兽的嘴边，好象在听它秘授机宜。过了没一会，就各自跳起来，开始从下面抽出柴堆的柴，很快柴堆就要散了。姓钱的吓坏了，大声喊救命。

这时，正好有一群砍柴的人经过，听见他的叫声，就大喊着冲过来，把狼都吓跑了，只剩下被抬来的那只野兽，姓钱的和砍柴的都很奇怪，一起研究它。这个怪兽长的像狼但又不是狼，圆眼睛，短脖子，嘴很长，牙齿突出，后腿很长但是很软，不能自己站着，叫的声音像猿。姓钱的说："怪了，我跟你无冤无仇，为什么给狼出主意害我?"那怪兽一边磕头一边哀伤的叫着，看上去特别后悔的样子。

后来姓钱的和砍柴的一起把它拎到前面村子的酒馆里，做熟吃了。

## 执锡二童

顺治年间有个进士，姓蒋，叫蒋伊，在据传有灵性石壁上求子。当天晚上就做了一个梦，梦见一个僧人指着拿锡杖的两个童子，对他说："这就是你的儿子。"之后果然就生了个儿子，起名字叫"蒋陈锡"，后来位居云贵总督。蒋伊年纪大了的时候总是念叨："我命里还应该有个儿子呐。"时间长了，有一天梦见屋子大厅中央晾着一床锦缎的被子，一条龙裹在里面。正好赶上他家一个姓曹的佃户来送租子，还带了他的女儿来，刚十几岁，裹着旧的锦缎衣服和别人打闹玩笑。蒋伊看见一惊，心想这不是和梦里的事正好合上么？就把纳她为妾，后来果然又生了个儿子，就是后来的文肃公。

## 鬼畏人拼命

官居侍郎的介某有个同族的兄弟，为人强悍，讨厌别人八卦鬼神的事情。每到一个地方，喜欢找那些大家都说不吉祥的地方居住。有一回去山东，住旅店，有人说西厢有鬼怪，介某很高兴，打开西厢就住了进去。坐到二更天的时候，有瓦片砸到房梁上。介某骂道："要是鬼的话，用屋上没有的东西砸给我看看？我就怕了你！"不一会儿，果然砸下来一块磨石。介某又骂："要是厉鬼的话，一定能砸碎我的案儿，那我就怕了你了！"马上一块大石头掉下来，把案儿砸成了两半。介某火了，大骂道："鬼东西狗奴才！有本事砸破我脑壳，我就服了你啦！"说完站了起来，伸手摘掉帽子摔在地上，抬起头站在那里。从此，安静的一点声音也没有了，西厢也没有再出现怪事情。

## 雷部三爷

杭州有个姓施的人，住在忠清里。六月天的一场雷雨过后，他在一棵树下小便，解完了才发现那里蹲着一个尖嘴鸡爪的怪物，他吓坏了，赶快跑回家。当天晚上就发起疯来，狂叫："触犯雷神！"家里人跪了一圈，求雷神饶恕。发疯的人说："拿酒来给我喝，杀羊给我吃，我就饶了他的命。"家人照办了，三天就好了。正好有个天师真人路过杭州，施某认得他，就把这件事情告诉了他。真人说："这个只不过是雷部的奴才的奴才，小名叫阿三，一贯仗势欺诈百姓的酒饭。要是真的雷神，怎么会是这样的德行？"现在的跟班中有叫"三爷""四爷"的，就是这样的奴才。

# 古韵体验

*Gu Yun Ti Yan*

阅微草堂笔记

喜欢读小说的人，一定会喜欢这本《阅微草堂笔记》。

鲁迅先生在《中国小说史略》中称其“凡测鬼神之情状，发人间之幽微，托狐鬼以抒己见者，隽思妙语，时足解颐；间杂考辨，亦有灼见。叙述复雍容淡雅，天趣盎然”。这一评论极为精当。

最喜欢本书卷三·滦阳消夏录（三）那段故事。全篇只有200来个字，却讲了一个意趣盎然的故事：

“丁亥年春天，我带着全家来到京城。因为虎坊桥的老房子还没有赎回来，就暂且先住在钱香树先生的空房子里。据说他们家楼上有狐狸住着，但上面主要是放杂物，用钥匙锁着，人不轻易上去。我曾经开玩笑在墙上贴了一首诗，大意是：“我匆匆忙忙搬家到这里凑巧碰见了你，我们平分了这座楼的上下层，沉溺于诗歌是我这个书生的爱好，听见我整夜的朗诵你可不要觉得厌烦。”一天，我的小妾打开锁取东西，突然大叫怪事。我跑来一看，原来地板上沉积的灰尘上，画满了荷花，荷花的枝干高耸，很有韵味。我于是把纸笔放在桌子上，又在墙上贴了一首诗，大意是：“狐狸先生你真是我的好邻居，你的文采风流我自叹不如，最近我刚刚得到三十张吴笺，你能不能帮我在上面一一都画上荷花呢？”过了几天，我把楼上的门打开看，纸上居然什么都没有，空空如也。我把这件事告诉裘文达先生，他笑着说：“钱香树家里的狐狸，当然应该稍微有文化一些。”

这个故事写得生动，自然，逼真而又毫不做作。简简单单的一件事儿，读后却让人有意犹未尽之感。这就是短篇小说的微妙之处。

“我”的性格特点鲜明突出，文人的幽默机智也跃然纸上。“我”和全家来到京城，一位自家的老房子还没有赎出来，就暂且住在别人家里，仅一个“赎”，就把文人的生活窘况暴露出来。听说这个房子里有狐狸，“我”就开玩笑写了一首小诗贴在墙上，请狐狸不要介意书生“我”在楼下颂诗。这样客气地对一只狐狸，让我读了感到温暖，先不管这只狐狸是否真的存在，只是这样一个小小的举动，就体现出“我”的善良和细心。接下来发生的事真叫绝了：过了几天，打开门一看，挤满灰尘的地板上竟然被画满了荷花。书生便来了兴致，又写一首小诗，意思是请狐狸在三十张纸上——画上荷花。又过了几天，把楼门打开后，却见纸上都是空的。

这件事被裘文达先生得知后，裘得出的结论是：钱香树家里的狐狸，当然应该稍微有文化一些。

这最后一句，是最精彩的。可知钱香树这个人也应该是个文化人。我的理解是，连他家的狐狸都如此这般的有文化，那么这家的主人的文化程度一定不一般了。

简洁、清新，幽默，是我读这篇小说的感觉。至于这家的楼上是否真的有狐狸，我们可以猜测，当然宁愿相信有这只狐狸。虽然我们并没有看见这只狐狸，却从地板上的荷花上，可以猜测这是一只美貌、多才多艺的狐狸精。全篇没有对狐狸的样貌做一个字的描写，就如同画作上的留白，让人去遐想去填充。而那人家的楼上究竟有没有这只狐仙，作者也没有做出交代，也算是一个大大的悬念。

小说的魅力之一，就是悬念，没有悬念，就构不成故事，就无法让人读下去。纪晓岚先生深得其中的奥妙，在他的其他篇小说中，也是悬念迭出。这正是《阅微草堂笔记》的艺术特色之一。

对于喜欢写作的文学青年而言，这本书提供了一个很好的范本教材。学习纪晓岚语言的简洁，凝练，学习他在平中见奇的写作技巧，还可以学习他丰富的想象力，借鬼怪所言所为来抒发对现实的不满和发泄胸中的郁闷。总之，对于文学青年来说，这本书可学的东西太多太多了。

再读另外一篇，《卷五·滦阳消夏录（五）》——聂松岩言：即墨于生，骑一驴赴京师。中路憩息高岗上，系驴于树，而倚石假寐。忽见驴昂首四顾，浩然叹曰："不至此地数十年，青山如故，村落已非旧径矣。"于故好奇，闻之跃然起曰："此宋处宗长鸣鸡也，日日乘之共谈，不患长途寂寞矣。"揖而与言，驴啮草不应。反覆开导，约与为忘形交，驴亦若勿闻。怒而痛鞭之，驴跳掷狂吼，终不能言，竟棰折一足。鬻于屠肆，徒步以归。此事绝可笑，殆睡梦中误听耶？抑此驴夙生冤谴，有物凭之，以激于之怒杀耶？

译成白话文就是：聂松岩说：即墨的于生，骑着一只驴到京城去。中途在高岗上休息，把驴系在旁边的树上，自己靠着石头小睡一会儿。忽然看见那头驴抬头往四周看，很有气势地感叹道："我已经几十年没有到这个地方了，这里还是青山依旧，只是村落已经不是和以前相同了。"

于生向来就很好奇，听到这话以后立刻跳起来，说：“这不就和宋处宗的长鸣鸡一样吗，我每天骑着它和它交谈，就不用担心旅途太长一个人寂寞了。”他向驴行了一个礼，就和它说话。驴却只顾自己吃草不理他。于生反反复复在旁边劝说了很久，还和驴约定做一个不同类的朋友，驴也像没有听见一样。于生于是很生气，用鞭子狠狠地打驴，驴又跳又跑又叫，始终说不了话。后来于生把驴的一只腿打折了，将它卖到肉铺，然后走着回家。这件事实在是太可笑了，大概是他睡觉的时候听错了吧？或者这只驴原来有什么罪过受到惩罚，有东西附在它的上面，特意激怒人把它给杀了。

这一篇是一个幽默小故事，自然可以当成笑话来欣赏。我首先愿意理解为于生在睡觉时做了一个梦，梦见驴在喃喃自语。因为于生刚“把驴系在旁边的树上，自己靠着石头小睡一会儿，忽然看见那头驴抬头往四周看，”然后驴就说了那些话。这当然是一种解释。另外一种解释，那头驴真的说了话，这样的解释是最好玩的，驴能说话，并且记得几十年驴自己到过这个地方，别的都一样，只是村落和以前有所不同了。这是一头细腻的驴。可是最可笑的是，于生却将这件事弄得夸张至极，他想起晋朝兖州刺史宋处宗买的那只长鸣鸡，能谈论，宋处宗整天跟鸡秘密交谈，因此言谈的技巧大大长进。于是，于生就对着驴行礼，跟驴说话，可是那头驴只是低着头吃草，不理他，不说话，于是就反反复复劝说了很多想让驴说话，约定和驴做朋友，驴就是不说话，于生便生了气，打折驴的一只腿，然后杀了那头驴，将它卖到肉铺，以解心头之气。

这个故事可以当做茶余饭后的一个笑料去欣赏。我能想象出纪晓岚先生在写这个故事时的表情，先是微笑，之后就是控制不住地哈哈大笑…… 我读它的时候，也是这样的反应。

生活中不能没有幽默。无论是古人还是今人，都需要用这样的故事来消遣，来排解单调的生活。读这样的故事，不但会让你捧腹大笑，还会使你的想象力得到提高。

# 延伸阅读

Yan Shen Yue Du

阅微草堂笔记

# 文化延伸

## ——与本书内容有关的图书、影视

《聊斋志异》
作者：蒲松龄

---

研究缩影

《聊斋志异》，简称《聊斋》，俗名《鬼狐传》，是中国清代著名小说家蒲松龄的著作。在文学史上，它是中国文学一部著名短篇小说集。该书完成于清康熙十九年（1680年）；在蒲松龄生前多以抄本流传，到乾隆三十一年（1766年）第一次由赵起杲在浙江严州刻印。

《子不语》
作者：袁枚

---

研究缩影

《子不语》是清朝中叶著名文学家袁枚撰写的一部笔记小品，共二十四卷。袁枚字子才，号简斋，晚号随园老人，浙江钱塘（今杭州市）人。生于康熙五十五年（1716年），卒于嘉庆二年（1797年），享年82岁。他出身寒门，从小苦读经史，涉猎群书，以博学多才闻名乡里。

《铁齿铜牙纪晓岚》
导演：张国立
主演：张国立、王刚、张铁林
地区：大陆
年代：1999年

---

剧情简介：

该剧把大学士纪晓岚描绘成一名聪明机智的才子，而故事则围绕纪晓岚与大贪官和珅在乾隆皇帝前后斗智斗力的各种经历而发展。但电视剧中多有和历史不合之处。片尾曲有“铁齿铜牙两片嘴吃的是下锅的米”的歌词，但据考证，历史上纪晓岚喜欢吃肉类，不喜食五谷。“以肉为饭，无粒米入口”、“平生不谷食。面或偶尔食之，米则未曾上口也。饮时只猪肉十盘，熬茶一壶耳。”

# 名家链接

## 1.蒲松龄

蒲松龄(1640—1715),字留仙,一字剑臣,号柳泉居士,世称聊斋先生,自称异史氏,现山东省淄博市淄川区洪山镇蒲家庄人,汉族。

蒲松龄生于明崇祯十三年(1640),卒于清康熙五十四年(1715),出身没落地主家庭,一生热衷科举,却始终不得志,71岁时才破例补为贡生,因此对科举制度的不合理深有感触。他毕生精力完成《聊斋志异》8 卷、491篇,约40余万字。内容丰富多彩,故事多采自民间传说和野史逸闻,将花妖狐魅和幽冥世界的事物人格化、社会化,充分表达了作者的爱憎感情和美好理想。作品继承和发展了我国文学中志怪传奇文学的优秀传统和表现手法,情节幻异曲折,跌宕多变,文笔简练,叙次井然,被誉为我国古代文言短篇小说中成就最高的作品集。

## 2.刘墉

刘墉,清朝书画家、政治家。他一生廉洁奉公,处处从人民利益着想,深受百姓爱戴,没贪过国家一分银两,一件器物。修坝建桥时,自己带领百姓及工作人员努力奋干在第一线。衣着简陋,粗粮杂饭。他最爱的食物是煎饼卷大葱,可以看出为官的他生活是相当艰苦的。

刘墉是乾隆十六年的进士,做过吏部尚书,体仁阁大学士。刘墉的传世书法作品以行书为多。但他也是个官迷,为了升官以文字狱弄死了几十口人,是清廷进行思想控制的战线的文化打手。

# 经典语录

1. 公爱民乃好名，不取钱乃畏后患耳。
2. 凡人白昼营营，性灵汩没，唯睡时一念不生，元神朗澈。
3. 惜一猛虎之命，放置深山，不知泽麋林鹿，釄其牙者几许命也。
4. 人心一动，鬼神知之。
5. 义所当报，不必谈因果
6. 天地鬼神，恒于一事偶露其巧，使人知警。
7. 非惟私情为障，即公心亦为障。
8. 《春秋》责备贤者，未可以士大夫之义律儿女子。
9. 误而即觉，是谓聪明；觉而不回护，是谓正直。
10. 巧者，造物之所忌。机械万端，反而自及，天道也。
11. 即求而得之，亦必其命所应有，虽不求亦得也。
12. 人心愈巧，则鬼神之机亦愈巧。
13. 儒释之宗旨虽殊，至其教人为善，则意归一辙。
14. 公亲访犹如此，再寄耳目于他人，庸有幸乎？小民各私其身家，水有利则遏以自肥，水有患则邻国为壑，是其胜算矣。
15. 如心到四禅天，则花自照镜，镜不知花，月自映水，水不知月，乃离色相矣；再到诸菩萨天，则花亦无花，镜亦无镜，月亦无月，水亦无水，乃无色无相，无离不离，为自在神通不可思议。

图书在版编目（CIP）数据

阅微草堂笔记/（清）纪昀著．--长春：北方妇女儿童出版社，2016．5（2021.2重印）
（中华国学经典全民阅读书库）
ISBN 978－7－5385－9070－8

Ⅰ．①阅…　Ⅱ．①纪…　Ⅲ．①笔记小说－小说集－中国－清代　Ⅳ．①I242．1

中国版本图书馆CIP数据核字（2016）第060324号

阅微草堂笔记
YUEWEI CAOTANG BIJI

出版人　刘　刚
责任编辑　吴　桐
开　　本　710mm×1000mm　1/16
印　　张　13
字　　数　165千字
版　　次　2016年2月第1版
印　　次　2021年2月第3次印刷
印　　刷　三河市华晨印务有限公司
出　　版　北方妇女儿童出版社
发　　行　北方妇女儿童出版社
地　　址　长春市净月开发区龙腾国际大厦A座
电　　话　总编办：0431－81629600

定　　价　29．80元